KB123920

로크미디어가
유혹하는
재미있는 세상

ROK
MEDIA
로크미디어

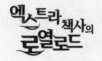

엑스트라 책사의 로열로드 8

2023년 2월 17일 초판 1쇄 인쇄
2023년 2월 22일 초판 1쇄 발행

지은이 mensol
발행인 강준규

기획 이기헌 왕소현 박경무 강민구 조익현
책임편집 이정규
마케팅지원 이원선

발행처 (주)로크미디어
출판등록 2003년 3월 24일
주소 서울시 마포구 마포대로 45 일진빌딩 6층
Tel (02)3273-5135 Fax (02)3273-5134
홈페이지 rokmedia.com **E-mail** rokmedia@empas.com

© mensol, 2022

값 9,000원

ISBN 979-11-408-0618-8 (8권)
ISBN 979-11-354-8160-4 04810 (세트)

엑스트라 책사의
로열로드

mensol 퓨전 판타지 장편소설 ⑧

Contents

1장

가스파르에 이어 만나게 된 나의 가신.

도로시는 기뻐하면서도 씁쓸한 듯한 미소로 말을 이어 갔다.

"잘 지내고 있는 것 같아서 안심이야."

"도로시, 너야말로."

물어보고 싶은 것이 산더미였다. 어떻게 지냈냐부터, 왜 구원자 연맹의 아카데미 복장을 입고 있냐는 것까지.

다만 그건 도로시도 마찬가지였던 모양이다.

"먼저 네 얘기를 해 줄래? 네 이야기를 듣고 싶어."

내가 구심점이니만큼 도로시는 내가 가장 많은 정보를 알고 있을 거라 생각한 것 같다.

옆에서 듣고 있던 우콘이 미소 지으며 말했다.

"친구 사이였군요. 저는 자리를 비울 테니 마음껏 회포를 푸세요."

"아, 우콘. 고마워. 광장에는 갔다 와 봤어. 막손 씨는 내가 도와줄 필요는 없다고 말하긴 했는데……. 그래도 도움이 필요하면 말해 줘."

"괜찮습니다! 웨이드 씨가 나서면 판매량이 소폭 오르긴 하겠지만 그러면 오히려 책의 내용은 신경 쓰지 않는 사람들이 생길 거예요. 판매량이 부진하다면 모를까 그런 건 아니니 우리에게 맡겨 주세요."

"알겠어."

"예, 그럼!"

우콘은 남은 일이 있는지 작업장으로 가 버렸다.

도로시와 둘만 남게 된 나는 지금까지의 상황을 하나하나 설명했다.

도로시는 고개를 끄덕인다.

"그런 거였구나. 엘프들의 전이 마법진……. 알스 네가 걱정이 돼서 따라 들어갔던 게 큰 실수가 됐다니."

"그러니까 들어오지 말라고 했는데도……. 강하게 주의를 주지 않은 게 실수였던 걸까."

"어쩔 수 없잖아. 너는 많은 사람들에게 사랑받으니까. 거기엔 네 어머니와 누나도 있었고. 네가 수상한 유적을 탐색하고 있는 상황에서 그 에오니아 씨마저 난리를 피웠으니 걱정이 될 수밖에."

"후우! 이미 벌어진 일이니 어쩔 수 없다 쳐도 곤란하네. 실종자들이 너무 많아."

"귄터 선배님과 가스파르 씨는 발견이 됐다고 했지?"

"맞아. 그런데 귄터는 다시 연락이 두절됐어."

"으음……. 방법을 생각해야겠네."

"일단 내가 신세를 지고 있는 가문의 아가씨한테 부탁을 하긴 했거든. 그 정보를 기다리고 있는 중이야."

도로시는 고개를 끄덕였다.

실종자 수색에 대한 전반적인 대응은 동의를 하는 모양이었다.

다만 사족을 붙였다.

"알스, 그 방식은 지금 상황에선 조금 부족하다고 생각해."

"……그 뜻은?"

도로시는 영리한 친구였다. 군대의 재능이 없다 뿐이지 학문에 대한 재능은 또래 중에서도 손꼽혔다.

나는 그 의견에 귀를 기울였다.

"그 이야기를 하기 전에 내 이야기를 할까 싶어. 내가 어떻게 구원자 연맹에 들어가게 됐는가."

"……."

도로시는 자신이 서대륙에 전이됐다고 운을 뗐다.

"처음엔 너무 당황해서 어떡해야 하나 싶었어. 다른 사람들을 찾아야 한다 생각은 했지만 그게 말처럼 쉽지는 않잖아. 이쪽 사람들이랑은 애매하게 말이 통하지 않기도 했고. 그러니 방향을 바꿨어."

"방향을 바꿨다고?"

"응, 나 스스로는 움직이지 않기로 한 거야. 괜히 움직였다가 알스 네가 나를 찾기 더 어려워질 수도 있고, 무엇보다 너와 만난다고 해도 나는 짐이 될 뿐이니까."

"짐이라니 그런 생각은……."

"물론 너는 그렇게 생각하겠지만 실제론 어때? 지금도 그렇고 내가 널 만난다고 한들 무슨 도움을 줄 수 있을까? 함께 있어 주는 것만으로 도움이 된다면야 할 말이 없지만 그것보단 나 스스로 힘을 키우는 게 맞겠다 싶었어. 알스 네가 다른 사람을 먼저 찾길 바라면서 말이야."

하여 도로시는 굳이 나와 다른 실종자를 찾기보단 자신의 실력을 키우기로 결정했다.

"처음엔 마을 사람들의 농사를 도우면서 말을 익혔어. 그 과정에서 우연히 구원자 연맹의 사람과 친분을 쌓을 수 있었거든. 그 인연으로 연맹 아카데미에 들어갈 수 있게 됐지."

"그렇게 쉽게? 시험 같은 건 없었어?"

"연맹 아카데미는 입학 이후의 경쟁이 힘들지 입학 조건은 까다롭지 않거든. 마법에 대한 재능이 보이거나 좋은 속성을 타고났으면 그냥 합격을 시켜 줘."

"도로시 너한테 마법적 재능이 있었던 거구나."

"아니, 마법적 재능은 뛰어나지 않은 것 같은데……. 좋은 속성을 타고났다나 봐."

"속성? 어떤 건데?"

"시간과 공간."

"뭐……!?"

시간 속성과 공간 속성을 타고난 마법사. 아카데미 신입생 전체에서 한 명이 나올까 말까 한 귀한 자원이었다.

왜 귀한 자원이냐고 하면 대현자 반달린이 고안해 낸 마법인 구원이동을 사용할 수 있기 때문이다.

이 구원이동 마법을 마법 주문서로 만들어 유통시키는 것이 바로 시간&공간 속성을 타고난 마법사였다.

그런 만큼 국가적인 자원으로 취급이 된다.

"고맙게도 연맹에서 여러 가지 편의를 봐주고 있어. 이번 바이언의 축제에 올 수 있게 된 것도 그 덕이야. 이런 큰 축제라면 누군가와 만날 수 있을까 해서 억지를 부려서 와 봤지. 설마 알스 너를 바로 발견할 줄은 몰랐지만. 광장에서 네 책이 팔리고 있는 걸 보고 깜짝 놀랐다니까!"

"하하……."

그 책으로 벌써 한 명을 찾았다는 건가. 그것만으로도 본

전이었다.

"이야기를 되돌려서, 실종자들을 찾는 것 말인데. 아마 나와 같은 경우가 더러 있을 거라고 생각해. 적극적으로 너를 찾아다니고, 찾아와 주길 바라는 사람도 있겠지만 반대로 자신은 견딜 수 있다고 생각하고 다른 사람을 먼저 찾길 바라는 사람도 있겠지."

"으음……."

설득력이 있었다.

극과 극인 에리나와 에스텔을 비교로 하면 이해가 쉬웠다.

에스텔은 나를 찾아다닐지도 모르지만 에리나는 가족을 먼저 찾길 바라며 당분간 힘을 키우기로 결정했을지도 모른다.

"알스 네가 취한 방법은 다른 사람들이 찾아오길 기다리는 거잖아?"

"맞아. 일단은 가스파르와 귄터를 파견하긴 했지만."

"좋은 방법이라고 생각해. 하지만 그것만으로는 한계가 있을 거야."

"네 말을 들어 보니 그렇겠네. 책을 출간한 게 잘 들어 먹혔으면 좋겠는데."

"아, 그거! 그건 좋더라. 나중에 돌아갈 때 조금 챙겨 줄래? 내 친구들한테도 나눠 줄게."

"……역시 연맹 아카데미로 돌아가는 거구나."

"응, 그냥 그만둘 수는 없으니까. 그리고……."

도로시는 말하기 어려운지 멈칫했다.

이윽고 나를 위로하듯 말한다.

"이런 말을 하면 어떨지 모르겠지만 나는 이곳 생활이 즐 거워. 정치 이야기를 할 필요도 없고, 가문의 일로, 약혼자에 관한 일로 힘들어할 필요도 없으니까. 그러니까 알스, 이상 한 죄책감을 가질 필요는 없어."

나를 위로하는 거긴 했지만 실상 자기합리화에 가까운 것 처럼 들렸다.

나는 묻지 않을 수 없었다.

"도로시, 넌 캘리퍼 왕국으로 돌아가고 싶지 않은 거야?"

"……."

"그런 거라면……."

"돌아갈 거야. 내가 돌아가지 않으면 리네트가 슬퍼할 거 거든."

"누구?"

"리네트. 몰라?"

"누구였더라……."

"하!"

도로시는 기가 차다는 표정을 짓고는 말한다.

"예전에 베카비아 전쟁의 승전파티를 할 때 네 파트너였었 잖아!"

"……아아! 펠란드 가문의 영애!"

"그래! 어휴, 그걸 기억 못 해?"

"미안해. 스쳐 가는 인연이었으니까. 그런데 네가 그 애랑은 왜?"

"그게, 서로 좋아하게 됐거든. 빌랑이랑 전쟁할 때 내가 펠란드 가문과 군대 사이를 중재했었잖아."

"그랬었지."

"그때 조금. 하하……. 아직 약혼자와의 일이 정리되지 않은 상황에서 성급했지. 내가 없어진 걸 알고 리네트가 어쩔 줄 몰라 하고 있을 거야."

"어이쿠. 그런 거라면 어떻게든 돌아가긴 해야겠네."

"응, 돌아가야지."

도로시는 못내 아쉽다는 표정을 지었으나 그에게 좋은 소식을 줄 수 있었다.

"너무 걱정 마. 내가 대륙을 통일하고 난 뒤에는 그 결계를 없앨 방법을 알아낼 테니까."

"뭐!? 정말이야?"

"정말이야. 그러니까 도로시, 혹여나 구원자 연맹 같은 거에는 물들지 말고 나를 믿고 따라와 줘."

"물론이지!"

도로시는 묵은 고민이 해결됐는지 밝게 웃었다.

그렇게 당분간은 도로시와 앞으로의 대한 일을 상담했다.

도로시는 다음 날 점심에 바로 돌아가기로 했다. 애초에 축제에 오래 머무를 수 있는 입장은 아니었던 모양이다.

도로시는 서대륙 북부에 대한 수색을 맡아 주기로 했다.

아카데미생이라는 입장이 있기에 적극적으로 수색할 수는 없지만 정보를 모으는 것 정도는 가능한 모양이다.

"그렇다고 해도 기구하네. 내가 연맹 아카데미고 알스 네가 왕립 아카데미라니."

두 아카데미는 철천지원수라 해도 좋을 정도로 사이가 안 좋았다.

"음, 이러면 혹시 남부와 북부에 있는 지방 아카데미에도 사람이 있는 거 아니야?"

"농담으로 들리지 않네."

지방 아카데미는 하위 기관이었다.

엘란 왕국으로 말하자면 남대륙에 두 개의 지방 아카데미가 있는데, 이곳에 다니는 건 대부분 평민이었다. 왕립 아카데미에 들어오지 못한 탈락자들이 가는 곳이라고 할까.

"나중에 한번 찾아봐야겠네."

"음, 그건 어떨까 싶네. 알스, 너는 주변 사람들에게 무관심하니까……."

도로시는 잔소리를 하듯 말을 이어 간다.

"그걸 확인해 보기 전에 왕립 아카데미나 제대로 확인해 보는 게 어떨까 싶어."

"뭐 하러 굳이."

"너, 아카데미 신입생들 중에 이름을 아는 사람은 몇이나 돼?"

"……10명은 안 되는 거 같은데."

"역시나! 어휴, 그럴 줄 알았다니까. 알겠어? 지방 아카데 미를 확인하기 전에 네 동기들부터 제대로 확인할 것!"

"알겠어."

"약속한 거다?"

도로시는 몇 번이나 주의를 하고는 떠나갔다.

설마 이제 와서 동기 중에 내 지인이 나타날 리는 없지 만 도로시의 조언이 있기도 하니 조금은 신경을 써 보기로 했다.

도로시와의 상담은 앞으로의 방향에 있어 큰 도움이 됐다.

'소극적으로 움직이는 사람들이 있을 거라는 거지.'

나는 인물상을 근거로 분류를 해 보기로 했다.

먼저 적극적으로 나를 찾거나 자신의 위치를 알리려 할 것 같은 사람들이다.

'일리야 스승, 에스텔, 에오니아, 리시테아, 애거트……. 이 정도인가.'

이 외에 나머지는 위험을 무릅쓰고 나를 찾기보단 냉정하게 판단을 하고 당장은 힘을 키우려 할 사람들이다.

비전투인원들 대부분이 그런 부류인 것 같았다.

심지어 유미르도 그럴 것 같다는 게 섬뜩했다. 임신한 자신이 짐이 될 수 있을지도 모른다 생각하는 것이다.

'소문만 추적하다간 시기를 놓칠지도 모르겠어.'

본격적으로 사람을 풀어 수색을 함과 동시에 확실하게 하기 위해 내 이름을 널리 알려야만 했다.

그러기 위해 책을 출간한 거기도 하지만 그것만으론 부족할 거다.

나는 그 방법을 리노아에게 상담해 보기로 했다.

"이름을 알리는 방법이요? 그야 용사나 모험가로서 이름을 떨치는 것밖에 없죠."

던전을 공략하고 몬스터에게서 잃어버린 땅을 수복하는 것. 리노아는 그게 가장 효율적이라며 못을 박았다.

위험을 감수해야 하는 일이긴 하지만 그만큼 효율적이기도 하다.

"용사…… 당신은 귀족이 아니니 모험가라고 하죠. 어쨌든, 몇 가지 일을 해결하다 보면 당신에게 던전 토벌을 의뢰하고 싶어하는 사람들이 생길 거예요. 이 세계는 주기적으로 발생하는 격동 때문에 그런 수요가 많거든요. 그러다 보면 자연스럽게 이름이 퍼지는 거죠."

"단기간에 이름을 떨치려면요?"

"악명이 높은 던전을 공략해야죠."

"역시 그것밖에 없나요?"

그런 거다. 우리 대륙에서도 전쟁으로 이름을 떨치는 게 가장 효율적이었던 것처럼, 여기서도 몬스터와의 전쟁에서 명성을 쌓아야 한다.

"어쩔 수 없지……. 일단 길드를 만드는 것부터 시작을 해야겠네……."

"무슨 소리예요?"

리노아는 어이가 없다며 말한다.

"우리 왕국에서 모험가 길드를 만드는 건 금지돼 있어요. 몰랐어요?"

"엥? 정말요?"

"정말이지. 그런 것도 조사 안 했어요?"

"당연히 만들 수 있는 줄 알았죠. 왜 그런 건데요?"

"왕국에서 독립을 해 버린 구원자 연맹의 선례가 있으니까요. 그래서 모험가 길드는 안 돼요. 용병 길드도 던전 토벌을 하려면 국가에 허락을 받아야 하고요. 그래서 비효율적인 부분이 많죠."

그러고 보니 내가 처음 떨어진 섬에서도 그랬다. 아무리 떠들어도 왕국에선 도무지 사람을 파견해 주질 않는다고. 굼벵이가 따로 없다고 말이다.

그런 이유에서였던 것 같다. 조정 기관이 국가 하나뿐이니 업무에 있어서 비효율이 발생하고 마는 것.

"그럼 길드를 만들려면 구원자 연맹으로 가야 한다는 건가요?"

"그곳은 길드가 아니라 연맹이죠. 그리고 거기도 새로운 연맹을 창설하는 절차는 꽤 까다로울 걸요?"

"윽."

"뭐, 던전 토벌이 목적이라면 아예 방법이 없는 건 아니지만⋯⋯."

"뭡니까?"

"최근에는 그래도 능률을 높이기 위해 아카데미에도 권한을 넘겨줬거든요. 아카데미에서 동아리를 만들면 길드 비슷하게 기능하지 않을까 하는데요?"

"도, 동아리⋯⋯?"

뭔가 무게감이 팍 낮아진 느낌이 든다.

던전 토벌을 위한 동아리라니.

듣자 하니 이미 왕립 아카데미에는 그런 목적을 가진 동아리가 수십 개는 넘는다고 한다. 물론 신입생들이 만든 건 아니지만.

"아, 그래도 어렵겠네요. 결국엔 상부에 던전 토벌 허락을 받아 줄 인솔자가 있어야 하니까. 당신이나 나나 그런 사람은 모르잖아요?"

"……아뇨. 그런 거라면 한 명 알고 있습니다."

"당신이요?"

응해 줄지는 모르겠지만 잘만 구슬린다면 가능할 것 같기도 했다.

쇠뿔도 단김에 빼라고.

나는 곧장 루크레치아가 있는 곳으로 향했다.

루크레치아를 만나기 위해선 왕궁에 면회 요청을 해야만 했다. 그 과정이 꽤나 복잡했던지라 그녀와 대면한 시점엔 이미 해가 저물어 있었다.

"제게 하고 싶은 이야기가 있다고요."

"그렇긴 한데……. 뭡니까. 당신이 무슨 왕이라도 돼요? 사람 한 명 면회하는 데 5시간이나 걸리다니."

"최근 1년 사이에 왕궁에 대한 경비가 삼엄해졌거든요. 그래서인지 에리나 양이 갑자기 왕궁에 나타났을 땐 한바탕 난리가 났다고 하더군요."

"난리요? 무슨 난리가 났다는 거죠?"

"몰라도 됩니다. 그런 얘기를 하러 온 건 아니지 않습니까?"

저번에 창술을 가르쳐 주며 애를 태웠기 때문일까. 소심한 복수를 하려는 모양이다.

내 용건은 그런 그녀에겐 눈이 번뜩 뜨이는 것이었다.

"당신, 무예를 배우고 싶다고 했잖습니까."

"배우고 싶다기보단 당신의 무예를 견식해 보고 싶다는 겁니다. 가능한 건가요?"

"해 드리죠. 그 대신 장난으론 안 됩니다."

"그건 무슨……?"

"진검승부. 구원이동을 사용하고 대결을 합시다."

"……!"

루크레치아의 안색이 굳어졌다. 나는 도발하듯 말을 이어 갔다.

"뭐, 겁을 먹었다면야. 없던 얘기로 해요. 이만 가 보겠습니다."

"기다리십시오!"

루크레치아는 호승심을 드러냈다.

"좋습니다. 날짜를 잡도록 하죠."

그녀는 무지막지한 롤러코스터를 눈앞에 둔 것처럼 각오를 다지고 있었다.

나는 사족을 달기로 했다.

"그렇게 거창하게 할 필요 없어요. 그리고 그 대결에는 관객도 있어선 안 됩니다."

"그리고요?"

"하는 거라면 내일 당장 하죠. 모레에는 제가 연무대전에 나가야 하거든요."

"연무대전 본선에 나온 겁니까? 당신이!?"

"신입생 부분에 나간 겁니다."

"아……. 그랬었죠. 당신에겐 애들 장난이나 다름없겠군요."

"어쨌든 이의는 없는 거겠죠?"

"물론입니다. 장소와 시간을 금방 정해서 알려 줄게요. 브랜포드 저택으로 사람을 보내면 되겠습니까?"

"미리 말하지만 당신에겐 가혹할지도 모릅니다. 전 정말로 봐줄 생각이 없거든요."

"바라던 바입니다. 그럼 내일 보도록 하죠."

그녀는 설렌 발걸음으로 떠나갔다.

그녀가 보낸 사람은 머지않아 리노아의 저택에 도착했다.

일시는 내일 정오가 지난 시각. 장소는 도시 내 아카샤 가문의 저택이었다.

아카샤 가문은 용사의 가문으로 이름이 높았다.

용사야 최근엔 개나 소나 얻는 칭호라고 하지만 아카샤 가문은 그 역사가 깊었다.

명문 가문이라고 할까.

아카샤의 부친도 전직 근위대장이자 흉악 던전을 토벌한

걸로 이름이 높다고 한다.

그런 아카샤 가문의 저택은 귀족의 저택임에도 실내에 큼지막한 도장을 가지고 있었다.

창이 주병기인지 벽에는 온갖 길이의 창들이 줄지어 늘어서 있었다.

루크레치아는 도장에 정좌한 채 나를 맞이했다.

"왔군요."

잡담은 불필요하다는 듯 일어나 창을 쥐는 그녀.

나는 보자기에 싸 온 창과 검집을 바닥에 내려 두고 물었다.

"구원이동 주문서는요?"

"저기 있습니다."

그녀가 가리킨 곳엔 이십여 장의 구원이동 주문서가 놓여 있었다.

저 주문서 한 장의 가격이 5만 릴랑. 한화로 따지면 500만 원 정도임을 감안하면 대략 1억 원치가 놓여 있던 셈이다. 역시 명문가라는 건가. 통이 크다.

루크레치아는 그중 하나를 집어 들어 사용했다.

그러자 주문서에서 오묘한 문자들이 떠올라 그녀를 감쌌다.

"당신도 사용하세요."

"어차피 발동할 일도 없을 텐데 그냥 가지고 가면 안 됩니까?"

5만 릴랑을 꿀꺽할 찬스였지만 루크레치아는 허용하지 않았다.

나는 요구대로 구원이동 주문서를 사용했다.

이걸로 준비는 끝.

루크레치아는 문답무용이라는 듯 자세를 잡았다.

나도 무기를 빼 들어 그녀에게 겨눴다.

왼손에는 검, 오른손에는 창.

"역시 기묘하군요. 쌍수 무기를 다루는 무예라니……."

"세상은 넓은 법이죠. 그보다 어쩔래요? 마법도 사용할 건가요?"

"……사용하도록 하죠. 전력으로 가겠습니다. 저로서도 당신의 본실력을 보고 싶으니."

"좋습니다. 그럼 저도 마법을 사용할게요. 그럼…… 시작하죠."

꿀꺽! 침이 넘어가는 소리가 들렸다.

선수를 친 것은 그녀였다.

"하아앗!"

타닷! 두 번의 스텝으로 창의 사정거리를 만든 그녀는 내 심장을 향해 창을 찔렀다. 내가 그 공격을 피하자 간을 보듯 계속해서 창끝으로 찌르기를 시도했다.

올바른 선택이었다.

내가 사용하는 창의 길이는 1m 20cm 정도. 단창에 속하는 길이다.

반면 루크레치아의 창은 1m 80cm 정도의 길이. 백병전에 한정하면 장창에 속한다.

그녀는 창의 거리를 무기로 삼을 생각이었다.

'이것만이라면 금방이라도 접근해서 끝장을 내 버릴 수 있지만……'

사르륵! 내가 접근하려 하자 바닥에서 날카로운 고드름이 튀어 올랐다.

"워우."

내 목을 노리는 큼지막한 얼음. 지난번 결투에선 사용하지 않았던 전술이다. 그땐 아무래도 구원이동을 사용하지 않은 전투였기에 목숨을 뺏을 만한 공격은 하지 않았던 거겠지.

'대충 하다간 위험하겠는데.'

나는 오러를 극한까지 끌어올렸다.

오러의 가장 기본적인 기능인 상대의 마력을 지워 버리는 효과를 사용하기 위해서였다.

나는 쇄도하는 얼음 창을 오러로 방어하며 파고들었다.

그 후에는 오른손의 창에 실려 있던 오러를 비전력으로 바꾼 뒤 비전 오러의 끌어당기는 힘을 이용해 내 창을 상대 창과 붙여 버렸다.

"윽!?"

창이 붙어서 떨어지질 않자 크게 당황하는 루크레치아.

나도 처음 시도해 보는 전술이었지만 효과는 충분했다.

창을 잡혀 버린 그녀는 창을 버리기보단 격투술을 통해 나를 떨쳐 내려 했지만 내게는 하나의 무기가 더 있다.

"흣!"

나는 빈틈이 생긴 그녀의 목에 검을 휘둘렀다.

그렇게 목이 날아가기 직전. 그녀의 몸이 빛나더니 스윽! 하고 사라졌다.

그리고는 처음 구원이동의 주문서를 사용한 곳에 그녀의 몸이 나타났다.

그녀는 입술을 깨물며 말한다.

"한 판 내줬군요. 다음입니다!"

구원이동 주문서를 한 장 더 사용하는 루크레치아.

나는 그 모습을 멍하니 보고 있었다.

'실제로 발동하는 걸 보는 건 처음이네.'

인류를 멸망 위기에서 구한 마법.

'그대로 놔뒀으면 분명히 죽었을 거야.'

거기가 구원이동이란 마법의 핵심이었다.

대상자가 사망하는 미래를 읽고 그 공격이 닿기 전에 지정된 위치로 공간이동을 시키는 것이다.

과거 이곳의 인류가 멸망 위기에 처했던 이유는 던전을 토벌하는 과정에서 막대한 손실이 있었기 때문이다.

던전 하나를 토벌해도 그만큼의 사람들이 죽어 나간다. 그러니 숫자만 비교하면 무한한 것과 다름없는 몬스터들에게 점차 밀릴 수밖에 없었다.

그 부분에 패배 요인이 있다고 생각한 대현자 반달린은 인명 피해를 최소화할 수 있는 마법을 개발하게 되는데 그것이 이것이었다.

이 구원이동이 상용화된 이후에는 인명 피해가 크게 줄어들었고, 그로 인해 전투원들의 실력도 점점 높아졌다.

이 마법이 개발되지 않았다면 이미 이 세계의 인류는 멸망했으리라.

'그렇게 될 거라 예상한 누군가가 우리 대륙을 외부와 차단한 걸지도 몰라.'

뭐, 그건 나중에 생각할 일이고. 뭐가 됐든 이 세계의 인류는 그 마법 덕분에 구원을 받았다.

인류를 구한 시간과 공간의 마법. 두 속성을 타고난 도로시가 대우받는 이유였다.

이 세계의 마나의 흐름이 불안정해 장거리 사용이 불가능하다는 맹점이 있었지만 그게 전혀 문제가 안 될 정도로 기본 효과가 탁월했다.

물론 만능은 아니었다.

이 마법을 사용한 사람의 실력에 따라 세부적인 효과가 다르기 때문이다.

어떤 건 너무 먼 미래를 읽어서 엉뚱한 타이밍에 발동이 되기도 하고 또 어떤 땐 치명상이 아니라는 이유로 신체가 절단될 정도의 피해를 입어도 발동이 되질 않는다.

그런 것들을 세세하게 조정하는 게 구원이동 마법사의 실력이었다.

'그런 걸 감안해도 엄청난 효과네.'

일단 심장을 찔리거나 목이 베이거나 하는 치명적인 공격에는 무조건적으로 발동이 되기 때문이다. 그것만 해도 충분히 대단한 효과였다.

"뭘 멍하니 있는 거죠? 다음, 바로 가겠습니다!"

다시금 덤벼드는 루크레치아.

그녀는 무예의 수준에선 상대가 안 된다고 판단을 끝마쳤는지 마법 위주로 풀어 나가기 시작했다.

그녀는 오러의 양이 많지 않은지 기본적으론 마나를 이용해 얼음 마법을 시전했지만 때때로 오러를 이용한 마법을 시도하기도 했다.

그 얼음 마법의 특성은 급속빙결이었다.

그녀의 창이 닿은 부분부터 급격히 얼어붙는 것이다.

이 공격에는 나도 대응할 방법이 없었기에 오러를 사용해 지워 버리는 수밖에 없었다.

"허억! 허억! 허억!"

이걸로 19판째. 구원이동 주문서가 모두 소모됐다.

그녀는 지친 얼굴로 숨을 몰아쉬고 있었다.

10판 이후부턴 오러도, 마나도 전부 소모됐는지 순수 무예 대결이 됐기에 체력 소모가 빨랐던 모양이다.

"졌습니다. 완패예요."

"승복이 빨라서 좋네요. 19번을 죽고서 승복하는 게 빠른 건지는 모르겠지만……."

나는 흐르는 땀을 닦았다.

나로서도 쉬운 싸움은 아니었다. 마법 전투에 대한 제반 지식이 쌓였기에 망정이지 예전이었다면 한 번 정도는 일격을 허용했을지도 모른다.

루크레치아는 풀이 죽은 듯했지만 곧 설렌 표정으로 물어 왔다.

"제게 부족한 점은 뭐죠?"

그런 훈수를 해 주는 사람이 여태 없었는지 내게 훈수를 기대하고 있다.

나는 말을 고른 뒤 답했다.

"기본이 없어요."

"기본……! 전 어렸을 적부터 매일매일 창을 단련했어요!

그런데도 기본이 없다니……!"

"방향이 잘못된 거죠."

상대가 몬스터인 탓에 이곳의 창술은 불필요하게 동작이 컸다.

"창술의 기본은 상대가 파고들 빈틈을 없애는 것. 일어나 봐요."

나는 그녀를 세우고 몇 가지 자세를 교정해 줬다.

"여기서 찌르는 동작으로 이어 갈 때는 몸을 앞으로 기울이지 말고 종아리에 힘을 주면서 자세를 낮추는 게 더 좋아요. 그래야 다음 상대의 동작을 대처하기 쉬워지거든요."

"그렇군요……."

"아까 13판째의 움직임도 그래요."

나는 정성껏 그녀를 지도했다.

루크레치아는 솔직하게 지도를 받아들였다.

'은근히 무예의 자질이 있는걸.'

만약 제대로 된 교육을 받았다면 나와 비슷하거나 더 강했을지도 모르겠다.

일차적인 지도가 끝나자 루크레치아는 감탄의 한숨을 흘렸다.

"대단하군요. 여태껏 당신처럼 무예에 깊은 조예를 가지고 있는 사람은 처음 봤어요."

"나를 무슨 대가로 보는 것 같은데, 전 그렇게 강한 편이 아닙니다. 내가 아는 사람들만 해도 나보다 강한 사람이 열 명은 돼요."

"무슨 농담을."

"정말이거든요. 제 스승은 저 같은 건 30합 만에 제압할 수 있습니다. 그 스승의 남편을 상대로 하면 단 10합도 버티지 못하겠죠."

그녀는 믿기지 않는다며 멍하니 듣고 있었다.

"그, 그들도 창을 사용합니까?"

"스승님은 저와 같은 창검술을 사용해요. 다른 한 명은 월도라고, 기묘하게 생긴 폴암을 사용하고요. 창이라고 하면……. 내 부하 중에 에오니아 미라벨이라고 창의 명수가 있어요. 참고로 에오니아도 저보다 훨씬 강합니다."

"창의 명수라고 하니 부디 만나 보고 싶군요."

슬슬 타이밍이 된 것 같다. 나는 그제야 용건을 꺼내 들었다.

"당신……. 무예에 관심이 많은 것 같은데. 저와 한 가지 거래를 하지 않겠습니까?"

"거래요?"

거래라는 말에 루크레치아는 노골적으로 얼굴을 찌푸렸다. 나는 수습하듯 말을 이어 갔다.

"불온한 거래를 하자는 게 아니에요. 단지 던전 토벌을 위해 도움을 받고 싶을 뿐입니다."

"이야기를 들어 보죠."

동아리의 인솔교사가 돼 달라는 제안에 그녀는 흥미가 동한 듯했다. 미루어 보건대 그녀 본인도 던전 토벌을 하고 싶은 입장이었던 것 같다.

"제가 인솔교사를 해 준다고 치고. 당신이 제게 줄 수 있는 건 뭐죠?"

"무예를 가르쳐 줄게요. 나중에 에오니아라는 친구가 합류하면 그녀에게 배울 수 있는 기회도 주겠습니다."

에오라면 내 부탁을 거절할 리는 없을 거다.

"으음……."

"경계할 만한 거래는 아니잖아요? 내가 나쁜 일을 한다는 것도 아니고."

"분명 그렇죠. 던전을 토벌하는 건 의로운 일이니……. 게다가 당신을 가까이서 감시할 수도 있고……."

그녀는 곧 결단을 내렸다.

"좋습니다. 거래에 응하도록 하겠습니다."

"휴우!"

이걸로 겨우 첫걸음을 뗄 수 있었다.

"그렇게 됐으니 어서 다음 지도를 부탁합니다."

"지, 지금요?"

"그럼 언제 하나요. 아, 묻고 싶은 게 있는데. 이 자세에 선……."

거래라는 명분을 얻어 거부감이 없어졌는지 루크레치아는 더 적극적인 지도를 원했다.

그 열성을 보아하니 내가 가르칠 수 있는 날도 얼마 되지 않을 것 같았다. 아무래도 어서 에오니아를 찾아와야 할 것 같다.

✦

아카데미 동아리를 만들고 인솔교사를 섭외한 건 좋았지만 여전히 문제는 산적해 있었다.

무엇보다 함께 던전 토벌에 나서 줄 전투원이 필요했다.

루크레치아의 말로는 굳이 아카데미 학생이 아니어도 된다고 했으니 자유롭게 구할 수 있었지만 자유롭게 구한다는 건 즉, 돈을 주고 고용해야 한다는 뜻이다.

'일단은 스폰서를 구하는 게 먼저라는 거네.'

나는 단도직입적으로 리노아에게 부탁했다. 리노아는 헛웃음을 터뜨렸다.

"뻔뻔하기도 하네요. 던전 토벌에 얼마나의 금액이 들어가는지 알고서 부탁하는 거예요?"

"제법 많이 든다고 하더라고요."

던전으로 가는 여행비와 체류비, 구원이동 주문서를 구매하는 비용 등등. 아무튼 돈이 많이 든다.

던전에서 발생한 돈 되는 물건들을 팔아 치우면 흑자로 돌아설 수 있다고 하지만 어쨌든 그건 공략을 성공했을 때의 일이다.

"그건 토벌을 성공하고 나서의 수익으로 갚을게요."

"그러니까 성공을 할 수 있냐가 문제라고요."

"그 부분은 어떻게든 믿어 주면 안 됩니까?"

"던전 토벌은 귀족에게 있어서도 명예로운 일인지라 귀족들이 지원을 해 주는 경우가 없는 건 아니지만 그것도 전도유망한 집단에 한한 거예요. 당신 하나만 보고 지원을 해 주는 건 어렵겠어요."

"사람을 찾는 건 도와준다면서요."

"그거야 돈이 많이 드는 일은 아니기도 하고…… 인도적인 일이니까?"

리노아는 그래도 마냥 거부할 생각은 아닌 것 같았다. 아까부터 재밌다는 듯 웃고 있기도 했고. 동아리에 대한 아이디어를 내게 준 시점에 이렇게 될 것을 예측한 것 같았다.

"일차적인 문제는 당신이 인망이 없다는 거예요."

"내가 인망이 없다고요? 말했지만 저는 한 국가의 두 번째 장군이었고, 수만에 달하는 병사를 이끈 적도……."

"그런데 친구는 없었죠?"

"……!?"

"정곡이었나 보네요."

"이, 있거든요! 그제도 만나고 왔어요. 그리고 내 가신들을 보면 내가 인망이 없다는 둥. 그런 말이 쏙 들어갈 거라고요."

"지금 데려와 보든가요."

"윽⋯⋯."

아픈 부분을 찌르다니.

"당신이 우수한 사람이라는 건 어렴풋이 알게 됐어요. 그래도 뭐든 혼자 할 수 있는 건 아니니까. 내 조건은 간단해요. 아카데미 동기 중에 두 명을 꼬셔 와 봐요. 단, 돈으로 매수하는 건 금지."

"애초에 그만한 돈이 없거든요?"

"그것도 그랬네요. 간단히 말하면 조건 없이 당신을 믿고 따라와 주는 사람을 데려오라는 거예요."

"조건 없이 믿어 주는 사람이라니⋯⋯."

리노아는 난처해하고 있는 날 보며 씨익 웃는다.

"왜 망설여요? 이 정도면 쉬운 것 아닌가요?"

분명 그랬다. 백작가의 지원을 얻는 조건으론 너무나도 쉽다.

나는 조건을 수락하기로 했다.

"알겠습니다. 그럼 일단 한 명은 된 거죠?"

"뭐라고요?"

"당신도 같이해야죠."

"지원만 하는 게 아니라 저도 같이 던전을 토벌하라는 건가요?"

"당연히 그런 줄 알았는데요?"

리노아는 어이없이 웃더니 이내 고개를 끄덕였다.

"하여간 넉살 좋긴. 알겠으니까, 그럼 한 명만이라도 구해 와 봐요."

"예입."

억지를 부려서 한 명으로 줄이긴 했지만……

그 한 명도 누구를 꼬셔 와야 할지 감조차 잡히지 않았다.

2장

사람을 스카우트하기로 한 이상 어중간하게 구할 순 없었
다.

그 한 명이 전체적인 팀워크를 해칠 수도 있는 일이니까.

중요한 건 인원 수 채우기가 돼선 안 된다는 점이었다.

그러니 최대한 실력 있는 녀석을 꼬셔 와야 했다.

그런 의미에서 이번 연무대전은 좋은 무대였다.

축제 8일 차.

나는 대전을 준비하는 특채생들을 눈여겨보았다.

역시 가장 눈에 띄는 건 조셉 왕자와 그 파트너인 다이언
키로스였다.

특채생인 다이언은 지난 시험에서 만점을 받았던 녀석으

로, 평민들이 대부분인 편입생 중에선 몇 없는 귀족이었다.

녀석과는 조셉 왕자와 얘기를 나눴을 때 얼굴을 익혔다. 뭐, 제대로 얘기를 나눠 본 적은 없지만.

'이쪽은 안 되겠네.'

저 자존심 강해 보이는 얼굴을 보고 있자면 내가 다 불편해진다.

그런 내 시선을 눈치챘는지 키로스는 내 쪽을 곁눈질하더니 조셉에게 무언가를 속삭였다.

조셉 왕자도 곧 의미심장한 눈으로 내 쪽을 바라본다.

난 그러거나 말거나 다른 특채생들에게 시선을 돌렸다.

'그다음은……'

아이븐 르디라는 이름의 남자 녀석이자.

오늘 연무대전에서 우리가 붙을 상대였다.

녀석은 파트너 영애와 함께 무구를 점검하며 대전을 준비하고 있었는데, 그 모습에서 깨가 떨어졌다.

"아이븐! 어딜 만지는 거예요?"

"무슨 소리야? 난 가만히 있는데?"

"그렇게 말하면서 허리를 더듬는 사람이 세상에 어디 있어요?"

"미안해, 리사. 당신이 좀 매력적이어야지."

"하여간……. 그런 건 밤에 해요."

끈적끈적함을 과시하는 둘.

뭔가 열 받는 듀오였다.

리노아도 동감인지 눈살을 찌푸리며 말한다.

"웨이드, 오늘은 대충하지 마요."

"그래도 괜찮아요? 저쪽은……."

듣자 하니 공작가 영애다.

아이븐 르디라는 녀석도 유력 후작가의 차남으로, 편입생 중에선 가장 신분이 높았다.

그러나 리노아는 아랑곳하지 않았다.

"왕족이 아니라면 상관없어요. 나는 진짜 백작이라고요. 이곳에선 왕족을 제외하면 가장 서열이 높아요."

"그것도 그러네요."

그렇게 시작된 연무대전.

신입생들의 대전은 2 대 2로 치러지기 때문에 오히려 더 어려운 부분이 있었다.

최대치의 전투력을 발휘하기 위해선 파트너와의 협력이 필수적이었던 것.

굳이 그럴 필요 없이 나 혼자 초살시켜 버리면 끝이긴 했 지만 오늘은 아이븐이라는 녀석의 실력을 면밀히 보고 싶기 도 했고, 연무대전에 나간다며 어린아이처럼 방방 뛰던 리노 아를 생각해서라도 맞춰 줄 필요가 있었다.

우리는 주최 측이 지급한 구원이동 주문서를 사용한 뒤 무 대에서 마주했다.

"우우우우!"

우리를 향해 쏟아지는 야유.

정확히는 리노아를 향해서였다.

"부모님을 죽인 패륜아!"

"브랜포드 백작은 좋은 사람이었다고!"

"썩 꺼져라, 살인자!"

리노아는 익숙한 일인지 멘탈이 흔들리는 일은 없었지만 패륜아라는 말이 나올 때마다 눈가가 꿈틀거리는 걸 보면 전혀 타격이 없는 건 아닌 모양이었다.

진행자는 그 소란의 중심이 된 리노아를 싸늘한 시선으로 노려보더니 곧 대전을 시작했다.

"개시!"

신호와 함께 상대는 일사불란하게 움직였다.

역시 커플이라는 걸까. 많이 준비한 티가 났다.

먼저 리사라는 여성이 불의 마법을 영창하고, 그 앞을 아이븐이 방패를 세워 막았다.

'남자 쪽은 전사 유형인 건가?'

마침 리노아가 윈드 커터의 영창을 끝내고 그 바람의 칼날을 상대에게 쏘아 냈다.

이 정도의 공격이라면 방패로 막아 낼 수 있었으나 공격의 범위가 넓은 바람의 마법인 탓에 뒤에서 주문을 외우고 있던 여성에게 피해가 갈 수 있었다.

하여 아이븐은 방패를 곧추세운 채 주문을 시전했다.

"하아앗!"

우드득! 방패를 중심으로 생성되는 나무뿌리들.

그것들이 하나의 벽이 되어 바람의 칼날을 상쇄했다.

"우오오오! 굉장하군!"

"흙이 없는 곳에서 이 정도의 대지 마법이라니!"

공격이 무위로 돌아가자 리노아의 표정이 굳었다.

그녀는 이 윈드 커터 원툴이었기 때문에 이 공격이 막히면 추가적인 방법이 없었다.

본래 그 상위 기술로 공기의 압축포를 발사하는 마법이 있지만 이건 난이도가 있어 그녀도 제대로 구사하지 못했다.

"웨이드, 이번엔 당신이……."

"일단 피해요!"

"앗……!"

영창을 끝낸 상대 여성이 우리를 향해 마법을 발사했다.

"받아 보세요!"

화르륵!

비산하는 열두 가락의 불의 줄기.

그것들이 마치 유도 화살처럼 우리를 쫓아왔다.

'제법인데……!'

동료를 방패로 삼아 공격에 올인 할 만한 위력이 있었다.

불의 줄기는 마치 뱀처럼 미끄러지며 다가왔다.

리노아는 다급히 윈드 커터를 시전하여 여섯을 상쇄시켰지만 나머지는 막지 못했다.

나머지 여섯의 줄기 중 하나만 직격해도 끝장이 난다.

이게 불의 마법이 고평가받는 이유이기도 했다.

물이나 대지 마법의 경우 그 자체로는 파괴력이 없는 것에 반해 불은 그 자체로 막강한 힘을 지니고 있기 때문이다.

닿으면 작은 화상 정도로는 끝나지 않는다.

이와 같은 맥락에서 번개 마법도 고평가를 받는 것이다.

"웨이드, 무슨 방법이 없어요?"

불줄기를 가까스로 회피하며 리노아가 물었다.

빗나간 불줄기는 방향을 선회하여 재차 리노아를 노렸다.

나는 뒤통수에 불줄기를 직격하기 직전인 리노아를 끌어당기며 답했다.

"어떤 방법으로 할까요. 함께 힘으로 누르는 방법이 있고, 조금 영리하게 하는 방법이 있는데요!"

리노아는 전자를 택했다.

"할 수 있으면 힘으로 찍어 눌러 보도록 하죠!"

"역시 화끈하네요."

허락을 받았으니 망설일 것 없었다.

나는 우선 창을 휘둘러 불줄기를 간단하게 제거했다.

이에 그것들을 피하기 위해 개고생을 하던 리노아가 뚱한 표정을 짓는다.

"할 수 있었으면 진작에 하지 그랬어요."

"그러면 당신이 활약할 기회가 없어지잖아요."

"하아……. 아무래도 좋아요. 저 방패를 깨부술 방법이 있는 거죠?"

"한번 해 봐야죠."

파지직! 나는 비전의 창을 생성했다.

투창 형태가 된 마력이 매섭게 진동했다.

하지만 이걸로도 부족하다.

상대의 방어는 허수아비에 걸려 있던 저항 마법보다 훨씬 강하다.

저걸 깨부수려면 어레인지가 필요했다.

리노아는 눈치껏 보조를 했다.

본인이 사용하는 윈드 커터 수어 개를 겹쳐 내 창 끝에 집중시켰다.

그러자 바람의 칼이 진동하며 지잉! 수천 마리의 벌이 날아다니는 듯한 소리가 나기 시작했다.

이 심상치 않은 파괴력에 상대의 안색이 바뀌었다.

"아이븐! 방어를 굳혀요!"

아이븐 녀석의 방패가 더욱 견고해졌다.

피할 생각은 없는 모양이다.

"하아앗!"

쐐애액!

방패를 뚫기 위해 날아가는 비전의 창.

이걸 상쇄하기 위해 창을 향해 불줄기를 쏘아 냈지만 중과부적이었다.

하나하나의 파괴력이 작은 불줄기로는 막아 낼 수 없었던 것.

콱!

나무 방패를 직격한 창은 그대로 관통하여 뒤에 있던 둘을 노렸다.

거기서 끝이었다.

구원이동이 발동하면서 둘은 연무장을 이탈해 버렸으니까.

방패를 관통한 마력의 창은 벽에 박힌 뒤 소멸했다.

"……."

도서관처럼 조용해진 연무장.

진행자는 못마땅하다는 듯한 눈으로 소리쳤다.

"승자! 리노아 브랜포드, 웨이드!"

깔끔한 승리. 그러나 환호해 주는 관중은 거의 없었다.

승리 이후 리노아는 기뻐하며 방방 뛰었다.

꿈에 그리던 연무대전에서 활약을 했다는 게 적잖이 감격이었던 모양이다.

관중의 반응은 시원찮았지만 애초에 그런 건 익숙한 모양인지 크게 신경 쓰지 않았다.

한참이나 재잘대던 리노아는 기분이라며 시종 안두하에게 멋들어진 저녁을 준비하라 지시했다.

안두하는 순수하게 기뻐하는 리노아를 보곤 포근하게 미소 지었다.

안두하는 리노아에게 들리지 않는 목소리로 내게 속삭인다.

"아가씨께서 마음 편히 즐기시는 게 얼마 만인지 모르겠군. 네 덕이다."

"전 딱히 한 게 없습니다만."

"핫! 그런 건방진 태도가 도움이 된 거겠지. 아가씨가 백작위를 물려받은 후에는 너처럼 막역하게 행동하는 사람이 없어졌으니까. 적이거나 혹은 억지로 비위를 맞추려는 자들뿐."

"줄곧 궁금한 게 있었는데요. 어떻게 리노아가 백작위를 물려받게 된 거죠? 정말로 부모님을 독살한 겁니까?"

"……."

안두하는 거기서 표정을 굳혔다.

"그 부분은 깊게 파고들려 하지 마라."

선을 넘지 말라는 듯이 경고하는 안두하.

지금까지는 별로 관심이 없었지만 그렇게 반응을 하니 억지로라도 알고 싶어졌다.

'직접 묻는 건 소용없을 것 같고……. 루크레치아에게 물어볼까.'

왕궁 근위대 간부인 그녀라면 뭔가를 알고 있을지도 모른다.

그런 생각을 하며 저택으로 돌아가고 있던 차였다.

"……?"

저택의 문을 가로막고 있는 무리.

복장으로 보니 근위대인 모양이었다.

근위대가 왔다는 건 왕족이 직접 왔거나 혹은 왕의 칙명을 가지고 방문했다는 뜻이 된다.

리노아는 그들을 보자마자 새하얗게 질려 버렸다.

마치 올 것이 왔다는 듯한 표정이다.

"……안두하. 오늘 약속을 잡은 것이 있었던가요?"

"어, 없습니다. 당장 가서 무슨 일인지 알아보도록 하겠습니다."

안두하는 종종걸음으로 달려가 근위대에게 이야기를 듣기 시작했다.

그 모습을 보고 있는 리노아는 미세하게 어깨를 떨고 있었다.

곧 안두하가 돌아왔다.

"아가씨, 조셉 왕자님께서 방문을 했다고 합니다."

"어떤 연유로 방문을 한 거죠?"

"그건 얘기를 들어 봐야 알 것 같습니다."

"……알겠어요. 안두하, 차를 준비해 줘요."

"예."

리노아는 근위대를 앞에 두고 태연한 척을 하고 있었지만 미세하게 다리가 떨리고 있었다.

나는 속으로 응원을 보내며 내 방으로 돌아가려 했지만 내게도 용건이 있던 모양이다.

저택 응접실에서 기다리고 있던 조셉 왕자는 따가운 눈으로 나를 부른다.

"웨이드, 너도 함께 오도록."

마치 자기 집이라도 되는 듯 조셉은 귀빈실로 발걸음을 옮겼다.

귀빈실의 테이블에 앉은 그는 턱을 괸 채 말없이 우리 둘을 노려보았다.

뒤에는 그의 파트너 편입생인 다이언 키로스가 지키듯 서 있다.

리노아는 식은땀을 흘리며 조셉의 다음 말을 기다렸다.

이윽고 조셉이 말한다.

"너무 경거망동을 하는 것 아니냐."

이전에 내게 대하던 신사적인 태도와는 동떨어져 있었다.

마치 경멸하는 듯한 태도.

평민인 나에게는 그렇다 쳐도 백작인 리노아에게도 그렇게 대하는 건 조금 이상했다.

리노아는 변명하듯 말한다.

"경거망동이라니요. 이전 제 언동에 불편한 부분이라도 있으셨는지요?"

"조용히. 멋대로 지껄이지 말아라."

"……송구합니다."

"내가 얘기하고자 하는 건 네놈 쪽이다. 웨이드."

갑자기 내게 돌아온 화살.

"내가 말했었지. 그 이상 로자와 관련되는 일이 없게 하라고."

"저는 그 약속대로 행동했다고 생각합니다만."

내가 말대답을 하자 다이언이 죽일 듯이 쏘아보았다.

조셉 왕자가 말을 이어 간다.

"그 의미에는 로자가 신경 쓸 일이 없도록 잘 처신하라는 뜻도 있었다."

"……"

"로자가 연무대전을 기권한 걸 보고 확신했지. 그 애가 아직도 네게 신경을 쏟고 있다는 걸. 애초에 왕족이 연무대전에서 기권이라니. 네 탓에 그런 망신스러운 일이 발생한 거다!"

왜 그걸 내 탓을 하는지 모르겠다.

리노아도 납득하기 힘든 모양이었다.

나를 대신해 반박했다.

"공주님의 기권에 대해서라면 건강에 문제가 있다고 발표하지 않았습니까."

"전혀 문제가 없다는 게 문제였지. 그걸 알게 된 궁의 시녀들이 속삭이더군. 공주가 사랑에 눈이 멀어 기권을 해 버렸다고 말이야."

왕궁 같은 폐쇄적인 공간은 소문 같은 것에 민감하다.

애초에 로자 공주는 그런 부분을 숨기려고 하지 않았는지 애초에 나에 대한 소문이 퍼져 있었다고 한다.

공주가 얼굴만 반반한 낙제생을 좋아하고 있다고.

그런 상황에서 내가 시험에서 좋은 성적을 기록하고 오늘 연무대전에서 좋은 모습을 보여 줘 버리니 그 뜬소문이 현실성을 가지게 되었다.

정말로 공주가 평민과 결혼할 거라는 소문으로 변질된 것.

조셉 왕자는 그 부분에 분개하고 있었다.

"나 참······."

나로선 뭐라 해 줄 말이 없었다.

멋대로 반응하고 멋대로 폭주하더니 내 탓이라고 책임 전가를 해 버렸으니까.

리노아도 똑같은 심정인지 조셉 왕자에게 항의한다.

그녀는 날카롭게 쏘아붙였다.

"그러는 왕자님이야말로 평민 시녀를 사랑하고 있다는 소문이 돌고 있습니다만. 이 부분은 어떻게 생각하시죠?"

"로자와는 상황이 다르다."

"어떻게 다르다는 건가요."

"나는 에리나를 진심으로 사랑하고 있다. 반면 로자는 허울을 보고 착각하고 있을 뿐이지."

내로남불의 전형이긴 했지만 로자가 헛된 사랑에 빠져 있는 건 사실이기도 해서 뭐라 반박할 말은 없었다.

리노아는 딴죽을 걸고 싶은 모양이었지만 이 이상은 긁어 부스럼이라 생각한 모양이다.

조셉은 이야기를 정리하듯 고한다.

"오늘 하고 싶은 말은 여기까지다. 앞으로 이런 일이 한 번 더 발생한다면 경고만으로는 끝나지 않을 거다. 명심하도록."

이 불합리한 경고에 이미 열이 올라 있던 리노아가 벌떡 일어나 외쳤다.

"뭡니까! 그럼 앞으론 쥐 죽은 듯이 지내라는 건가요! 본인은 아무런 잘못이 없는데!"

"잘못이 없다고? 하하하!"

웃음을 터뜨리던 조셉 왕자는 이내 정색했다.

"네가 그런 말을 할 줄은 몰랐군. 브랜포드 백작가와 관련된 시점에서 잘못이 없을 수 없다는 것 정도는 네가 가장 잘 알고 있을 테다.”

“……!”

“내가 모르고 있다고 생각하나?”

리노아는 정곡을 찔린 것처럼 굳어 버렸다.

“그, 그 일을 어떻게…….”

“며칠 전에 아버님께 들었다. 아버님께선 그걸로 끝난 얘기라 하셨지만 나는 그렇게 생각하지 않는다. 리노아 브랜포드, 네년은 역적이다! 당장 처형해도 모자라지 않는 역적! 그걸 잊지 마라!”

“…….”

아무래도 조셉 왕자가 내게 필요 이상의 역정을 내는 것도 리노아에게 숨겨진 사정 때문인 듯했다.

리노아와 관련된 내가 로자 공주에게 엮이는 게 싫은 것이다.

“흥. 다이언, 가자.”

“옛.”

조셉은 단호한 콧김을 내뿜고는 저택을 떠나갔다.

둘만 남겨진 귀빈실에서 리노아는 절망한 듯 고개를 숙이고 있었다.

멘탈이 흔들렸는지 눈물까지 글썽였다.

‘미안한 마음이 들긴 하지만…….’

지금이라면 얘기를 들려줄 것 같았기에 위로를 하기보다는 닦달을 해서 숨은 이야기를 캐내 보기로 했다.

　리노아는 눈을 내리깐 채 울먹이고 있었다.
　그 모습은 위로를 해 주길 바라고 있는 것 같았지만 나는 역으로 성을 내며 그녀를 보챘다.
　"조금 전 조셉 왕자의 말은 대체 뭐죠? 역적이라뇨. 저는 대체 어떤 사람과 함께 있는 겁니까."
　"그, 그게……."
　내 단호한 눈빛을 본 리노아는 당황하여 말을 더듬었다.
　솔직히 나도 놀랐다.
　무슨 사정이 있겠지 싶었지만 왕자가 직접 역적이라 부를 정도라니.
　'작은 일은 아닌 모양인데.'
　조셉 왕자를 배웅하고 있는 안두하가 이곳으로 오면 말짱 도루묵이 될 수 있으니 그 전에 이야기를 듣기로 했다.
　"말해 주시죠. 저도 당신과 관련된 이상 들을 권리가 있다고 생각합니다만."
　"……알겠어요."
　리노아는 체념하듯 고개 숙이더니 말을 이어갔다.
　"왕자님의 말은 틀리지 않았어요. 우리 브랜포드 가문은 역적의 가문입니다."

"국가 전복이라도 꿈꾸고 있었던 겁니까?"

"맞아요. 결과적으로는."

엘란 왕국은 그 지배 구조가 절대왕정의 형태를 취하고 있지만 그 강력한 왕권은 서대륙에 한한 것이었다.

남대륙은 지방 호족들의 힘이 강하다.

그 탓에 남대륙은 그 호족들을 억누르려는 왕가와 그 속박에서 벗어나고 싶어 하는 호족들의 눈치 싸움이 암암리에 벌어지고 있었다.

"우리 브랜포드 가문은 그 필두 중 하나였어요. 아버님과 오빠는 왕가에게서 독립하기 위한 방법을 궁리했죠. 그리고 생각한 거예요. 구원자 연맹을 끌어들이는 방법을."

"구원자 연맹……."

"당신도 알잖아요? 구원자 연맹은 연맹으로 묶여 있지만 각각의 연맹의 독립성이 강해요. 무엇보다 몬스터들에게서 직접 수복한 영토는 가타부타 제약 없이 수복 작전을 실행한 연맹이 다스릴 수 있죠."

"거기에 매력을 느낀 거군요."

"그렇죠. 우리 남대륙의 귀족들 대부분은 과거에 몬스터들을 무찌르고 영토를 수복한 용사들의 가문. 그러니 구원자 연맹을 보며 부러움을 느끼고, 왕국의 간섭에 불만을 느낄 수밖에 없었죠."

그런 불만이 터지려고 했다.

리노아의 아버지는 그 핵심 중 하나.

"하지만 어떻게 하려 했던 겁니까? 사병이 없는데 어떻게 반란을?"

반란에 필요한 건 군대다.

그러나 이 세계는 군대의 개념이 희박하다.

만약 군사를 모으기 시작했다면 왕국이 이를 눈치채지 못할 리 없다.

리노아도 그게 맞다며 고개를 끄덕였다.

"거기서 구원자 연맹에서 방법을 가르쳐 준 거예요. 바로 왕궁의 마정석 봉인고를 박살 내는 거죠."

"……!"

뭐라 말이 나오지 않았다.

그곳엔 엘란 왕국 영토. 다시 말해 서대륙 남부와 남대륙 서부에서 토벌한 던전들의 마정석이 전부 봉인되어 있다.

"그것들을 다시 세상에 풀어놓겠다는 겁니까!"

미친 짓이었다.

그걸 단번에 풀어놨다간 다음 격동 때 엘란 왕국의 영토는 다시 나타난 던전들로 인해 잃어버린 땅이나 다름없게 돼 버린다.

인명 피해는 수천, 수만 단위가 아니라 수백만이 될지도 모른다.

"그걸 노린 거예요. 왕국의 영토가 그런 상황이 되면 순간적으로 왕권은 사라지고 국민들은 혼란에 빠지게 되겠죠. 구원자 연맹은 그 틈을 노려 도와주는 척 왕국의 영토를 자기들이 차지하려는 거예요. 잘은 모르겠지만 그쪽도 연맹 사이에 영토 다툼이 심하다고 해요. 공공연히 암투를 벌인다고 하죠."

"그 시선을 엘란 왕국의 영토로 옮기려는 겁니까……."

실상 흑막은 구원자 연맹 쪽이었던 것이다.

남대륙의 귀족들은 자신들에게 영토를 준다는 사탕발림에 혹해 그 미끼를 물었고.

"저는 두고 볼 수가 없었어요. 그랬다간 셀 수도 없을 만큼 사람들이 죽게 될 테니까. 그래서……. 그걸 몰래 국왕 폐하에게 전했어요."

"……!"

"폐하는 반신반의를 하시면서도 제 말을 믿어 줬어요. 그리고 말했죠. 이 일을 원만하게 끝내고 싶다고."

"대놓고 본보기를 보일 수는 없는 상황이었다는 겁니까."

"어쩔 수 없었어요. 강하게 나갔다간 남대륙의 귀족들이 다 함께 들고일어났을 테니까. 구원자 연맹은 옳다구나 하고 개입해 왔을 테고. 그러니 폐하께선 은밀히 처리하기를 원했어요. 그래서 제게…… 독약을 건네주셨죠."

그리고 리노아는 부모와 오빠들을 독살했다.

나는 그녀의 패륜을 비난할 수 없었다.

그녀는 가족보단 다른 이들의 목숨을 위해 움직였던 거니까.

"후우! 정말이지 작은 일은 아니었네요. 그런데 굳이 악독한 영애를 연기하고 있던 건 무슨 이유인가요?"

"브랜포드 가문은 장차 귀족의 작위를 박탈당할 수순으로 정해져 있었어요. 그 정당성을 위해서예요."

결국에 브랜포드 가문은 본보기로 처리가 된다는 거다.

다만 그 명분은 역모가 아니라 망나니 영애 리노아의 패륜과 패악질이 된다.

"당신이 모든 일의 원흉으로 일을 마무리 지으려는 겁니까. 당신은 용케도 그걸 승낙했군요."

사람이 좋은 것도 정도가 있는 법이다.

리노아는 모든 것을 짊어지고 본인이 죽는 것에 찬성을 했다.

그게 왕국을 위한 충성심인지, 다른 이들을 위한 것인지는 모르겠지만.

나로서는 도저히 상상도 못 할 자기희생이었다.

"그래서? 당신은 그냥 그렇게 죽을 생각인 겁니까?"

"예전에 말했잖아요? 전 이미 모든 일을 끝냈어요. 그다음 일이 어떻게 흘러갈지는 저도 몰라요. 폐하께서 제 목숨만을 살려 주실 수도, 그냥 처형을 당할지도 모르죠."

그건 자신이 알 바도 아니고, 알고 싶지도 않다는 것이다.

고집이 센 성향이 묘한 부분에서 발동했다.

"아이고, 이상한 사람이랑 엮여 버렸네."

"……떠날 거라면 지금 떠나도 돼요. 어차피 당신은 그 일을 앞두고 멀리 추방할 예정이었어요. 괜히 나랑 같이 엮여 벌을 받을지도 모르니까."

"괜찮습니다. 저도 아수라장은 여러 번 겪어 봤으니까."

"후회할지도 몰라요."

"그 전에 몸을 뺄 자신이 있어요. 그러니 그때까지는……당신의 일이 원만하게 해결될 수 있도록 도와줄게요."

"예?"

"전에 말했잖습니까. 사람 찾는 걸 도와준다면 저도 당신을 도와주겠다고."

"그건……."

그땐 그냥 흘려들었던 모양이다.

본인은 이미 죽은 목숨이니까.

"아직은 시간이 있는 거겠죠?"

"얼마나 있는지는 몰라요."

"그래도 당장이 아니라면 뭔가 방법을 찾을 수 있을지도 모릅니다."

리노아는 뭐라 대답하지 않았다.

본인도 그런 방법이 있다면 기대고 싶은 거겠지.

물론 지금의 나도 뚜렷한 방법은 알지 못했다.

일단 가신들을 찾은 뒤에 상담해 보는 수밖에.

한편 브랜포드가의 저택을 나선 조셉은 씩씩거리며 왕궁으로 향하고 있었다.

그는 제법 분노해 있었다.

알스 때문은 아니었다.

리노아가 한 말 때문이었다.

'내가 로자와 똑같다고? 아니, 달라!'

로자가 알스를 사랑하는 건 두말할 것 없이 허울에 반한 것이다.

반면 자신이 에리나에게 관심을 가진 것은 그런 게 아니었다.

그렇기에 화가 났다.

'역적 주제에!'

브랜포드 가문이 하려던 짓을 생각하면 당장 삼족을 멸해도 시원찮았다.

그러나 리노아를 가엽게 여긴 국왕은 리노아의 목숨만큼은 살려 줄 생각이었다.

명목상으론 처형을 하되, 대역을 세우는 것이다.

그 후에는 편히 살 수 있을 만큼의 돈을 쥐어 준 뒤 조용히 지내게끔 한다는 게 계획이었다.

조섭은 그 처사가 마음에 들지 않았다.

아무리 자백을 했다고 해도 역모를 꾀한 가문의 일원이다.

혹여 자백한 것 자체가 속임수일 수도 있다.

한참이나 분을 삭이던 조섭은 로자 공주에게 향했다.

아픈 척을 하던 로자는 정말로 마음의 병이라도 생겼는지 시름시름 앓고 있었다.

그녀의 곁에는 친구인 귀족 영애들의 문병 선물로 가득했다.

그중에는 심심풀이로 읽을 만한 책도 있었다.

'그녀들의 사정?'

제목만 보고도 내용을 짐작한 조섭은 경멸하듯 책을 내려다봤다. 그러고는 한숨 쉬며 로자에게 말했다.

"로자, 괜찮니."

"괜찮아요."

"괜찮은 목소리가 아니잖아. 대체 뭐니. 정말 아픈 건 아니었잖아."

"……."

로자는 울 것 같은 표정을 짓더니 매달리듯 말한다.

"오라버니는 만약 자신이 좋아하는 사람의 연인이 절친한 친구라면 어떨 것 같으세요?"

"뭐? 무슨 소리야?"

"그냥 대답해 줘요."

"그 연인을 뺏을 거다."

"……!"

"다른 의미는 없어. 단지 굳게 마음먹으라는 거다. 로자, 우리는 왕족이다. 연약한 마음가짐으로는 살아남을 수 없어. 뺏어야 하는 거라면 뺏어야 해."

로자는 그 말을 듣고 한참이나 고민하더니 고개를 흔들었다.

"……그건 잘못됐다고 생각해요!"

로자는 결심한 듯 말했다.

그 눈빛엔 경계심마저 맴돌고 있었다.

"전에도 말했지만 오라버니. 에리나에겐 마음을 정한 연인이 있습니다. 더 이상은 에리나에게 관심을 가지지 마세요."

"그, 그게 갑자기 무슨 소리니. 게다가 그 연인이란 것도 확실하지 않은 이야기였잖아."

"이제 확실하게 될 거예요."

"뭐라고?"

"……이만 돌아가 주세요. 전 지금부터 에리나와 할 얘기가 있어요."

쫓겨난 조셉은 영문을 모르겠다는 표정이었다.

그런 조셉과 교대하듯 에리나가 모습을 드러냈다.

그녀는 책을 품에 안고 있었다.

조셉은 괜히 말을 걸고 싶었으나 방 밖으로 나온 로자가 눈을 부라렸기에 어깨를 으쓱이며 돌아갈 수밖에 없었다.

방에 들어온 에리나는 눈을 끔뻑이며 묻는다.

"다투기라도 하신 건가요?"

"조금……. 그보다 에리나. 하고 싶은 얘기가 있어."

"예, 얼마든지요."

말동무라도 돼 달라는 뜻이라고 지레짐작한 에리나는 별 생각이 없었다.

반면 로자는 어떻게 말을 꺼내야 하나 안절부절못했다.

그러던 차 에리나가 가져온 책에 눈치챈다.

"그건 뭐야?"

로자의 물음에 에리나는 환하게 웃으며 말한다.

"공주님이 심심하실까 봐 책을 한 권 가져왔답니다. 이건 제가 그……. 아는 사람이 썼던 건데. 저도 도움을 줬었거든요. 공주님도 마음에 들 거예요."

뭔가 하며 책을 펼쳐 본 로자는 입술을 앙 깨물었다.

다급히 아카데미 친구가 문병 선물로 가져온 책을 살펴보았다.

미처 신경을 쓰지 못했지만 저자 란에 떡하니 이름이 쓰여 있었다.

알스 일라인이라고.

"흑! 흐흑!"

로자가 울기 시작하자 에리나는 어찌할 바를 몰랐다.

"고, 공주님? 몸이 안 좋으신가요? 그럼 당장……."

"아니야. 그런 게 아니야……."

로자는 에리나를 안고는 오열하기 시작했다.

"미안해, 에리나! 넌 이렇게나 날 생각해 줬는데……. 정말 미안해……!"

"……?"

에리나는 멀뚱멀뚱한 표정을 지으면서도 로자를 다독여 주었다.

한참이나 울던 로자는 이윽고 모든 일을 털어놓기 시작했다.

축제 11일 차.

축제 막바지가 되면서 연무대전도 끝을 향해 가고 있었다.

4팀만 남게 된 신입생 부분에서도 마지막 결승 무대에 나갈 한 팀이 정해지려 하고 있었다.

'이거야, 운이 안 좋네.'

가능하면 결승까지 나가고 싶었으나 4강전의 상대는 다름 아닌 조셉 왕자와 다이언 키로스의 팀이었다.

애초에 리노아는 왕족만큼은 이길 생각이 없었고, 게다가

며칠 전에 그런 일이 있었기도 해서 이번 대전의 결과는 정해져 있는 거나 다름없었다.

"그냥 기권해 버리면 안 돼요?"

내 물음에 리노아는 고개를 흔들었다.

"그러면 승패의 모양새가 안 좋아지니까요."

하기야, 왕자가 있는 팀이 모든 대전을 기권으로 우승해 버리면 누구든 이상하다고 생각할 거다.

"그러니 최선을 다하되, 패배를 해야 해요."

"까다로운 주문이네요."

내 입장에선 지는 게 더 어려웠으니까.

무대에 올라가고 나선 우리에게 야유가 쏟아졌다.

상대가 왕자라 그런지 이전보다도 더 극심했다.

리노아가 말한다.

"웨이드, 이번 결투에서 당신은 한쪽만 상대해도 될 거예요."

"저는 다이언 녀석만 상대해도 된다는 겁니까?"

"지난 결투에서 왕자님은 그렇게 했다고 해요. 오늘도 아마 그런 식으로 전개될 거예요. 내가 적당한 시기에 항복을 할 테니 그쪽이랑 놀고 있어요. 물론 이기지는 말고요."

"옙."

왕족이 뭐라고.

'뭐, 우리 대륙도 별반 다를 건 없나.'

그나마 내가 속했던 캘리퍼 왕국은 왕자들의 나이가 40~50대였던지라 이런 경우가 없었지만 다른 왕국들은 여기와 딱히 다를 건 없었다.

어디 왕자가 대단하다느니, 무슨 경연에서 두각을 보였느니 하는 얘기가 심심찮게 들렸으니까.

그런 것들도 분명 이런 식으로 얻은 명성이겠지.

그나마 다행인 건 조셉에게는 패하지 않아도 된다는 부분일까.

이건 리노아가 신경을 써 준 걸지도 모르겠다.

다이언 녀석을 대충 가지고 놀고 있으면 리노아가 알아서 항복을 할 것이다.

나는 창을 휘적이며 다이언과 대치했다.

다이언은 날카로운 눈으로 나를 응시해 왔다.

듣자니 저 녀석도 지난 시험에서 근위대원을 때려눕혔다고 한다.

실력은 있는 셈.

'어느 정도인지 보실까.'

그렇게 개시 신호가 떨어지기 직전이었다.

웅성이기 시작하는 연무장.

"로자 공주님이야……!"

"병세가 호전되신 건가?"

나는 절로 한숨이 나왔다. 기어코 찾아오다니.

'조셉 녀석이 또 한 소리 하겠네.'

나는 굳이 로자 공주 쪽을 바라보지 않았다.

그러나 그때였다.

"알스 님!"

눈이 번뜩 뜨이는 목소리.

나는 획, 고개를 돌렸다.

"……어?"

로자 공주와 함께 있는 여성.

어째서인지 왕립 아카데미 복장을 입고 있는 에리나가 그곳에 서있었다.

나는 잠시 패닉에 빠져 있었다.

에리나가 로자 공주 곁에 있는 걸 보고는 어느 정도 상황을 짐작할 수 있었다.

'그 에리나가 정말로 에리나였다고!?'

같은 아카데미에 다니고 있었다니.

그런 거라면 정말이지 낫 놓고 기역 자도 모르는 격이나 다름없었다. 뭐, 실제로 에리나라는 사람을 본 적은 없었으니 등잔 밑이 어둡다는 표현이 적당할지도.

'감쪽같이 속았네.'

남편도 있고 심지어 로자 공주의 10년 지기라고 하기에 당연히 아니라고 생각했다.

그녀는 눈물을 글썽이며 내 쪽을 바라보고 있었다.

'나 참. 정말로 아카데미에 한 명 더 있었다니. 도로시의 말이 맞았어.'

나는 에리나를 향해 눈짓을 보낸 후 내 대전 상대에게로 시선을 돌렸다.

리노아는 무슨 일이냐며 묻는다.

"뭔가요. 로자 공주님과 무슨 일이라도 있어요?"

그녀는 내가 로자 공주와 눈빛을 주고받은 거라고 생각한 모양이다. 내 본명이 알스라는 걸 리노아에게 밝히긴 했으나 웨이드라는 이름이 강하게 각인되어 있는지 조금 전 에리나의 외침은 귀에 담지 않은 모양이다.

"별거 아닙니다. 그보다도 빨리 끝내도록 하죠."

"……? 알겠어요. 당신은 적당히 상대와 어울리고 있도록 하세요."

리노아는 조셉 왕자와. 나는 다이언 키로스와 마주했다.

보통 2 대 2의 대전으로 이뤄지긴 하지만 종종 이런 경우가 있었다.

양자 합의에 의해 개인전 형식으로 치러지는 것이다.

왕족이 포함된 결투가 이런 식이 될 때가 많다. 2 대 2의 싸움은 왕족이 돋보이지 않는다는 이유도 있고, 상대측에 평민이 섞여 있을 땐 격이 맞지 않는다는 이유도 있다.

해서 조셉은 리노아와 대결을 펼치고 나에 대해선 다이언이 맡는 것이다.

"그럼 개시!"

진행자의 신호가 떨어지자 각자가 자세를 잡았다. 다만 지난번과 같이 먼저 움직이는 사람은 없었다.

조셉 왕자가 먼저 움직이기를 기다리는 것이다.

그러나 정작 조셉은 눈을 부릅뜬 채 로자 공주가 있는 쪽을 망연히 바라보고 있었다.

"알스……라고?"

무슨 일인지 충격을 받은 듯한 조셉. 그때 다이언이 속삭이듯 말한다.

"왕자님, 무슨 일이십니까."

"아, 아니다. 내가 잘못 들은 거겠지."

억지로 마음을 다잡았는지 조셉은 레이피어를 리노아에게 겨누었다. 그 레이피어의 끝에서 마력이 소용돌이치며 마치 공기총을 쏜 것 같은 공기포가 발사됐다.

"하앗!"

리노아는 그 공격을 맞받아치며 결투에 들어갔다.

나를 향해서도 다이언이 다가와 말했다.

"너, 듣자니 근위대원을 제압했다지?"

"그런 일이 있었던 것 같기도 하고."

"흥, 우쭐대지 마라. 그건 그렇게 대단한 일도 아니니까."

이 녀석도 근위대원을 쓰러뜨렸다고 했다. 그 실력에 대해선 나도 궁금한 차였다.

동기 중 한 명을 꼬셔 오라는 리노아의 요구가 있기도 했으니까.

'아니, 잠깐.'

에리나를 데리고 오면 그만인 게 아닐까 하는 생각이 들었다.

'뭐야, 고민할 것도 없었잖아.'

나도 가신들 외에 새로운 사람을 받아들이기는 꺼려지는 상황이었으니 마침 딱 좋았다.

당장의 팀은 루크레치아, 리노아, 나, 에리나로 짜면 된다.

남자가 나 하나밖에 없는 건 조금 그렇긴 하지만 나중에 도로시나 귄터. 애쉬, 애거트 같은 친구들이 합류하면 괜찮아질 테다.

내가 상쾌한 표정을 짓자 불쾌해졌는지 다이언이 중검을 겨누며 말한다.

"내가 직접 그 실력을 확인해 주지. 긴장하지 않으면 단숨에 끝날 테니 각오하도록 해라."

"정말이지 말은 잘하네."

"하앗!"

탓! 묵직한 스텝으로 단숨에 파고드는 다이언.

녀석의 검술은 근위대원들이 사용하는 것과 비슷했다. 직선적이고, 육중하다.

상대를 단번에 분쇄해 버리겠다는 의지가 보이는 검술.

'……제법인데?'

지난번에 근위대원을 상대할 때는 잘 몰랐지만 이 검술은 명백하게 인간을 상대하기 위해 만들어졌다.

하기야 그도 그럴 게 몬스터들은 의도적으로 왕을 노리지 않는다.

왕국이 멸망 직전까지 간다면야 몬스터와 싸울 일이 생기기도 하겠지만 그렇게 된 것 자체가 이미 상황이 끝났다는 것과 다름없다.

왕과 왕족에 있어 직접적인 위협이 되는 건 다름 아닌 인간. 그러니 근위대의 무술은 인간을 상대하는 걸 상정하고 발달했다.

"촐싹대지 마라!"

녀석은 검을 사선으로 세운 뒤 내 목과 양 허리를 향해 참격을 내질렀다.

급소를 노리고 날아든 공격.

나는 고개를 뒤로 젖혀 목을 향한 첫 공격을 회피한 뒤, 옆으로 덤블링을 하며 허리를 향한 공격을 회피함과 동시에 녀석의 측면으로 돌아 들어갔다.

"뭣……!?"

경악하는 다이언.

나는 왼 팔꿈치로 녀석의 옆구리를 찔러 갈비뼈를 부러뜨렸다.

"크헉!"

다이언은 옆구리를 감싸 쥐며 후다닥 뒤로 물러났다.

"네, 네 녀석……!"

"나쁘지 않은 공격이었어. 기본자세도 그렇고 마음가짐도 그렇고. 베이스는 좋네."

루크레치아보다도 키울 맛이 있는 녀석이긴 했다. 키울 생각은 없지만.

"이겼다는 듯이 말하지 마라!"

계속 덤벼드는 다이언. 베이스가 좋다고는 해도 아직 경험도, 실력도 미천했다.

급기야는 마법을 섞어 맹공을 펼쳤지만 나는 적당히 흘려내며 죽지 않을 만큼만 공격을 했다.

"허억! 허억! 허억!"

숨을 몰아쉬는 다이언. 그 관자놀이에서 식은땀이 흘러내렸다.

관중석 한편에서 근위대 간부와 함께 결투를 지켜보던 루크레치아는 고개를 절레절레 흔들고 있다.

"아직이다……. 아직……!"

투지는 꺾이지 않았는지 재차 달려들 준비를 하는 다이언.

그 직전에 리노아가 항복을 선언했다.

"패배를 시인하겠습니다!"

리노아와 조셉의 대결은 시종일관 조셉의 우위로 진행이
됐다.

실제 실력도 조셉이 두 수 정도 위에 있었기에 리노아는
버틸 수 있는 곳까지 버티다 항복을 선언했다.

나와 다이언의 대결을 조마조마하며 지켜보고 있던 진행
자는 이때다 하며 소리쳤다.

"승자! 조셉 디바인, 다이언 키로스!"

승리를 거머쥔 조셉은 다이언에게 시선을 돌렸다. 그 목소
리는 싸늘해져 있었다.

"전부 보고 있었다. 다이언, 그 무슨 추태인 거냐."

"며, 면목 없습니다. 방심을 한 것 같습니다."

"흥."

내가 힘으로 찍어 누르지 않았기 때문일까. 조셉은 다이언
이 제대로 하지 않아 열세에 처했던 거라고 판단한 것 같다.

조셉은 마음에 들지 않는다며 나를 흘겨보더니 이내 신경
을 끄고는 검을 높이 들어 올렸다.

그러자 박수갈채와 함께 환호성이 울려 퍼졌다.

조셉은 씨익 웃더니 하늘을 향해 들어 올렸던 레이피어를
척! 로자 공주가 있는 방향으로 가리켰다.

그 제스처가 가진 의미는 하나였다.

이 승리를 그대에게.

"우오오오!"

"역시 왕자님이셔!"

관중은 감탄을 금치 못했다.

"병치레를 하신 로자 공주님을 위해서……!"

"훌륭하군!"

로자 공주는 그런 관중의 환호에 쓴웃음을 짓더니 에리나를 데리고 연무장으로 내려왔다.

조셉은 그 의외의 행동에 눈을 크게 떴지만 곧 득의양양한 미소를 짓는다.

로자 공주는 어서 가 보라며 에리나의 등을 떠민다.

타다닷! 달리는 에리나.

왜인지 조셉은 양팔을 펼치고 있었지만 그러거나 말거나 에리나는 그를 지나쳐 내게 달려들었다.

"알스 님……!"

"우왓!?"

얼마나 기세가 강했으면 제대로 받아 내지 못하고 넘어질 뻔했다.

가까이서 보니 변화가 실감됐다. 3개월 정도라고는 하지만 제법 고된 생활을 한 모양이었다.

평소 관리를 하던 장발의 머리카락은 관리가 힘들어졌는지 포니테일로 묶은 채였고, 체력을 기르기 위해서인지 운동도 많이 한 모양이었다. 예전에 봤을 때보다 군살이 없어진 느낌이다.

고된 생활을 했다는 것이 보이지만 오히려 더 건강해 보이는 느낌이랄까.

에리나는 격정이 차올랐는지 오열하며 아무런 말도 하지 못했다. 나는 그 등을 토닥여 줄 뿐이었다.

문득 주변을 둘러보니 여러 가지 반응이 보였다.

리노아는 도대체 무슨 일이냐며 어리둥절하고 있다. 그녀에겐 사정을 설명해 줘야지.

관중은 나에 대해선 딱히 관심을 가지지 않았다. 오직 로자 공주와 조셉 왕자에게만 이목이 집중돼 있었다.

관중은 조셉의 승리 세리머니가 로자에게 향했다고 믿어 의심치 않고 있었으니까.

그 조셉이라고 하면 돌처럼 굳은 채 내 쪽을 바라보고 있었다.

그런 그에게 로자 공주가 중얼거리듯 말한다.

"제가 말했잖아요. 에리나에겐 마음을 정해 둔 사람이 있다고. 그러니까 오라버니? 이 이상 에리나에게 접근할 생각조차 하지 마세요."

"그런……."

로자 공주는 으르렁거리며 엄포를 놓고는 포근하게 미소 지으며 에리나를 바라보고 있었다.

리노아의 저택으로 장소를 옮긴 나는 쌓인 이야기를 나눌 수 있었다.

"정말이지. 같은 아카데미에 두 달여간 다니면서 한 번도 마주치지를 않다니. 아무리 반이 다르다고 해도 이럴 수가 있는 건지."

내 어이없다는 반응에 에리나는 표정을 흐렸다.

"그건 공주님 때문이에요."

"로자 공주입니까……."

거기에 대해서도 묻고 싶은 게 산더미였다.

에리나는 처음부터 하나하나 이야기를 해 갔다.

자신이 왕궁에 전이되어 로자 공주 덕에 시녀로 거두어지고 아카데미에 들어오게 된 것, 로자 공주가 자신이 잘못했다며 고백을 한 것까지.

"나 때문에 그랬던 거라고요?"

"그렇다니까요."

에리나는 기가 찬다는 듯, 한편으론 그럴 만도 하다며 중얼거린다.

"여기선 귀족이 아니니 뭔가 다가가기 쉬운 인상도 있고……. 앞으로도 예의 주시해야겠네……. 이럴 때 에스텔이 있었다면……."

푸념하듯 한숨 쉰 그녀는 다리를 꼰 채 지켜보고 있는 리노아를 곁눈질하며 묻는다.

"알스 님이야말로 리노아 양과는 어떻게 만나게 된 거예요?"

"조금 복잡해요."

이번엔 내 이야기를 할 차례였다.

에리나는 귄터와 가스파르를 발견했다는 말에 눈을 둥그렇게 뜨더니 도로시가 연맹 아카데미에 속해 있다는 말에는 자기도 모르게 소리를 내질렀다.

"그럴 수가! 도로시가 구원이동을 사용할 수 있는 자질을 가지고 있다고요!?"

"그래서 좋은 대우를 받고 있나 봐요."

"그야 그렇죠!"

에리나는 시간과 공간 속성을 타고난 게 얼마나 큰 축복인지 역설했다. 보아하니 나보다도 훨씬 열성적으로 마법 공부를 한 모양이다.

"그러고 보니 알스 님은 어떤 마법을 구사하시나요?"

"빛, 그리고 비전이에요."

"비전! 굉장히 어울리네요."

"빛은요?"

"예? 그, 빛은……. 그러니까……."

"어울리지 않죠?"

"아, 아녜요! 어울려요."

"하하……. 당신 얘기도 해 줘요."

들자니 그녀는 희귀 속성 중 하나인 전격 속성을 타고났다고 한다.

"전격이라니……. 뭔가 당신과 어울리면서도 어울리지 않는 것 같은 느낌이네요."

"후훗, 나중에 보여 드릴게요."

"그거 기대되네요. 나도 비전 마법을……."

그때 리노아가 끼어들어 왔다.

"잠깐. 내 얘기를 하려던 거 아니었어요? 갑자기 둘만의 세계에 빠지지 말아요."

"앗, 죄송합니다. 그러니까……. 리노아 님께선 알스 님의 후원자이신 거군요."

"넓은 의미로는 그렇게 되겠네요. 웨이드……. 아니, 알스라고 불러야 하나요?"

뭐라 불러야 하나며 눈빛으로 묻는 리노아.

"웨이드라고 불러도 됩니다. 가명이긴 하지만 이쪽도 본명만큼이나 익숙한 이름이니까."

"그럼 웨이드. 당신이 만든다는 동아리에 그녀를 데리고 올 건가요?"

"그렇게 하려고요. 그럼 조건은 완료한 거죠? 당신을 포함해서 동기생 중에 두 명을 데려왔으니까."

리노아는 피식 웃더니 고개를 끄덕인다.

"좋아요. 전부 후원을 해 줄게요. 던전 토벌을 위한 동아리에 대해서도. 가신을 찾는 것에 대해서도. 가신이 있다는 당신의 말이 허언은 아닌 것 같으니……. 저도 한번 보고 싶네요. 얼마나 대단한 가신들을 데리고 있는지."

"안톤과 루트거가 없으니 완벽한 건 아니긴 한데……. 뭐, 기대해 주세요."

이걸로 던전 토벌을 위한 동아리 개설도 일단락. 나머지는 짬을 내어 던전 토벌을 진행하기만 하면 된다.

"그런데……."

한 가지 의문인 부분이 있었다.

"로자 공주가 사실을 고백한 게 3일 전이라고 했죠?"

"맞아요."

"그런데 왜 굳이 오늘 나타난 거예요? 바로 저한테 왔어도 됐을 것을."

"그게……. 준비가 필요해서요."

"준비?"

그때였다.

저택의 시종인 안두하가 노크와 함께 나타나 말한다.

"아가씨. 저택 앞에 짐이 도착해 있습니다만."

"앗, 그거 제 것입니다."

에리나가 손을 들며 말한다.

무슨 영문이냐는 안두하의 물음에 리노아가 어깨를 으쓱이며 답한다.

"아까 로자 공주님이 부탁하더라고요. 그녀를 우리 저택에서 머무르게 해 달라고."

요 며칠간. 로자 공주는 에리나를 자신의 파트너 편입생에서 해지하고 시녀의 직위도 해지하는 등, 에리나를 왕궁에서 내보내는 작업을 했다고 한다. 에리나의 반도 왕궁 내부에 있는 1반이 아니라 내가 있는 17반으로 옮겨 주는 모양이다.

나와 함께 있게끔 조치를 취해 준 것이다.

내게 있어선 골칫덩이이긴 했으나 에리나가 말하는 거나 행동하는 걸 보면 확실히 사람은 좋은 모양이다.

"안두하, 그녀에게 방을 안내해 줘요. 웨이드의 옆에 있는 방을 주면 돼요."

"아, 옛!"

에리나는 안두하와 함께 자신의 방에 짐을 옮기러 향했다.

리노아가 고개를 흔들며 말한다.

"어휴, 미리 말해 두지만 적당히 해요. 한밤중에 야릇한 신음이 들리기라도 하면 바로 쫓아내 버릴 거니까."

"이상한 걱정 마십쇼."

그래도 이런 부분까지 리노아에게 신세를 지는 것도 미안했다.

던전 토벌로 돈이 마련된다면 거점으로 삼을 저택을 구해 보기로 마음먹었다.

축제가 끝나자 아카데미는 핑크빛 기류가 흘렀다.

축제에서 썸을 탄 애들이 교제하는 경우가 늘어나며 커플이 다량 생겨 버린 것.

대부분 귀족과 귀족. 혹은 평민과 평민의 경우가 많았지만 귀족과 평민이 눈이 맞는 경우도 있었다.

우리 반에서도 누가 누구와 사귀고 있냐느니, 어떤 귀족이 어떤 평민과 만나고 있다느니 떠들기 바빴다.

이전의 나라면 그들을 한심하게 바라봤겠지만.

"으음……."

나도 뭐라 말할 처지가 아니었다.

로자 공주의 안배로 1반에서 내가 속한 17반으로 내려온 에리나는 싱글벙글하며 내 옆에 앉아 있었다.

그것만이라면 모를까 무슨 심경의 변화인지 스킨십이 늘어나 있었다.

"알스 님. 점심을 먹으러 가요."

팔짱을 끼며 그렇게 제안하는 에리나.

나는 촌스러운 짓이라는 걸 알면서도 일단 물어보기로 했다.

"요즘 왜 그래요? 조금…… 적극적이지 않아요?"

에리나는 홍조를 띠더니 이내 미소 짓는다

"이곳에선 다른 사람들의 눈치를 볼 필요가 없으니까요."

본래 그녀는 공작가의 영애로서 체면을 신경 쓸 필요가 있었다. 그렇기에 나와 있을 때도 조심스러워하는 경향이 있었다.

"지금은 다르다는 거네요……."

리미트가 풀렸다는 걸까.

도로시도 그렇고. 귀족 애들은 여러모로 생각하는 게 많았던 모양이다.

나야 애초에 귀족의 특권 의식이 없었기에 영향이 없었지만 둘은 아니었던 모양이다.

귀족이란 족쇄가 풀려 버리자 심경의 변화가 생겼다.

도로시는 자유를 갈망했고, 에리나는 체면을 챙기지 않게 됐다.

"그보다 어서 가요. 오늘은 로자 공주님과 약속이 있어 늦으면 안 되니까요."

점심을 먹기 위해 이동한 곳은 왕궁 외곽에 있는 정원이었다.

그곳 테이블에 로자 공주와 리노아. 그리고 조셉 왕자가 앉아 있었다.

테이블의 분위기는 꽤나 험악했다.

"에리나, 어서 와."

로자는 에리나를 자신의 옆에 앉혔다. 나는 적당히 리노아
의 옆에 앉았다.

나는 리노아를 향해 눈빛으로 물었다.

'쟤는 왜 있는 거예요?'

리노아는 자기도 모르겠다며 어깨를 으쓱인다. 굳이 신경
쓰지 말라는 듯하다.

조셉은 불타는 눈으로 나와 에리나를 노려보고 있었다.

'어휴.'

진짜 골칫덩이는 로자 공주가 아니라 조셉 왕자였던 건가.

로자는 오히려 우리를 적극적으로 지원해 주려 했다.

에리나와 담소를 나누더니 곧 그런 말을 한다.

"그런데 에리나. 결혼식은 언제쯤 올리는 거야?"

"예!?"

에리나는 화들짝 놀라 기성을 내질렀다.

"그렇게 놀랄 일이야? 듣자니 7년이나 만난 사이라며. 그
러면 슬슬 생각해 봐도 이상하지 않잖아?"

"그, 그게. 7년이긴 하지만 교제하게 된 건 최근이라⋯⋯."

"무슨 상관이야."

에리나도 싫지는 않은 듯했다. 본래 있던 곳에서라면 가문
이니 뭐니 하여 약혼조차 제대로 못 하는 상황이었으나 지금
은 그런 굴레가 없다.

다만 지금은 상황이 상황이다. 실종자들도 제대로 찾지 못한 상황에서 결혼식이라니, 말도 안 된다.

에리나도 그걸 잘 아는지 난색을 표했다.

"그, 그리고 알스 님은 여러 분들에게 사모를 받는 입장인지라…….."

"여러 분이라니? 설마 에리나 너 하나가 아니야!?"

"…….."

로자는 홱! 나를 노려보았다.

"뭔가요, 웨이드! 에리나만 바라보는 것 아니었어요?"

"그게 저도 여러 가지 사정이라는 게…….."

"얼마나 더 있는 거죠?"

여기선 사실대로 말하는 편이 좋을 것 같았다.

"셋입니다."

"세 명!?"

리노아도 어이가 없는지 쓰레기를 바라보는 듯한 눈이 되었다.

"그, 그러니까 여러 가지 사정이…….."

"대체 그 사정이라는 게 뭔데요? 당신이 왕족이라도 되는 건가요?"

에리나가 나를 변호하듯 말해 준다.

"공주님, 진정하세요. 정말로 여러 가지 사정이 있었어요. 저도 충분히 납득하고 있고요."

"허!"

조셉 왕자에 한해선 안색이 붉으락푸르락해졌다. 대단히 자존심이 상한 듯하다.

로자는 답답하다며 한숨 쉰다.

"하여간! 에리나에게 존댓말을 하는 것도 일부러 거리를 두기 위해서인가요?"

"아뇨. 그건 제 습관 같은 겁니다."

"뭔가요 그게. 서먹서먹하잖아요! 에리나 넌 어떻게 했으면 좋겠어?"

그러자 에리나는 잠시 생각해보더니 조심스럽게 말한다.

"확실히. 이제는 존대를 하지 않는 것도 나쁘지 않을 것 같네요."

"그렇지? 웨이드, 그런 거니까 앞으론 노력해요."

잔소리를 늘어놓는 로자.

전부 맞는 말이었던지라 얌전히 듣고 있는 수밖에 없었다.

그리고 그럴수록 조셉 왕자의 표정이 구겨져 간다.

"쳇!"

뭐라 말하고 싶지만 말할 명분이 없어서 화가 쌓인 모양이다.

이윽고 말없이 자리를 박차고 나갔다.

로자는 그 뒷모습을 싸늘하게 바라보고는 신경 쓰지 말라며 말을 이어 간다.

"그런데 둘 다. 던전 토벌을 위한 동아리를 시작한다며?"

"예, 시간을 내서 도전해 볼 생각입니다."

"마음 같아선 나도 도와주고 싶지만 아무래도 입장이라는 게 있으니까……. 힘내라는 말밖에 해 줄 게 없네."

에리나는 그것만으로도 힘이 된다며 로자의 손을 꼭 붙잡았다.

"그래서? 어디로 갈 거야?"

"아직 정하지 않았습니다."

일정도 조율해야 했고, 초행이니 적당한 던전을 물색해야 했다.

주기적으로 발생하는 격동이 아직 3개월 정도가 남아 있으니 던전 토벌을 하려면 내가 처음 떨어진 섬처럼 외진 곳이나 혹은 잃어버린 땅의 던전으로 가야만 하는 상황이었다.

에리나와 재회함으로써 지금껏 찾아낸 가신의 숫자는 네 명.

남은 건 14명이다. 아직 갈 길이 먼 상황이라는 것.

나는 일단 가스파르와 도로시 쪽에 에리나를 찾아냈다는 연락을 보내 놓기로 했다.

'귄터 쪽이 문제인데…….'

연락두절이 돼 버린 귄터는 리노아의 도움을 받아 수색을 했음에도 발견이 되질 않고 있었다.

그래도 흔적이 끊긴 곳은 알아낼 수 있었는데, 남대륙의 중부 이스와칸이라는 도시였다.

이 도시는 여러 특징을 가지고 있었는데, 가장 두드러지는 특징은 바로 잃어버린 땅을 개척하기 위한 교두보 격의 도시라는 점이었다.

그렇기에 잃어버린 땅에 대한 정보가 많았다.

'설마하니 귄터……'

이스와칸에서 어떠한 정보를 듣고 잃어버린 땅에 들어가 버린 건 아닐까.

흔적이 완전히 끊겨 버린 걸 보면 그런 가능성을 부정하기 힘들었다.

그렇담 최우선 수색 대상은 귄터로 하는 편이 맞았다. 잃어버린 땅을 헤집고 있는 건 가스파르도 마찬가지지만 그래도 가스파르 쪽은 위험을 충분히 감안하고 계획을 가지고 들어간 거다.

'빨리 움직여야겠네.'

나는 곧장 리노아에게 이 일을 상담해 보기로 했다.

리노아는 고개를 끄덕이며 답했다.

"그럴 가능성이 높긴 하겠네요. 행방이 감쪽같이 묘연해진 거라면 잃어버린 땅에 갔다고 하는 편이 타당성이 있으니까. 하지만 이스와칸이라고 하면…… 그 한탄의 숲과 접경한 곳이잖아요."

"한탄의 숲……?"

"몰라요? 던전에 대해선 공부를 했잖아요."

"시험 범위 내에서는 말이죠. 그래서 뭔데요? 그 한탄의 숲이라는 건."

"남대륙은 그 중앙에 바다로 갈라져 동과 서로 나뉘어요. 그 정도는 알고 있죠?"

"예, 엘란 왕국이 그걸 기준선으로 삼아 구역을 나눴다고 들었어요."

"맞아요. 최근 수십 년간은 그 기준선을 기점으로 넘어가지 않고 있죠. 다만 건너편에 교두보 정도는 있어요. 프레이아라는 도시죠."

그리고 그 프레이아라는 도시는 한탄의 숲이라 불리는 지형에 둘러싸여 있다.

그 숲에서는 원인 불명의 이유로 무수히 많은 실종자가 발생했다. 집계된 것만 해도 10만 명.

그 실종자를 그리워하며 통곡하는 사람들로 인해 한탄의 숲이라는 별칭이 붙은 것이다.

"한탄의 숲……."

권터가 그곳으로 들어갔다고 하면 여간 심각한 일이 아니었다.

그도 그럴 게 지금까지 한탄의 숲에서 실종됐다 돌아온 사람은 손에 꼽을 정도였으니까.

리노아는 격려를 하듯이 말한다.

"아직 실종이 됐다고 하기에는 일러요. 단지 그곳에 체류하고 있을 뿐인 걸지도 모르니까. 게다가 한탄의 숲은 원인불명의 실종이 있을 뿐이지 기본적으로 위험한 몬스터가 나오지는 않는다고 하기도 하고."

"……리노아. 만약 내가 이번 던전 토벌을 그곳으로 한다고 하면 어떻게 말할 거죠?"

"미친 짓은 하지 말라고 하겠죠."

"그 위험을 감수해야 할 때라고 생각합니다."

나는 이미 결심을 굳힌 상태였다.

귄터도 뭔가 단서를 얻었기에 그곳으로 간 것이 분명하다.

게다가 이대로 두면 귄터도 죽을 가능성이 높다.

던전 공략은 초행인지라 위험부담이 큰 상황이었지만 지금은 전력을 모아 부딪혀 보는 게 맞다고 생각했다.

그런 만큼 북부의 가스파르까지 소집하기로 했다.

한탄의 숲을 공략하기로 마음먹은 이상 머뭇거릴 수 없었다.

나는 우선 루크레치아를 설득했다.

"한탄의 숲이요?"

"매력적이죠? 엘란 왕국이 잃어버린 땅에 대한 개척 의지를 상실케 한 마굴. 그곳을 당신 손으로 공략하는 거예요."

"……."

루크레치아는 흥미가 동했는지 표정이 바뀌었다.

"분명히……. 기왕 할 거라면 어중간한 던전보단 잃어버린 땅을 개척하는 게 맞긴 하죠. 하지만 가능하냐의 문제가 있어요. 거긴 이미 10만 명 가까이의 실종자를 낸 인외마경의 구역. 초행으로 거길 공략하자고 하는 건 자살행위가 아닐까 하는데요."

"리노아에게 듣자니 기본적으로 위험한 몬스터는 나오지 않는다고 하던데요."

"그렇긴 해요. 그렇기에 더더욱 그곳에 뭐가 있기에 사람들이 실종되는가를 알 수가 없어졌죠."

"저도 당장 그 정체불명의 몬스터를 처치하자는 건 아닙니다. 조심스럽게 탐색을 하는 거죠. 어차피 시간도 그렇게 많지 않고요."

던전 토벌을 위해 아카데미에서 얻을 수 있는 휴가 기간은 기껏해야 보름. 그 안에 일을 처리해야 한다.

"단순 탐색이라면야 나쁘지 않겠네요. 저도 한탄의 숲에 대해선 궁금하기도 했으니……. 좋습니다. 일정을 잡아 두도록 하죠."

"휴우! 그럼 부탁할게요."

루크레치아는 설렌 발걸음으로 떠나갔다. 이러나저러나 그녀도 큰 건을 맡고 싶었던 모양이다.

일이 그렇게 됐으니 가스파르에게도 소집 편지를 보내 놓기로 했다.

가능하면 도로시도 부르고 싶었지만 도로시는 당장에 도움이 되는 전력이 아니기도 했고, 연맹 아카데미에서 보내 줄지도 알 수 없었으니 소식만 전해 두기로 했다.

그리고 며칠 뒤.

내가 처음 보낸 편지의 답장이 도착했다.

에리나를 발견했다고 보고한 편지의 답장이었다.

도로시는 조만간 방문을 하겠다며 기뻐하는 내용이었지만 가스파르의 편지에는 다른 내용이 적혀 있었다.

에리나인지 뭔지 나와는 관계없는 녀석이니까. 그래도 네가
기쁘다면 나도 기쁘다.

그렇게 시작한 편지에는 신경 쓰이는 내용이 적혀 있었다.

지난번에 말했었지. 애거트로 보이는 녀석을 발견했다고.
정보를 알아보니 아마 녀석이 맞았던 것 같다. 그런데 문제가
발생했어.

섬에 표류했던 애거트는 상단의 배를 얻어 타고 북대륙의 내륙으로 들어왔다고 한다.

그때 상단의 배를 얻어 탄 비용을 대신해서 람다멘으로 향하는 상단의 호위를 해 주기로 한 것 같아. 그리고 그 도중 도적의 습격을 받은 모양이다. 거기서 소식이 끊겨 버렸어.

나는 말문이 턱 막혔다.

나는 부하들을 이끌고 그 도적단을 공격하러 갈 생각이다. 좋은 소식을 전할 수 있으면 좋겠군.

편지는 그렇게 끝이 났다.
도적의 습격을 받은 애거트.
애거트 하나라면 걱정이 없겠지만 애거트와 어머니가 같이 있을 확률이 높은 상황이었기에 걱정이 이만저만이 아니었다.
그리고 나흘 뒤.
내 소집 명령에 대한 가스파르의 답장이 도착한다. 거기엔 애거트에 관한 일이 상세히 적혀 있었다.

3장

한탄의 숲을 공략할 테니 바이언으로 오라는 편지에 대한
가스파르의 답장.

나는 조마조마한 심정으로 편지를 뜯어 보았다.

가스파르 특유의 거친 필적으로 쓰여진 글이었다.

편지는 받았다. 남대륙의 한탄의 숲인가. 그곳에 대해서라
면 나도 알아본 적이 있다. 다만 거기로 가는 거라면 나는 바이
언에 들르지는 않겠어. 이곳에서 곧장 가는 게 빠르거든. 거기
이스와칸에서 만나자.

서두가 이렇게 시작했다는 건 애거트를 습격한 도적 떼에

관한 일은 잘 처리됐다는 뜻으로 미루어 볼 수 있었다.

아니나 다를까, 가스파르는 좋은 소식을 전해 왔다.

그 도적단들은 노예 사냥꾼들이었어. 구원자 연맹의 어두운 부분이라고 할까. 쓰다가 버릴 수 있는 인력을 구하기 위해 연맹에서 사주를 한 녀석들이지. 그래서인지 실력이 제법이더군. 나도 애를 먹었다고. 애거트가 잡힌 것도 이해가 가. 아니, 혹여 애거트 혼자라면 이길 수도 있었겠지만 인질이 있어 그렇게 하지 못한 모양이야. 그 노예 사냥꾼들이 네 어머니를 사로잡고 있었다.

나는 다급히 다음 내용으로 눈을 돌렸다.

다행히 험한 꼴은 당하지 않았어. 노예 사냥꾼들의 목적은 당장 인력이 될 수 있는 남자 녀석들이었으니까. 여자들에 대한 처분은 최우선이 아니었거든. 그 처분이 내려지기 전에 내가 놈들을 죽이고 그녀를 되찾았다. 그녀에 대해선 믿을 만한 부하를 붙여 바이언으로 보냈다. 이 편지가 도착할 때쯤이면 도착할 거라 생각한다.

안도의 한숨이 절로 나왔다. 가장 걱정되었던 실종자들 중 하나인 어머니를 찾아낸 건 컸다.

다만 좋은 소식이 있으면 나쁜 소식도 있는 법.

애거트 녀석은 찾지 못했다. 네 어머니의 말을 듣자니 어디론가 팔려 나간 모양이야. 아마 구원자 연맹 중 하나겠지. 이 부분은 수색이 무척 어려울 것 같다. 노예사냥은 연맹이 알면서도 쉬쉬하는 부분이니까. 노예사냥을 당한 애거트를 찾으러다니다간 도리어 연맹의 제거 대상이 될지도 몰라. 이 부분은 녀와 상담을 해 보고 싶다. 그럼 이스와칸에서 보자.

편지는 그것으로 끝이었다.

나는 부리나케 저택으로 향했다. 가스파르에게 사람을 보낼 때는 리노아의 저택으로 보내라고 했으니 어머니가 왔다면 그쪽으로 향했을 것이다.

저택으로 돌아오니 응접실 쪽에서 왁자지껄한 목소리가 들려왔다.

나는 노크를 할 생각도 하지 못하고 벌컥 응접실의 문을 열어젖혔다.

"아……!"

응접실에선 리노아와 에리나가 어머니와 이야기를 나누고 있었다. 어머니는 문을 열어젖힌 나를 보자 울먹이더니 떨리는 발걸음으로 다가왔다.

"알스……. 내 아들……!"

와락 껴안는 어머니.

나는 안도감에 다리에 힘이 빠지는 느낌이 들었다.

"어머니, 괜찮으세요? 힘든 일을 겪으시진 않으셨어요?"

나는 안겨 든 어머니를 떼어 낸 뒤 어디 다친 곳이 없나 자세히 살펴봤다.

움직이기 편하게끔 머리를 묶은 것 외에는 외견상의 변화는 거의 없었다.

"나는 괜찮단다. 그 아이……. 애거트가 지켜 줬거든."

"후우……!"

어머니는 곧 애거트에 대한 수색을 부탁했다.

"그 아이를 찾아야 한단다. 나를 지키려다가 그런 꼴을……!"

"예, 반드시 찾아낼게요. 너무 걱정 마세요."

나는 어머니와 지금까지의 상황을 공유했다.

"찾아낸 건 나까지 다섯 명인 거구나……."

"애거트가 아쉽게 됐네요. 녀석이 있었다면 큰 도움이 됐을 텐데."

어머니는 이 세계에 대해선 자세히 알지 못했다.

처음 떨어진 곳이 사람이 거의 없는 섬이었기에 지식을 얻기가 어려웠다고. 지금도 리노아와는 제대로 말이 통하지 않았다.

나는 어머니에게 이 세계에 대해 설명을 해 주었다.

"외부 세계라니……. 그런 게 있을 줄이야."

"그렇다고 크게 다를 건 없어요. 결국엔 사람 사는 곳이니까."

어머니는 잃어버린 땅과 몬스터에 대한 부분에서 심각한 표정으로 이야기를 듣더니 내게 묻는다.

"알스, 유미르에 대해 아는 건 없니?"

"……."

"그 아이의 출산이 머지않았단다."

"예, 알고 있습니다."

유미르의 출산 예정일은 어림잡아 지금으로부터 3~4개월 뒤다.

어떻게든 그때까지는 발견을 하고 싶었지만 단서가 전혀 없었다.

임신한 수인이라는 특징이 있긴 했지만 이건 너무 보편적인 특징이다. 임신한 수인이라고 하면 이 세계에 수만 명은 있을 테니까.

"여러 방법을 시도해 보고 있어요. 어머닌 너무 걱정하지 마세요."

"그래, 네가 가장 걱정이 되겠지. 내가 호들갑을 떨면 오히려 부담이 되겠구나."

"그런 건 아녜요."

나는 리노아에게 눈짓했다. 방을 달라는 뜻이었다.

리노아는 피식 웃었다.

"이러면 내 저택인지 당신 저택인지 모를 정도가 됐네요."

"미, 미안해요. 돈이 생기면 저택을 구해서 나갈게요."

"괜찮아요. 별로 신경 쓰지 않으니까."

어머니는 내 오른쪽 방을 쓰기로 했다. 이걸로 리노아의 저택에 남은 빈방의 개수는 한 개.

확실히, 리노아에게 미안하긴 하다.

사람이 더 늘어나기 전에 돈을 구하는 수밖에.

이번 한탄의 숲 공략에 대한 비용은 리노아가 전부 대 주기로 했지만 그래도 여비는 필요했다.

나는 그 여비 마련을 위해 에리나와 함께 바이언의 출판장에 와 있었다.

폴짝거리는 발걸음으로 나타난 우콘은 에리나를 보며 눈을 빛냈다.

"알스 씨! 그분은 누구인가요?"

"아, 응. 내 지인이야. 그 그녀들의 사정을 집필하는 데 도움을 준 사람이기도 하고."

에리나는 소인족을 처음 봤는지 신기한 듯 바라보다 인사를 했다.

"에리나라고 해요."

"에리나……?"

우콘은 눈매를 좁히며 에리나를 관찰하더니 소리쳤다.

"이리나 팔레온의 모티브가 된 게 당신이군요!"

"후훗, 맞습니다."

우콘은 험악한 표정으로 손가락질 한다.

"이 악녀!"

"예, 예!?"

"크윽! 에르텔을 그렇게나 괴롭히다니! 용서할 수 없습니다!"

에리나는 입술을 깨물며 내게 말한다.

"알스 님! 2권은 아직 전달하지 않은 건가요!"

"전달한 거 같긴 한데……. 잘 모르겠네. 당장의 출간은 1권에만 집중돼 있었으니까 빼먹은 걸지도?"

"그럼 당장 2권을 내요!"

"그래도 텀이란 게 있잖아. 1권을 낸 지 한 달도 안 돼서 2권을 내는 건 좀……."

우콘의 말을 듣자니 이제야 탄력을 받기 시작했다고 한다. 오늘은 그 수익을 정산하는 날이었다.

"여기 있습니다."

그가 건넨 금액은 우리 돈으로 치면 20만 원 정도의 금액이었다.

"크헉……!"

예상 이하의 푼돈에 뭐라 반응하기가 힘들었다.

어쩔 수 없는 일이긴 했다. 우콘이 책의 제작에서 출판까지 전부 도맡아 줬으니 내게 떨어지는 몫이 적을 수밖에.

우콘은 힘내라며 내 허리를 두드렸다.

"점점 더 늘어날 거예요. 읽어 본 사람들의 반응이 좋았거든요. 대부분 이리나 팔레온 같은 건 꼴 보기 싫다는 얘기였지만."

에리나는 분한지 입술을 깨물고 있다.

나는 우콘에게 앞으로도 잘 부탁한다 당부하고 출판장을 나섰다.

에리나는 2권 발매만 손꼽아 기다리려는지 우콘에게 2권 발매에 대해 단단히 못을 박는다.

"하하……. 에스텔이 이 모습을 봤어야 하는데."

에스텔의 이야기가 나오자 에리나는 표정을 흐렸다.

"에스텔은 괜찮을 거예요. 알스 님이 그러셨잖아요. 그 애의 곁에 일리야 씨가 있었다고."

"그렇긴 하지."

이번에 애거트와 어머니의 일로 어느 정도 증명된 일이 있다.

붙어 있던 사람들은 함께 이동한다는 거다. 표본은 하나에 불과했지만 지금은 이런 희망적인 관측 하나에도 기대고 싶은 심정이었다.

'그렇담 에스텔과 일리야 스승. 에오니아와 비스케타. 올라프와 율리나 누나가 함께 있다는 뜻이 되네.'

함께 있다면 그만큼 생존율이 올라간다.

그러니 부디 함께 있길 마음속으로 빌었다.

남대륙으로 향하는 일정이 잡힌 것은 금방이었다.

일정은 16일. 그사이에 아카데미 수업을 듣지 못하게 되지만 이쪽은 출석 점수가 그렇게 중요하진 않다. 시험 성적이나 실습 성적과 같은 실적이 훨씬 중요하다.

던전 토벌은 그 실적의 일종으로 쳐주기 때문에 아카데미 성적을 생각하면 오히려 던전 토벌을 나가는 게 더 효과적이긴 했다.

물론 성공할 때의 이야기이지만.

실패하면 죽도 밥도 안 되기 때문에 적어도 신입생들은 이런 모험을 하지 않는다.

내가 던전 토벌을 나간다는 이야기가 나오자 같은 반의 녀석들은 비웃기 바빴다.

'분명 손해이긴 하네.'

한탄의 숲은 애초에 던전이 아니라 지역이다. 아카데미 실적을 얻으려면 던전 토벌의 징표인 마정석을 가져와야 했는데, 그 마정석이 어디에 있을지를 확신할 수 없는 상황이었다.

빈손으로 돌아올 확률이 높은 원정이라고 할까.

그래도 가는 수밖에 없었다.

그곳을 뚫어 내야만 추후 잃어버린 땅에 대한 수색이 원활해질 테니까.

'실종자는 나를 포함해 19명.'

세계 곳곳에 균등하게 흩어졌다고 가정하면 잃어버린 땅에도 9~10명이 떨어졌다는 뜻이 된다.

이미 사람이 사는 구역에서 나와 애거트를 포함해 일곱 명이 발견됐다. 이로 미뤄 보면 나머지 인원은 잃어버린 땅에 있을 가능성이 더 높다는 결론이 나온다.

어디까지나 최악의 가정이긴 하지만 말이다.

나는 남대륙의 이스와칸으로 가는 도중에도 탐문을 해 봤지만 역시 소득은 없었다.

그렇게 이스와칸에 도착하기 반나절 전의 일이었다.

잠시 마차가 멈춘 사이 리노아가 누군가에게 서찰을 전달받았다.

리노아는 그것들을 대충 훑어보더니 내게 가져왔다.

"받아요."

"이건……?"

"한탄의 숲에 대한 정보예요. 출발하기 전에 가문의 사람을 시켜서 모아 봤어요."

"당신…… 의외로 유능하네요."

"의외라니 뭔가요. 전 원래 유능하거든요?"

다시 출발한 마차에서 나는 리노아가 준 정보들을 살펴보았다.

거기엔 흥미로운 이야기가 더러 있었다.

—흑마법사와 죽음의 기사.

—한탄의 숲에 바쳐진 제물.

—언데드 몬스터의 목격.

—엘란 왕국의 잃어버린 땅 개척 준비.

—마에 홀린 여자.

그 외에도 실종자에 대한 이야기라든가, 하여튼 잡다한 이야기가 많았다.

추리고 추린 게 이 다섯 가지였다.

"흑마법사와 죽음의 기사……?"

리노아도 같은 것을 읽고 있었는지 맞장구를 쳤다.

"최근 한탄의 숲에서 흑마법사와 그걸 수호하는 기사가 같이 발견됐다고 하네요."

"흑마법이라……."

흑마법의 원류가 되는 어둠 속성은 굉장히 희귀한 속성이었다.

물론 희귀 속성이야 여럿이 있다.

에리나의 번개 속성이 대표적이다.

도로시는 거기까지는 아니다. 시간과 공간을 동시에 타고난 게 희소한 거지 시간과 공간 따로따로는 그렇게까지 희귀하지 않으니까.

그리고 희귀하다고 해도 희귀한 것 자체만으로 좋다는 건 아니다.

내가 타고난 빛의 속성도 희귀하긴 해도 대단한 메리트가 있는 건 아니다.

오히려 가장 흔한 속성 중 하나인 불의 속성이 더 이점이 많다.

어둠 속성은 희귀하고, 메리트도 있지만 보편적이지 못한 속성이었다.

어둠 마법의 대부분은 사람의 마음을 조종한다든가, 죽은 자를 깨운다든가 하는 꺼림칙한 것이기 때문이다.

하여 어둠 속성을 타고난 사람들은 아카데미에 들어오지 못한다. 애초에 금지가 된 것.

그리고 그런 자들은 보통 음지에서 마법을 배운다.

도시의 뒷골목이나 할렘가도 그에 속했고, 극단적으로는 잃어버린 땅이 그랬다.

실력과 악명이 높은 흑마법사들은 토벌을 피해 잃어버린 땅에 몸을 숨긴다고 한다.

"그 흑마법사 중 하나가 죽음의 기사를 부리고 있는 걸지도 모르겠네요. 그런 거라면 위험 지정 3급이에요."

특급과 1~9급으로 총 10개급으로 나뉘는 위험도.

3급이면 위에서 네 번째이니 굉장한 수준이었다.

"이쪽은 마주치지 않는 게 좋겠네요."

다음은 한탄의 숲에 바쳐진 제물에 대한 이야기다.

이는 엘란 왕국에서 벌인 일로, 일종의 종교적인 의식인 모양이다. 한탄의 숲이 저주받았다고 생각하고 의식을 치러 그 저주를 약하게 해 보려 한 거다.

여기서 발생한 사건이 언데드 몬스터의 습격이다.

이 의식을 진행하던 도중 언데드 몬스터의 무리가 의식을 방해하기 위해 습격한 것.

그렇게 보면 의식이 효과가 있었던 걸지도 모르겠다.

그리고 이러한 흐름에서 사람들은 엘란 왕국이 재차 잃어 버린 땅에 대한 개척에 나서려는 걸지도 모른다며 숙덕이고 있었다.

"그리고 마지막이……."

마에 홀린 여자.

이 정보를 읽어 가던 나는 곧 숨을 죽일 수밖에 없었다.

마에 홀린 듯한 미친 여자가 나타났다. 그 여자는 마대륙엔 마왕이 존재하지 않으며 인간들이 사는 평화로운 곳이라 역설

했다. 그 미친 소리에 속는 사람은 없었다. 미친 여자는 어린애들에게 돌팔매질을 당하며 이스와칸에서 쫓겨났다.

나는 확신했다.

메이센, 소피아, 멜로디아나, 리시테아, 율리아 누나…….
그중 누구인지 정확히는 몰라도 실종자들 중 하나임은 확실하다.

그리고 이 정보를 얻은 귄터가 쫓겨난 그 여자를 찾아내기 위해 한탄의 숲으로 향한 것이 분명했다.

이스와칸에 도착한 우리는 곧장 한탄의 숲으로 들어가기 위한 준비에 들어갔다.

먼저 구원이동 주문서의 구입이다.

이걸 여유분을 넉넉하게 더해 총 15개를 구입하니 100만 릴랑. 우리 돈으로 대략 1억이 깨졌다.

"와우……."

질 좋은 주문서를 샀다곤 해도 이 정도라니.

그러나 리노아는 전혀 개의치 않는 모양이었다.

브랜포드 가문은 곧 몰락할 테니 돈을 가지고 있어 봤자 어차피 쓸모가 없다고 생각하는 것 같다.

리노아의 호위로 따라온 안두하는 안절부절못하고 있었지만 리노아는 스트레스 해소라도 하듯 호기롭게 돈을 사용했다.

"으음……."

내가 구원이동 주문서를 보며 모호한 반응을 하자 에리나가 귓가에 속삭여 온다.

"왜 그래요?"

"아니, 그냥. 저렇게 많이 필요할까 싶어서."

"가격 때문에 그러는 거라면 이해는 가지만……. 그래도 꼭 필요한 물건이잖아요."

구원이동 주문서는 던전 공략에 있어 필수적인 물건이긴 하지만 앞서 말한 가격의 문제로 인해 사용하지 않는 경우도 더러 있다.

용병들이 특히 그렇다.

최초 내가 이 세계에 왔을 때 몬스터들에게 죽은 용병들도 그랬다.

"내가 말하고자 하는 건 가격 문제가 아니야. 생각해 봐, 한탄의 숲은 실종자가 많기로 유명한 곳이잖아."

"설마……."

"그래, 구원이동이 무력화됐다는 거지."

구원이동을 무력화할 방법이야 있긴 있다.

주문 해제를 당하거나, 시간제한이 지나거나, 정신 공격에 당하거나.

다만 주문 해제와 정신 공격에 대응하는 구원이동 주문서도 있고, 시간제한에 대해서도 시간제한이 끝나기 전에 자살 시도를 하면 발동을 하기에 실종자가 이렇게까지 많은 이유를 설명하지 못한다.

'그 무언가의 이유가 한탄의 숲의 비밀이겠군.'

거기까지 파고들어 갈 생각은 없었다.

일단은 귄터의 수색이 최우선이었다.

나는 리노아가 구매한 주문서를 짐에 챙겨 놓았다. 이때 리노아가 핀잔하듯 말해 온다.

"웨이드, 당신 일행은 언제 오는 건가요? 그만 좀 꽁냥대고 일을 해요. 일을."

"언제 꽁냥거렸다는 겁니까……."

"자각이 없는 건가요? 오는 내내 그랬잖아요!"

리노아는 동의를 구하듯 루크레치아에게 눈짓한다. 루크레치아도 자각이 없었던 거냐며 놀란다.

나는 납득할 수 없어 반박하려 했지만 에리나가 볼을 붉히며 소매를 붙잡아 끌었다.

리노아가 조소한다.

"흥, 다행히 에리나 양은 자각이 있었던 모양이네요."

"그럴 수가……."

아니 뭐, 전에 비해 에리나와의 거리가 좁혀지긴 했다. 동변상련의 정도 있고, 가문의 체면을 생각하지 않게 된 에리나가 적극적이 된 점도 있고, 이 세계에 와 홀로 지내면서 외로움이 쌓이기도 했고.

그렇다 해도 주변에서 지적을 당할 정도라니.

"……앞으론 주의하겠습니다."

"딱히 하지 말란 건 아니에요. 일도 제대로 하라는 거지."

"제 일행이 조금 늦나 본데 식사라도 먼저 할까요?"

"아뇨, 점심은 늦어도 상관없으니 일단 한탄의 숲에 들어가도록 해요. 마차에 오래 있으려니 엉덩이가 너무 아파요."

"그럼 배편을 먼저 구해야겠네요."

그러던 찰나. 후드를 뒤집어쓴 호리호리한 체격의 인물이 우리 쪽으로 다가왔다. 나는 기백으로 누구인가를 알 수 있었다.

"이제야 왔네. 가스파르, 이쪽입니다."

"……훗."

가스파르는 피식 웃더니 후드를 벗었다.

그가 얼굴을 드러내자 리노아가 눈을 휘둥그렇게 떴다.

"순혈 수인……!?"

이 세계는 우리 대륙에 비해 수인 차별이 전혀 없었다. 그도 그럴 게 몬스터라는 공공의 적이 목숨을 위협하고 있다.

이종족 차별 같은 시답잖은 짓을 할 여유가 없었다.

역설적으로 그렇기에 순혈 수인이 드물었다. 이 세계에서 수인이라도 하면 혼혈이 절대다수.

그러니 짐승의 형태를 한 가스파르를 보고 리노아가 놀라는 것도 이상한 일은 아니었다.

가스파르는 그런 시선이 익숙한지 리노아에겐 눈길도 주지 않고 내게 말해 왔다.

"오랜만이다, 알스. 잘 지내고 있는 것 같아 다행이군."

"반가워요. 그런데 조금 늦었군요."

"도착은 일찌감치 했어. 시간이 너무 남아서 먼저 배편을 준비해 두고 있었지. 바로 가자, 왕국의 허락이 필요 없는 배편이라 당장이라도 출발할 수 있어."

"그건 좀 곤란해요. 우린 아카데미 소속으로 왔거든요. 형식적으로 허락을 받아야 합니다."

"그런 건 몇 사람만 남겨 두고 가면 되는 거잖아."

오늘 안에 한탄의 숲에 들어가고 싶었던 리노아는 가스파르의 제안을 받아들였다. 왕국에 대한 허가는 루크레치아와 안두하가 맡아 오기로 하고 우리는 먼저 도항하기로 했다.

우리가 얻어 탄 배는 상단 소유의 중형 배였다. 우리 외에도 50명 정도의 사람들이 각자의 목적을 가지고 한탄의 숲으로 향하고 있었다.

갑판으로 나온 리노아는 바닷바람을 만끽하며 말한다.

"왕국의 허락을 맡지 않은 배라기에 밀항이라도 하는 줄 알았더니. 그런 건 아니었네요."

"시간이란 놈은 규율을 느슨하게 만들기 마련이니까요."

십여 년 전만 해도 칼같이 관리를 했다고 한다.

"듣자니 한탄의 숲에서 얻어 낼 수 있는 자원이 제법 많은 것 같습니다. 인력이 필요해지니 이런 불법 루트가 다량으로 생겨날 수밖에요. 그래도 왕국으로 되돌아오는 길에는 철저하게 검사를 할 겁니다. 세금을 물려야 하니까."

"흐음. 늘 생각하지만 당신, 묘하게 그런 부분에 밝네요."

"말했잖아요. 일국의 장군이었고, 큼지막한 영지도 간접적으로 관리하고 있었다고."

"……그게 이제는 거짓말처럼 들리지 않게 된 점이 섬뜩하네요."

에리나를 보고선 별생각이 없던 리노아도 가스파르를 보고선 내 가신들에 대해 새로이 생각하게 된 듯했다. 연장자를 부하로 부린다는 건 무게감이 다르니까.

리노아는 가스파르를 맴도는 야성의 기운에 위축됐는지 경계심을 나타내고 있었다. 가스파르가 내 쪽으로 다가오자 새침한 표정으로 자리를 떴다.

가스파르는 코웃음을 치며 말해 왔다.

"저 여자냐? 네가 모시고 있다는 여자가."

"모신다기보단 거래를 한 겁니다."

"뭐, 너의 일이니까 믿겠다만. 뒤통수를 맞는 일은 없도록 해라."

"신경 써야겠죠."

이곳엔 더러운 일을 도맡아 처리해 주던 쥬라스가 없다. 그런 만큼 음흉한 흉계에 대해선 나 스스로가 대처를 해야 했다.

"그보다도……."

나는 가스파르를 위아래로 훑어보았다.

"다시 보니 기운이 묘하게 달라졌네요. 제가 제안한 대로 마법이라도 배웠나 보죠?"

"그 괴물들을 상대하려면 오러 하나만으론 힘들더군. 그래도 딱히 불덩이를 날린다느니 바위를 만든다느니 하는 짓은 배우지 않았어. 그딴 짓은 마음에 들지도 않고, 나도 나이가 있는지 배우기도 어렵더라고. 그래서 두 가지 간단한 주문만 익혔지."

신체 강화 마법이다.

속도를 높여 주는 가속과 근력을 상승시켜 주는 증강 마법. 간단해서 누구라도 익힐 수 있는 마법이지만 그 효과는 사람에 따라 천차만별이다.

기본적인 신체 베이스가 갖춰진 사람이 사용하면 효과가 대단히 높다. 나무꾼이나 사냥꾼 들이 부업으로 용병 업을 할 수 있는 것도 이 덕분이다.

여기에 오러를 사용하는 사람은 특별한 성질이 더해져 기묘한 효과를 내는 모양이다.

"당신이 가진 오러의 성질입니까……. 기대되네요."

"기대해도 좋아. 지금의 나라면 안톤 녀석조차도 죽일 수 있을 거다. 뭐, 안톤 녀석도 마법을 배운다면 원점이 되겠지만."

가스파르는 먼 수평선을 보며 중얼거리듯 말한다.

"이런 말을 하긴 뭐하지만…… 너무 낙관하지 않는 편이 좋을 거다."

"무슨 말이죠?"

"네가 오기 전에 잠시 알아보니까 그 마대륙을 운운하던 여자는 쫓겨났다기보단 납치를 당한 것 같아."

"……!"

"애초에 이상하잖아? 아무리 쫓겨났다고 해도 한탄의 숲으로 들어가는 머저리가 어디 있겠냐고."

"그건……."

"한탄의 숲에는 돈이 궁한 잡부들이나 국가에서 노역을 보낸 범죄자들이 더러 있어. 그 대부분이 남자인 탓에 아주 자연스럽게 창부들의 수요가 생겼지."

"설마 창부로서 팔려 나갔다는 겁니까!?"

"새삼스러운 일도 아니잖아. 군대에서도 늘상 있는 일이고. 지금 이 배에도 그런 목적으로 상인들이 데려온 창부들이 있어."

"젠장!"

알고는 있어도 내 지인이 그런 꼴을 당한다는 생각에 부아가 치밀었다.

가스파르는 그런 내가 그런 반응을 보일 걸 알고 있었는지 한숨 쉬며 말한다.

"뒷세계에 대해선 내게 맡겨 둬라. 네게는 분명 못 볼 꼴일 테니까. 이런 건 나처럼 익숙한 사람에게 맡기는 게 좋아. 후우! 네 말대로, 쥬라스 파밀리온 녀석이 그리워지긴 하는군. 그놈에게 맡겨 놓으면 열에 아홉은 알아서 처리해 줬을 테니."

"그놈이 유능하긴 했으니까요."

나는 새삼 쥬라스 녀석이 지금 뭘 하고 있는지 궁금해졌다.

내가 어떻게 실종됐는가 녀석이 알아내지 못할 리는 없으니까.

남대륙 중부에 위치한 한탄의 숲.

사람들이 부르는 명칭은 그랬지만 왕국이 정한 정식 명칭은 따로 있었다.

잃어버린 땅의 개척 교두보 프레이아.

상주하고 있는 인구 1만의 중규모 도시로, 도시 형성 이후 시간이 꽤 오래 지나서 그런지 은근히 시설이 괜찮았다.

이 정도면 당연히 사창가도 있을 게 분명했다.

마음 같아선 당장이라도 쳐들어가고 싶었지만 이 부분은 약속대로 가스파르가 맡아 주기로 했다.

나는 초조함을 추스르며 리노아가 국가 시설에서 얻어 온 수색 지도를 살펴보고 있었다.

'개척된 루트는 넷……. 미개척된 루트도 넷인가.'

실종자 분포도는 미개척지에서 대략 7만 명. 개척지에서 3만 명이었다. 말이 개척이지 지도가 있을 뿐의 이야기다.

최근 이 루트 중 두 곳에서 던전이 발견됐다고 한다. 관측 마법사가 관측한 위험지정 등급은 둘 다 7급. 7급이면 하급에 속한 던전이니 금방이라도 처리할 수 있었으나 한탄의 숲 자체를 두려워한 탓에 쉽사리 모험가들이 던전을 토벌하려 들지 않았다.

나는 그중 하나를 토벌할 생각이었다. 최소한 그걸로 리노아와 에리나는 돌려보낼 생각이었다. 권터에 대한 수색은 나와 가스파르 둘이서 하는 게 위험부담이 적었으니까.

그렇게 던전 정보를 정리하고 있던 차. 가스파르가 낭패한 듯한 얼굴로 돌아왔다.

그 모습에서 일이 묘하게 돌아감을 확신할 수 있었다.

"알스, 문제가 생겼다."

사창가를 수색한 가스파르는 금방 그 여성의 실마리를 잡을 수 있었다고 한다.

나는 가스파르의 외모 설명을 듣고 단숨에 한 사람을 떠올렸다.

"메이센 선배군요!"

올라프의 약혼자이자 에우로페 왕국 로이피어 공작가의 영애.

"아마도, 들자니 치유 마법을 사용했었다고 하는군."

"그러면 확실합니다. 그래서요? 메이센은 어떻게 된 거죠?"

"거기가 복잡해. 본래는 창부로서 납치가 된 모양이지만 입항 검문 과정에서 이곳을 다스리는 귀족 놈의 눈에 들었나 봐."

"설마……."

메이센은 내 주변 여성들에 비하면야 수수하지만 객관적으론 꽤나 아름다운 편이었다.

그 미모를 눈여겨본 귀족이 메이센이 사창가로 팔려 가기 직전에 노예로서 사들였다는 거다.

"그 귀족의 이름은요?"

"그딴 건 별로 중요하지 않아."

"그게 무슨……?"

"그야 그놈은 이미 죽었으니까. 여자가 귀족 놈에게 팔려

간 당일 밤에 곰 같은 남자가 저택을 습격해 저택의 경비병과 그 귀족을 전부 죽이고는 그 여자를 납치했다더군."

"……!?"

권터다. 권터가 분명했다.

메이센을 합법적으로 되찾을 수 없다는 걸 대번에 깨달은 권터가 강경한 수를 쓴 것이다.

"그 이후의 일이 어떻게 돌아가는지는 알겠지?"

"……알 것 같네요. 왜 권터가 행방불명이 된 건지."

이곳엔 도망갈 길이 없다. 추적을 피해 도시를 빠져나온 권터는 어쩔 수 없이 한탄의 숲으로 들어가게 된 것이다.

"다시 말하지만 일이 복잡하게 됐어. 이 숲은 넓으니까. 권터 녀석을 찾으려면 못해도 한 달은 걸릴 거야. 심지어 녀석이 실종된 지 이미 한 달이나 지났지. 수색을 해서 시체나 찾을 수 있으면 다행이겠군."

"불길한 말은 입 밖으로 내지도 마요. 가스파르, 6시간을 주겠습니다. 저택 주변을 수색해서 권터가 도주한 방향을 알아내도록 해요."

"이미 한 달도 더 된 일이라고. 흔적이 있을 리가 없잖냐."

"당신은 감이 좋은 편이잖아요. 그런 어림짐작이라도 좋으니 갔다 와요."

"크핫! 험하게 굴리는걸. 알겠어. 3시간 만에 알아내 주지."

권터가 숲으로 들어간 것이 확인된 이상 여유를 부릴 틈은 없었다.

그렇다 해도 움직일 수 있는 건 내일 아침에 루크레치아와 안두하가 오는 시점부터.

나는 정보 수집에 박차를 가하며 던전 수색에 대한 준비를 시작했다.

다음 날 오전.

이스와칸에 남아 국가의 인가를 받기로 했던 루크레치아와 안두하가 프레이아에 입항했다.

나는 루크레치아에게 사정을 설명해 놓기로 했다.

"당신 일행이 귀족을 죽였다고요?"

그녀는 미간을 찌푸린다.

"중대 범죄가 아닙니까!"

"예, 알고 있습니다. 다만 그렇다고 외면할 수도 없어요."

루크레치아도 이에는 동의를 표했다.

"당연하죠. 붙잡아서 죄를 물어야 합니다."

"……."

권터에 대해선 몰래 빼내 구원자 연맹의 영토 쪽으로 보내는 편이 좋을 것 같다.

"어쨌든, 바로 움직일 겁니다. 뱃길이 힘들었다면 쉬고 있어도 좋아요."

"전혀 힘들지 않습니다. 바로 갈 수 있어요."

그렇게 조직된 우리 일행은 나와 에리나, 리노아, 가스파르, 루크레치아, 안두하. 이렇게 여섯 명이었다.

사실 던전 공략을 하러 갈 땐 따로 짐꾼들을 고용하곤 하지만 이 한탄의 숲은 워낙 악명이 높은 탓에 짐꾼들이 따라나서려 하질 않았다.

하여 각자가 10kg 정도의 짐을 짊어지고 가는 수밖에 없었는데, 군대에서 군장을 메고 다닌 경험이 많은 나나 가스파르 외에는 이게 제법 고역인 모양이었다.

특히 여성진은 1km 정도를 걸으니 녹초가 돼 버린다. 어쩔 수 없이 잠시 휴식 시간을 가져야 했다.

'이래서 짐꾼이 필요한 거구만.'

이대로는 목적지에 가기도 전에 해가 져 버릴지도 모른다.

'어차피 나머지는 그 전에 돌려보낼 생각이었으니 상관없으려나…….'

일차적인 표적은 2시간 거리에 있는 7급짜리 하위 던전이었다.

정보대로라면 곤충계 던전으로, 전갈 비스무리하게 생긴 녀석이 서식하고 있다고 한다.

휴식 이후 1시간 정도를 걷자 어린애 크기만 한 조무래기들이 모습을 드러냈다.

'아니 이건 전갈이라기보다는…….'

바퀴벌레 비스무리하게 생겼다. 바퀴벌레에 꼬리가 달려 있다고 할까.

"꺄악!"

그 흉측한 생김새에 리노아가 자지러지는 듯한 비명을 내 지른다. 에리나도 비슷한지 새하얗게 질려 버렸다.

"조심해라. 이놈들, 제법 날쌔다!"

가스파르가 가장 앞에 있는 녀석을 처리하며 소리쳤다.

괴물들은 위이잉! 하는 소리와 함께 날아올라 우리의 주변 을 맴돌기 시작한다.

"수비를 굳힐게요!"

가스파르가 최전방에서 공격을 하고 우리는 진형을 굳혀 받아치는 전술.

여기서 의외로 활약을 한 것이 리노아였다.

그녀가 만든 여러 개의 바람의 칼날이 공중을 훑고 지나가 면 두세 마리의 괴물이 산산조각 나 바닥에 떨어졌다.

이 외에도 루크레치아의 활약도 훌륭했다.

빙결 마법을 사용하는 그녀는 방어에 특화되어 있었다. 일 정 범위 내에선 임의대로 얼음벽을 만들어 낼 수 있는지, 동 료들의 빈틈을 파고들어 오는 괴물들의 앞에 얼음벽을 생성 시켜 접근을 저지했다.

조금 시간이 지나자 그 많던 벌레들이 모두 죽어 사라져 버렸다.

"몬스터란 것들도 별거 없네요. 웨이드? 저 어땠어요?"

"예이, 예이. 훌륭하십니다. 아가씨."

"후훗, 가끔은 이런 것도 좋네요. 자, 어서 가죠!"

의기양양하여 발걸음을 재촉하는 리노아. 반면 아무런 활약도 하지 못한 에리나는 뚱한 얼굴이 된다.

활약할 기회를 기다리는 기색이다.

그 기회는 금방 찾아왔다.

던전의 우두머리는 지금껏 본 녀석들보다 훨씬 덩치가 컸다.

지금까지의 녀석들이 어린애 정도의 크기였다면 우두머리는 경차 정도의 크기를 자랑했다.

그 주위로는 말라비틀어진 사체가 쌓여 있었는데, 이놈은 사냥감을 통째로 포식하는 게 아니라 체액을 빨아먹는 유형인 듯했다.

이를 본 가스파르가 낮게 말한다.

"……알스."

"저도 보고 있어요."

그 사체 더미 중에 사람의 형태로 보이는 것들이 있었다.

"일단 저놈을 처리하는 게 급선무겠네요."

"내가 단숨에 토막을 내 버리지."

그러나 그 직전이었다.

파지직! 스파크가 튀는 대기.

에리나가 주문을 시전한 것이다.

"물러나요!"

에리나의 경고가 아니더라도 본능적인 위험이 느껴졌다. 가스파르도 털이 곤두선 채 후다닥 뒤로 물러났다.

그리고 파직! 번개가 쳤다.

번개에 관통된 몬스터는 까맣게 익어 김이 피어올랐다. 그리고 뒤늦게 쿠르릉! 하는 소리가 진동했다.

그걸로 끝이었다. 우두머리는 마력의 잔해로 변해 사라졌다.

그렇게 상대를 한 방에 끝장낸 에리나였지만 도리어 면목이 없다며 말한다.

"죄송해요. 저도 좋은 모습을 보여 드리고 싶어서…… 경거망동을 한 걸까요?"

"아, 아니. 멋졌어. 역시 엄청난 화력이네."

이것이 번개 속성 마법의 강점이었다.

번개를 맞고 살아남을 수 있는 생물은 어지간해선 없다는 것.

실내에선 효율이 급감한다거나 하는 여러 제약이 있긴 하지만 일단 상황만 갖춰지면 극강의 화력을 낼 수 있다.

"그래도 덕분에 빨리 끝냈네요."

"엥? 이걸로 끝이에요?"

허무한지 눈을 크게 뜨는 리노아.

"뭘 기대한 건지는 알겠지만 하위 던전이란 것들은 보통 이런 식인 모양이에요."

"흐음."

나는 마정석을 챙겨 리노아에게 건네주었다.

이걸 아카데미에 들고 가면 실적이 된다. 수업을 빠진 것도 이걸로 만회하고도 남는다.

"이게 마정석……."

리노아는 영롱한 빛을 내는 마정석을 손바닥 위에 올려놓고 홀린 듯이 응시하고 있었다.

나는 그사이 가스파르와 함께 주변에 있던 사체들을 수색하기로 했다.

체액을 전부 빨아먹혀서 그런지 시체의 부패 정도는 심하지 않았다.

미라가 된 듯한 모습에서 얼굴의 생김새를 확인할 수 있었다.

"다행히 귄터는 없는 것 같네요."

내 안도의 말에 가스파르는 애매하게 고개를 끄덕였다.

"하지만 봐라. 여기 이 남자의 옷에 있는 문장. 귄터 녀석이 죽였다던 귀족 가문의 문장이야."

"귄터를 쫓아 이곳까지 왔다가 몬스터의 습격을 당했다는 겁니까."

"아마도."

"그렇담 권터가 이 방향으로 도주했다는 건 사실이겠네요."

"하지만 여기서부턴 쫓아갈 만한 흔적이 없어. 이제 어쩔 거지?"

"……."

더 들어가기엔 위험부담이 있다.

나는 계획한 대로 다른 이들을 돌려보내기로 했다.

이에 리노아와 에리나는 마음에 들지 않는다는 기색을 보였지만 오는 내내 짐의 무게 때문에 힘들어했던 것들이 있어 마지못해 납득을 했다.

이들에 대해선 안두하가 데리고 나가기로 했다.

이참에 루크레치아까지 보내려 했으나 그녀는 권터를 체포하겠다며 동행을 강하게 요구했다.

그녀는 날이 선 눈으로 물어 온다.

"이제부터 어쩔 거죠?"

"일단은 더 깊숙이 들어가 볼 생각이에요. 단서를 찾아내야 하니까."

혹시나 길을 잃지 않도록 표식을 세워 두기로 했다.

그 표식을 세운 뒤에야 방향을 정하고 움직일 수 있게 됐다.

"우선 북쪽으로 이동을……."

그러나 그때였다.

쿠웅! 하는 것 같은 바위가 떨어지는 소리가 들리더니 어디선가 뿜어져 나온 붉은 기류가 우리를 덮쳤다.

그와 동시에 주위의 경치가 뒤바뀌기 시작했다.

"이……건?"

푸르던 숲이 붉은색으로 뒤덮여 간다. 하늘은 피를 뿌린 것처럼 흉흉한 붉은 빛을 내기 시작했고, 나무들의 색깔도 기괴해졌다.

가스파르는 침을 꼴깍 삼키며 중얼거린다.

"이거야 원, 아무래도 걸려든 것 같은데."

루크레치아도 크게 당황한 듯 했다.

"웨, 웨이드. 이건 설마……!"

"그 설마인 것 같네요."

분명했다.

수많은 실종자를 내며 이곳을 한탄의 숲이라 불리게 만든 원흉.

정확히 무엇인지는 모르겠지만 심상찮은 존재인 것은 확실했다.

'현실을 침식해 버리다니.'

그로 인해 이곳은 일종의 다른 세계가 되어 버렸다.

구원이동이 무용지물이 된 이유도 알 것 같았다.

"루크레치아. 구원이동 주문서를 줘요."

"여, 여기 있어요."

나는 그 주문서의 숫자를 체크한 뒤 둘에게 나눠 줬다.

"아마 이전에 사용한 주문은 효과가 없어졌을 거예요. 그러니 지금 이곳에서 새로 사용하는 게 좋을 거예요."

"왜 그렇게 생각하는 거죠?"

"확신은 없지만 사람들이 돌아오지 못했다는 걸 생각하면 확실해요."

구원이동을 무력화시키는 네 번째 방법. 공간이동을 불가능하게 만드는 것이다.

구원이동도 결국엔 공간이동 마법이니 그게 막히면 발동이 되질 않는다.

"아마 외부로 이동하는 걸 막아 버리는 결계 같은 게 있는지도 몰라요. 다만 이 공간 안에선 안으로는 이동할 수 있을지도 모르니 새로이 사용하자는 거죠. 자요."

가스파르는 군말 없이 다시금 구원이동 주문서를 사용했다. 루크레치아도 이내 납득하곤 순순히 사용했다.

'자, 이제부터인데……'

보아하니 귄터가 이곳으로 왔을 가능성은 무척이나 높았다.

그러니 이곳에 빨려 들어온 것은 나로서도 바라던 일이었다.

'일단은 주변을 수색해 보는 게 좋겠어.'

주변 상황이 바뀌었으니 다른 무언가가 새로 발생했을지
도 몰랐다.

우리는 조심스럽게 앞으로 나아갔다.

그때 그 일이 발생했다.

"살려 주세요!"

찢어지는 비명 소리와 함께 나타난 여성.

너무나도 아름다운 여성이었다. 여성의 외모에 무관심한
나조차 순간 눈을 떼지 못했을 정도로.

가련한 아름다움을 가진 여성이었다.

그런 여성이 맨발로 나타나 도움을 청해 왔다.

"살려 주세요! 괴물이 쫓아오고 있어요!"

여성은 내게 안기듯 달려들었다.

"제발 살려⋯⋯!"

콱! 날아가는 목. 목을 날려 버린 가스파르는 냉혹한 눈으
로 목이 떨어져 나간 몸체를 발로 차 버렸다.

"무슨 짓을 한 겁니까!?"

루크레치아는 기겁하여 소리친다.

가스파르는 담담하게 말한다.

"이곳에 오기 전에 비교적 최근에 실종된 사람들에 대해선
전부 확인을 해 봤다고. 저런 여자에 대한 이야기는 없었어.

그렇다면 아주 오래전에 실종됐다는 건데. 그런 것치곤 의복의 상태가 너무 좋아."

"고작 그런 이유로……!"

루크레치아는 가스파르에게 항의를 하려는 듯했으나 그때 소름 돋는 웃음소리가 울려 퍼졌다.

"키히히히히히……!"

떨어져 나간 머리가 미친 듯이 웃기 시작한 것이다.

이 광기 어린 웃음에 루크레치아도 합죽이처럼 입을 다물었다.

"키히히! 한탄의 숲에 어서 와라! 네놈들도 곧 절망하여 주저앉게 될 것이다! 그때까지 마음껏 몸부림쳐 보도록!"

"닥쳐."

콰직! 가스파르가 그 머리를 짓밟아 뭉개 버렸다.

그리고 잠시 침묵이 흘렀다.

루크레치아가 조심스럽게 말한다.

"방금 한탄의 숲이라고 말했죠. 그건……."

"이상하죠."

한탄의 숲이란 명칭은 사람들이 멋대로 지은 별명이다. 그걸 상대가 알고 있다는 건 지능이 있는 몬스터라는 뜻이 된다.

"혹은 몬스터가 아닐 수도 있죠."

잃어버린 땅에 숨어든 흑마법사들이다.

그들 중 하나가 벌인 짓이라고 하면 납득이 간다. 구원이 동이 발동하지 못하게끔 한 걸 보면 후자에 더 무게감이 실린다.

"흑마법사의 짓이라니……."

"보통 큰일은 사람들이 벌이기 마련이니까요. 우선은 앞으로 가도록 하죠."

몬스터의 짓이건 사람이 벌인 짓이건 귄터와 메이센을 찾아내야 했다.

우리는 붉은 파동이 발생했던 지점을 목표로 잡고 이동하기 시작했다.

그럴수록 주변의 풍경이 괴이해졌다.

새까맣게 죽은 나무에서 붉은색 진액이 흐른다거나, 호수로 보이는 강이 보랏빛으로 펄펄 끓고 있다거나.

가장 이상했던 점은 묘하게 사람 시체가 보이질 않았던 거다.

지금까지 이곳에서 실종된 사람의 숫자는 대략 10만 명. 전부 이 세계에서 죽었다고 하면 시체가 있어야 한다.

그런데 시체가 없다는 건.

"설마……."

최악의 가설이 머리를 스쳐 간 순간, 가스파르가 경종을 울렸다.

"알스!"

"왜인지 인기척이 없다 했더니……!"

스멀스멀 다가오는 시체들.

언데드 병사들이 우리를 향해 접근하고 있었던 것이다.

4장

곳곳에서 나타나기 시작한 시체 병사들.

지금껏 한탄의 숲에서 실종이 된 자들이라는 건 어렵지 않게 확인할 수 있었다. 루크레치아가 그 의복들을 보며 확답을 해 준다.

"왕국의 복장이에요. 구원자 연맹의 복장도 있어요!"

"……."

열, 스물, 서른. 계속해서 늘어나는 시체들. 나는 그것들을 관찰하다 한 가지 이상한 부분을 캐치할 수 있었다.

'시체에 상처가 없다……?'

죽었다면 그 이유가 있을 거다. 그러나 그 이유로 추정되는 외상이 전혀 없었다. 마치 산 제물로 바쳐지기라도 한 것처럼.

"루크레치아. 혹시 흑마법에 대해 알고 있는 게 있습니까?"

"몰라요. 굳이 알고 싶지도 않아 따로 배우려 한 적도 없어요."

"곤란하네……."

가스파르도 마법적 지식에 관해선 무지했다.

나는 배워 뒀던 흑마법에 대한 지식을 떠올리며 상대를 관찰했다. 루크레치아는 그런 나를 다그치듯 외친다.

"딴생각할 시간 없어요! 달려듭니다!"

어설픈 움직임으로 달려드는 언데드 병사. 루크레치아는 받아치듯 심장을 찔렀으나 상대는 전혀 타격이 없는 것 같았다.

"키히히히! 가렵지도 않다!"

광소하는 시체.

"쳇!"

기분이 나빠진 루크레치아는 곧장 마법을 캐스팅해 얼음 송곳을 상대의 머리에 쏘았으나, 파직! 검은 스파크가 일어나며 마법이 상쇄됐다.

이에 루크레치아의 표정이 창백해졌다.

"방어 마법……!? 큭!"

루크레치아는 어쩔 수 없이 품에서 검을 뽑아 들어 상대의 목을 쳐 내야 했다.

"조심해요! 어중간한 마법은 통하지 않아요!"

적 하나하나에 수준급의 방어 마법이 걸려 있었다.

굳이 그런 심혈을 기울였다는 건 소모전을 상정하고 만들었다는 뜻이 된다.

'대규모 소모전을 계획하고 만든 시체 병사들이라……. 역시 뭔가 있군.'

뭐가 됐든 이놈들을 마법으로 처리하기엔 비효율적이었다.

적의 숫자가 100단위까지 늘어나자 루크레치아는 도주를 생각하고 있는 모양이었지만 나와 가스파르는 생각이 달랐다.

콰득! 다가온 적병의 머리를 뭉개 버린 가스파르는 코웃음 치며 말한다.

"일단 머리를 부숴 버리면 움직이지 않는 모양이다."

"심플하네요. 실종자의 숫자가 대략 10만 명이라고 했죠?"

"그래."

"우리가 전부 처리할 수는 없겠지만, 일단 할 수 있는 만큼 줄여 놓죠."

"그렇게 나와야지."

나는 가스파르와 함께 자세를 잡았다.

놈들은 전술적인 움직임이 없었다.

우리가 동시에 상대해야 하는 숫자는 기껏해야 둘에서 셋.

무엇보다 적에겐 원거리 병기가 없었다. 소수 대 다수의 싸움에서 가장 위협이 되는 건 바로 활을 비롯한 원거리 무기.

아무리 개인 무력이 강한 자라도 집중사격은 당해 내지 못한다.

그 원거리 무기가 확인되지 않는 지금은 무서울 게 전혀 없었다.

전쟁으로 치면 숫자만 많지 오합지졸이나 다름없었다.

"루크레치아, 당신은 적의 원거리 병기를 견제해 주세요. 원거리 병기가 발견되면 즉시 말해 줘요."

"알겠어요!"

나와 가스파르의 사이에 루크레치아가 보조를 서는 형태로 진형이 잡혔다.

우리는 서로의 등을 지키며 접근해 들어오는 시체 병사의 숫자를 줄였다.

놈들도 처음엔 기고만장했다.

"키히히히히! 버틸 수 있을 거라 생각한다면 큰 오산이다! 절망하여 무릎 꿇어라!"

그러나 그 피해가 100이 넘어가고 300명 수준이 되자 상대도 당황하기 시작했다.

우리는 시체의 산에 둘러싸이지 않게 계속 장소를 바꿔 가며 시체 병사를 처리했다.

마침내 피해 숫자가 500명이 넘어가자 상대의 움직임이 달라졌다.

마치 이 이상의 피해는 원치 않는다고 말하는 듯. 거리를 두기 시작한 것이다.

우리도 잠시 무기를 내려놓고 얼굴을 닦으며 물을 마셨다.

"크하핫! 쫄았나 본데?"

가스파르가 수분을 보충하며 말한다. 냄새가 나는 걸 보면 물이 아니라 술인 모양이다.

"저쪽도 무의미한 소모는 하고 싶지 않은 거겠죠."

소모전을 상정하고 만든 부분은 역설적으로 소모전을 꺼리게 되는 이유가 되기도 한다.

지금처럼 마법에 의한 소모가 아니라 물리적인 이유로 소모되는 건 상대 입장에서도 바라는 일은 아닐 테다.

마치 협상을 하듯 상대는 시체 병사 하나를 전면에 내세워 이야기를 전달해 왔다.

"성가신 놈들이 말려들어 온 모양이군."

목소리는 무미건조했으나 그 속내에서 전에 없었던 경계심이 느껴졌다.

"네놈들은 어디 소속이지?"

그 말은 마치 대답 여하에 따라 그냥 보내 줄 수도 있다는 것처럼 들렸다.

나는 그 말을 근거로 역시 이 시체 병사에 관한 건 인간이 깊숙이 개입했다는 걸 알 수 있었다.

"우린 왕국 소속이다!"

대표자인 루크레치아가 가슴을 펴며 소리쳤다.

"나는 왕국 근위대 소속 제3위 루크레치아 아카샤! 네놈의 정체를 밝혀라!"

"……."

왕국 근위대라는 말에 상대 쪽에서 반응이 있었다.

절대 살려 보낼 수 없다는 반응이.

다시금 움직이는 시체 병사들. 이번에는 그 규모도, 진지함도 차원이 달랐다.

드문드문 원거리 병기들도 보이기 시작했다.

"아무래도 꽝이었던 모양인데. 알스, 이 자리는 피하는 게 좋을 것 같다."

가스파르가 급히 말해 온다.

나는 조금 더 상황을 보고 싶었으나 멀리서 들려온 비명 소리로 인해 그럴 수 없게 됐다.

"까아아아—!"

메아리쳐 오는 여성의 비명 소리.

'이런, 리노아인가. 아직도 빠져나가지 않았다니.'

더 일찍 보내지 않았던 게 실책이 되었던가.

"어쩔 수 없죠. 가스파르, 당신이 퇴로를 뚫어 줘요."

시체 병사들의 추격이 이어졌지만 어렵지 않게 빠져나올 수 있었다.

　우리는 리노아가 있는 곳으로 빠르게 향했다.

　다행히 리노아 일행은 금방 발견할 수 있었다.

　리노아와 에리나, 안두하의 셋은 시체 병사들과 접전을 벌이고 있었다.

　이들은 전투 능력이 마법밖에 없는 만큼 쉽게 적을 처치하지 못하고 있었다.

　그나마 시체 병사의 숫자가 적어 상대가 가능했지 우리처럼 다수에게 포위당했다간 큰일을 당했을지도 모른다.

　"괜찮습니까?"

　"웨이드! 이것들은 대체 뭐죠!?"

　"제 쪽에서 물어보고 싶어요. 일단은 진정해요."

　나는 혹여나 일행에 상처가 없나 확인을 했다.

　"에리나, 괜찮아?"

　"예. 전 괜찮아요."

　"그래. 그렇담 다행이고."

　"알스 님이야말로 괜찮으세요?"

　"괜찮아."

긴장이 풀렸는지 관자놀이로 식은땀이 주르르 흘러내렸다.

"왜 곧바로 돌아가지 않은 겁니까?"

내 항의에 리노아는 면목 없다며 고개를 숙였다.

"돌아가는 중이었는데……. 갑자기 우리를 부르는 듯한 목소리가 들렸어요."

"부르는 목소리……? 그건 주변 환경이 이상해지기 전이었어요? 그게 아니면 이상해지고 난 뒤였어요?"

"이상해지기 전이었어요."

뭔가 단서가 될지도 몰랐다.

나는 그들과 상황을 공유하기로 했다.

"맞아요! 우리도 그랬어요. 갑자기 붉은 기운이 덮쳐 오더니 주변이 이상해졌어요."

리노아가 흥분하여 재잘거렸다.

"그 외에 이상한 부분은요?"

"그게, 그러니까……. 갑자기 도와 달라는 사람이 나타나서 이야기를 들었는데……."

"그 도와 달라고 했던 사람은요?"

"저거예요. 저 시체! 갑자기 돌변하여 공격해 와서 안두하가 처리했어요."

"그 전에 뭐라고 하던가요? 혹시 이곳에 대한 정보를 말하지는 않던가요?"

우리 쪽은 가스파르가 문답무용으로 처리를 해 버려서 정보를 캐내지 못했지만 리노아 쪽은 달랐다.

"그러고 보니 우리 소속을 물었어요. 제가 남대륙의 귀족이라고 하니까 뭔가 말한 것 같기도 한데……."

"적의는 없었던 거군요."

"그때까지는 적의가 없었던 것 같기도 해요. 그러다 왕립 아카데미 이야기를 꺼낸 뒤에 갑자기 돌변해서 찌르려 하더라고요."

"과연……."

내 머릿속에서 어느 정도 정보가 짜 맞춰지는 것 같았다.

'아무래도 간단한 일은 아닌 것 같네.'

그렇다 해도 나와는 큰 관련이 없는 일이었다. 내 일차적인 목표는 어디까지나 귄터와 메이센을 찾는 것이었으니까.

"일단은 퇴로를 만들어 두도록 하죠. 가스파르. 방위는 읽을 수 있겠습니까?"

"글쎄. 지형 자체는 달라지지 않았으니 온 길을 되돌아가는 것 정도는 불가능하지 않을 거야. 다만 그 길을 통해 정말로 되돌아갈 수 있을 것 같지는 않군. 내 직감이 그렇게 속삭이고 있다."

하긴, 상대도 뭔가 조치를 취해 놨을 거다. 그냥 돌아갈 수 있으면 그만큼 실종자가 나왔을 리도 없고.

"퇴로는 둘째 쳐도 안전한 공간을 만들 필요가 있습니다.

조심스럽게 주변을 수색해 보도록 할게요."

우리는 정찰 범위를 넓히며 주변을 둘러보기 시작했다.

그리고 그걸 통해 점점 상대가 숨통을 좁혀 오고 있음을 눈치챌 수 있었다.

가스파르는 이를 갈며 내게 말해 온다.

"알스, 이대로 가다간 전투를 피할 수 없게 될 거다. 그리고 거기서 발목이 잡혔다간 너랑 나는 둘째 쳐도 이 여자들의 안전이 불확실해질 거야."

슬슬 외통수다.

지형을 전부 파악하기 전에 상대가 먼저 숨통을 조여 왔다.

이렇게 된 이상 힘으로 돌파하는 것 외엔 방법이 없었다.

스륵! 하나둘 모습을 드러내며 우리를 포위하는 시체 병사들. 그와 함께 여기저기서 소름 끼치는 웃음소리가 들려왔다.

'어쩔 수 없지.'

나는 가스파르에게 말했다.

"가스파르, 당신의 직감에 묻겠습니다만. 우리는 지금까지 같은 지점을 빙빙 돌고 있었던 겁니까?"

"이치상 같은 지점을 돌지는 않았어. 움직이는 곳마다 계속해서 표식을 뿌렸잖아? 그게 발견되지 않았단 건 같은 지점을 돌고 있던 건 아니라는 거지. 다만 상대의 손바닥 안이라는 건 명확하군. 저 굼뜬 것들에게 포위를 당한 것만 해도 그래."

나도 가스파르도 마법적 지식이 해박하지 않다는 게 문제였다.

리노아와 에리나도 이런 유의 마법에는 능숙하지 않았기에 뭐가 문제인지 알 수 없었다.

"알스, 이젠 힘으로 뚫는 것밖에 없다."

"예, 그런 것 같네요. 그러니…… 잠시 물러나요."

"뭐?"

나는 등에 메고 있던 창을 꺼내 양손으로 움켜쥔 뒤 오러를 전부 끌어 올렸다.

비전의 마력으로 변해 창을 휘감는 오러.

그 심상찮은 기운에 일행도 엉거주춤 뒤로 물러났다.

파직! 파직! 비전 오러가 일렁이며 주변의 것들을 끌어당기기 시작했다.

"웨이드……. 이건……!"

"집중하고 있으니까 조용히 해요!"

"아, 알겠어요."

전력을 때려 박는 건 예전에 마강석을 부순 이후 처음이었기에 나로서도 신경이 곤두섰다.

나는 남은 오러를 폭발력을 지닌 빛의 마력으로 변환시켜 창에 흡수시켰다.

그 뒤에는 그 규모를 부풀리기 위해 순수 마나까지 전부 사용해 마력의 창을 완성시켰다.

흉포한 마력이 넘실거리는 창.

루크레치아는 이 모습에 압도되어 말문을 잃고 있었고, 에리나와 리노아도 멍하니 바라만 보고 있었다.

"흐읍……!"

나는 심호흡을 한 뒤 쐐애액! 그 창을 시체 병사들이 줄지어 다가오고 있는 곳을 향해 투척했다.

베이스가 되는 비전의 마력은 주변의 모든 것을 끌어당기며 수축하더니 이내 굉음과 함께 폭발하며 숲의 모든 소리를 앗아 갔다.

창이 폭발한 지점에서 반경 20m 정도가 초토화되어 있었다. 그 주위로 시체 병사의 육편들이 마구 비산해 있다.

"엄청난 파괴력……!"

"뭐, 뭐냐 이건!"

놀라는 일행.

거기가 중요한 건 아니었다.

이 마력 폭발로 주변 환경에 변화가 생기느냐가 중요했다.

나는 주변을 둘러보며 변화를 찾았지만 캐치할 만한 변화는 없었다.

'이 정도로는 의미가 없나……!'

이러면 무의미하게 오러만 소모한 셈이 된다.

"쳇! 일단 어떻게든 적이 적은 곳으로 이동하겠습니다!"

길을 잃은 상황에서 작전상 후퇴가 가능할지는 확신이 서지 않았지만 지금은 다른 방법이 없었다.

방금 공격으로 적들도 주춤하고 있는 상황이었기에 그 틈을 이용하기로 했다.

다른 동료들도 같은 생각인지 도주의 준비를 했으나 그 직전의 일이었다.

쿵! 쿵쿵! 미친 듯이 냄새를 맡기 시작하는 가스파르. 그는 곧 한 지점으로 시선을 돌렸다.

"알스, 인간의 냄새다."

"인간……?"

곧 가스파르가 응시하는 방향에서 전투의 소리가 들려오기 시작했다. 시체 병사들과 싸우는 걸까.

그 소리는 우리를 향하면서 점점 커져 갔다.

이윽고 그 인간이란 존재가 모습을 드러냈다.

"크오오오!"

괴성을 지르며 시체 병사들을 몽둥이질 하는 거구의 덩치.

덩치는 기괴한 갑옷을 착용하고 있었고, 피부는 거칠게 갈라져 흉측한 상처로 가득했다. 온몸의 상처에선 죽은 듯한 검은 피가 흘러내렸다.

도무지 인간의 몰골로 보이진 않았다. 다만 그럼에도 살아 있다.

어느 의미로는 시체 병사들보다도 더 시체 병사 같았다.

"말도 안 돼……."

나는 그 얼굴을 알아볼 수 있었다.

"귄터……!?"

덩치는 가쁜 숨을 몰아쉬더니 나를 응시했다.

마치 반쯤 미쳐 버린 그 눈빛에는 이전 귄터의 모습이 보이지 않았다. 나를 알아본 것 같지도 않았다.

그저 따라오라는 듯 포효하고는 앞장을 서기 시작했다.

'대체 여기서 무슨 일이 벌어지고 있는 거야!'

나는 그 의문을 뒤로한 채 귄터의 뒤를 따라 시체 병사들의 포위망을 헤쳐 나왔다.

귄터에게선 귀기가 넘쳐흘렀다.

예전 순박한 인상은 흔적조차 찾아볼 수 없을 정도였다.

나는 조금 여유가 생긴 시점에 그에게 말을 걸었다.

"귄터, 무슨 일이 있었던 겁니까. 왜 당신이 그런 몰골이 된 거예요."

"후욱……! 후욱……!"

그러나 귄터는 대답하지 않았다. 그렇다기보다 이성이 없는 모양이었다.

이에 리노아가 입맛을 다시며 말한다.

"웨이드, 이건 아마도 사역을 당하고 있는 것 같아요."

"사역……!"

마법사는 특별한 힘으로 여러 동물들을 사역마로 부리고는 하지만 사람으로 부리는 경우는 흑마법사들밖에 없다.

이를 두고 죽음의 기사라 부르고는 하지만 살아 있는 사람을 사역한 건 엄연히 공포의 기사라는 정식 명칭이 있다.

"귄터……."

그가 그런 꼴이 된 걸 보니 마음이 좋질 않았다. 그를 남대륙으로 보낼 때도 사지로 보내는 게 아닐까 하는 생각을 한 적이 있긴 했지만 설마 이런 형태로 재회하게 되다니.

'귄터는 엄연히 내 가신이 아니긴 하지만…….'

내 지인에게 이런 짓을 한 놈을 그냥 둘 생각은 없었다.

귄터가 앞장서서 안내한 곳은 숲의 한편에 조성돼 있는 마을이었다.

규모로 미뤄 인구는 500명 정도 될까. 상당한 크기의 마을이었다.

그런 마을이 한탄의 숲 내부에 감쪽같이 숨어 있었던 것이다.

"후욱! 후욱……!"

귄터는 마을에 도착하자 주저앉아 숨을 몰아쉬기 시작했다. 그 모습은 당장이라도 숨이 끊어져도 이상해 보이지 않왔다.

"귄터, 괜찮습니까! 젠장!"

어찌해야 할 바를 모르고 있을 때. 마을에서 사람들이 뛰쳐나왔다.

그 속에 메이센이 있었다.

"일라인 후배님!? 에리나 양도!"

메이센은 우리를 보며 눈을 치떴지만 곧 고개를 흔들어 정신을 차리고는 귄터에게 향했다. 그러고는 치유 마법을 사용하여 귄터의 상처를 돌보기 시작했다.

곧 다른 마을 사람들이 더 나타나 우리를 둘러쌌다. 그들은 경계와 기대가 섞인 묘한 눈으로 우리를 바라보았다.

'여성들이 대부분…… 남자들은 노인뿐인가.'

어떤 사정이 있는지 짐작하기가 힘들었다.

"메이센 선배님. 귄터의 치료를 하면서 대답해도 좋으니 말해 줘요. 무슨 일이 있었던 겁니까."

"그게……."

메이센은 불안한 눈치로 나를 바라보더니 곧 움찔하며 뒤를 돌아보았다.

그 시선의 끝에는 허리가 구부정한 노인이 있었다.

노인은 섬뜩하게 미소 지으며 말해 온다.

"끌끌끌, 잘 왔으이. 너희같이 한탄의 숲에 발을 디딜 생각을 하는 멍청한 녀석들이 있어 심심하지가 않은 거여. 자,

치료는 그 정도면 됐다!"

노인이 손짓하자 귄터는 반사적으로 일어나 노인의 곁을
지키고 섰다.

"내게 물어보고 싶은 게 있는 거겠지?"

"……그 전에."

"응?"

"너냐, 귄터를 사역마로 부리고 있는 게?"

"그렇다고 한다면 어쩔 거냐?"

나를 시험하듯 끌끌거리며 웃는 노인.

"……고통스럽게 죽고 싶지 않다면 당장 귄터를 해방하는
게 좋을 거야."

"오호, 이거야 무서운 놈이군. 진심으로 말하고 있어. 심
지어 그럴 만한 능력도 있는 것 같군! 그 정도로 농후한 빛의
자질이라니. 나 같은 건 녹아 버릴지도 모르겠어. 하지만 이
거 어쩌나. 나는 죽음이 무섭지 않단다, 그런 협박은 통하지
않아."

"……."

"지금은 대화를 할 때라고 생각하지 않니?"

험악한 공기가 흐르자 메이센이 끼어들어 왔다.

"후배님, 지금은 진정하세요. 저 노인도 단순히 악한 사람
은 아니에요. 귄터 씨에 관한 일도 사정이 있었답니다."

"……예. 조금 흥분했네요."

내 지인들이 험한 꼴을 당하는 걸 보는 게 거의 처음이었기에 나도 모르게 흥분하고 말았다.

메이센의 말마따나 지금은 사정을 듣는 게 먼저였다.

노인은 숨김없이 이곳에 관한 모든 일을 말해 주었다.

그 스케일이 제법 컸던지라 정보를 받아들이는 데에 조금 시간이 걸리고 말았다.

"그러니까 정리하면 그런 거군요. ……결국엔 인간이 벌인 짓이다?"

"세상사 불변의 이치이지."

이 모든 일의 원흉은 한탄의 숲 중심부에 서식하는 특수한 몬스터였다.

메파트라라고 하는 이름의 몬스터로, 이놈은 공간을 침식해 그 공간 내부의 침입자를 현혹하여 서로 죽이게 만들거나 미쳐 버리게 만드는 성질을 지녔다고 한다.

다만 그렇다 해도 위험성이 뚜렷하게 높은 편은 아니었다. 피해가 있더라도 토벌이 가능한 레벨.

문제는 이놈을 눈독 들인 세력이었다.

"그놈을 길들일 수만 있으면 사람을 조종하고 홀리는 것 정도는 일도 아니라고 생각한 거야. 이 부분을 높이 평가한 팍스 가문의 사람은 놈을 처치하지 않고 흑마법사를 불러 몬스터를 사역하려고 했지."

팍스 가문이라는 말에 리노아와 루크레치아의 안색이 굳

었다.

"팍스라고……?"

"팍스 후작 가문을 말하는 건가!"

리노아의 안색이 특히 좋지 못했다. 노인은 무슨 일인지 짐작이 간다며 씨익 웃고는 말을 이어 간다.

"다만 모든 것이 팍스 후작의 생각대로 되지는 않았지. 그 의도를 눈치챈 다른 자들도 흑마법사들을 동원해 이권을 빼앗으려고 한 거야. 그렇게 일이 커져 버리자 팍스 후작은 이 숲에 정체불명의 무언가가 있다는 소문을 내며 이 일대를 통제하고 왕국에 잃어버린 땅의 개척이 더이상은 불가능하다 보고한 거지."

마침 왕국도 남대륙 귀족들이 세를 불리는 것이 부담스러웠던지라 옳다구나 하며 잃어버린 땅에 대한 개척을 중지했다.

왕국이 외면하자 거리낌이 없어진 다수의 귀족들이 그 몬스터를 길들이고자 이 한탄의 숲에 발을 디뎠고 끝없는 암투가 벌어졌다고 한다.

그중엔 이름만 들어도 악명을 알 수 있는 고명한 흑마법사들도 있었다.

"나도 그때 초빙된 마법사 중 하나다. 뭐, 나는 금방 현실을 깨닫고 이곳으로 도망쳐 버렸지만."

노인은 자신을 폴라리안이라고 소개했다.

슬쩍 리노아의 눈치를 보니 모른다며 고개를 흔든다.

이를 본 폴라리안은 자조하듯 말을 이어 간다.

"나를 몰라도 이상한 건 아니다. 흑마법사들은 기본적으로 이름이 알려지지 않았으니까. 이름을 알 수 있을 정도면 굉장한 실력이 있거나, 그만한 악행을 저지른 자들뿐이겠지. ……그리고 그런 자들이 이곳에 있다. 나로서는 명함도 내밀지 못할 대마법사들이 말이지."

그들을 중심으로 세 개의 세력이 지금도 암투를 벌이고 있다고 한다.

"대략적인 건 이 정도다. 너희들이 어떤 일에 발을 내디뎠는지는 충분히 알게 됐겠지."

"대충은 알겠습니다만……. 그래서? 당신은 왜 아직도 이곳에 있는 거죠? 권터를 사역마로 삼은 이유는 뭡니까."

"나도 흑마법사 나부랭이니까. 어차피 속세에 나간다고 해도 환영받지 못하거든. 이 덩치를 사역마로 삼은 건 그저 이놈이 그렇게 되길 원했기 때문이다."

"권터가 자진했다는 겁니까……?"

"그 부분은 메이센에게 들어라. 난 슬슬 밖을 살펴보러 가야겠어. 네놈들을 내 땅에 데려온 탓에 그램퍼 놈이 화가 많이 났을 거거든."

지팡이를 짚으며 밖으로 나가는 노인.

나는 메이센에게 시선을 돌렸다.

메이센은 무겁게 고개를 끄덕였다.

"폴라리안 씨의 말이 맞아요. 귄터는 자진해서 사역마가
된 거예요."

"대체 무슨 일이 있었던 겁니까."

"전부 저 때문이에요……."

밖에서 귀뚜라미 우는 소리가 들려오고 있었다.

메이센은 슬픈 얼굴로 자신의 이야기를 풀어 가기 시작했
다.

다음 날 아침.

나는 마을을 둘러보며 앞으로의 계획을 생각하고 있었다.

'작은 일이 아니었군.'

국가 규모의 스케일이었다.

그 국가 규모의 사건에 내 지인이 휘말려 들어 있다는 게
골치가 아팠다.

'귄터…….'

귄터는 나와 헤어진 후 어느 용병단과 함께 행동했다고 한
다. 그들의 도움을 받아 남대륙을 누비고, 이스와칸에서 메
이센에 대한 단서를 찾아냈다.

메이센을 납치한 귀족을 처치할 때도 그 용병단의 도움을

받았는데, 이후가 문제였다.

한탄의 숲에 휘말리고 만 권터는 절망을 겪게 된다. 그램퍼라고 하는 흑마법사에 의해 동료들끼리 죽고 죽이는 사태가 발생해 버린 것.

심지어 몇몇은 그램퍼에게 산 채로 납치당해 버렸다고 한다.

'그중에 권터가 사랑하던 여성이 있다고 했지…….'

권터의 일이니 보나 마나 쉽게 사랑에 빠진 거겠지만 그렇다고 그 상처가 작을 리는 없다.

어떻게든 살아남은 권터는 노인 폴라리안을 만나 거래를 한 것이다.

사역마가 될 테니 메이센과 동료들의 안전을 보장해 달라고. 그리고 그램퍼라는 녀석에게 복수할 기회를 달라고 말이다.

'후우! 역시 권터를 혼자 보내는 게 아니었는데.'

결과론적인 일이긴 했다. 권터를 남대륙에 보내지 않았다면 메이센이 커다란 비극을 겪었을 것이다.

권터의 덕에 메이센은 험한 꼴을 보지 않았다. 아마 권터도 그 부분은 만족하고 있을 테지.

'그보다도 앞으로의 일인데…….'

이번 일은 나 혼자 해결할 수 있을 만한 일이 아니었다.

냉정하게 판단하기로 한 나는 빠르게 결단을 내리기로 했다.

곧장 일행을 모아 두고 말했다.

"이 숲을 빠져나가도록 하겠습니다."

"그건 이 상황을 방치하겠다는 뜻입니까?"

루크레치아가 날카로운 눈으로 되묻는다.

"당장은 그래요. 그럼 반대로 묻겠는데, 지금 상황에서 우리가 할 수 있는 건 뭐죠?"

"그건……. 아직 모르지만 찾아보면 생길 거예요."

"너무 막연합니다. 그보다는 사정을 알고 있는 우리가 외부에 나가서 도움을 청하는 게 빨라요. 상대도 그걸 가장 경계하고 있을 테고요."

루크레치아가 근위대의 신분을 드러내자 문답무용으로 죽이려 든 것만 봐도 그렇다.

"루크레치아 당신이 국왕에게 사정을 설명하고 대대적인 토벌군을 조직하는 게 대국적인 관점에선 옳다는 거예요."

"분명히……. 하지만 명분은요? 분명 흉흉한 사건이긴 하지만 그렇다고 왕가에서 움직여 줄지는 다른 이야기예요."

"그 부분은 리노아가 알아서 할 테니 걱정 말아요."

"리노아 양이요?"

리노아는 굳은 표정으로 동의를 표한다. 내가 무슨 말을 하고자 하는지 이해를 한 것이다.

"잠깐만요!"

메이센이었다.

"권터는 어떻게 할 건가요?"

"가능하면 데려가고 싶지만 그 노인이 옳다구나 고개를 끄덕일 것 같지는 않네요. 그렇다고 억지로 데려갈 수도 없을 테니……. 그러니 권터는 두고 갑니다."

설령 노인을 잘 설득해 권터를 제정신으로 되돌려 데리고 나온다고 해도 루크레치아가 곧장 체포를 해 버릴 테다. 귀족을 죽인 죄는 최소 처형에 해당하니 권터는 사태가 해결될 때까지 이곳에 두는 편이 나았다.

"그럴 수는 없어요! 다시 생각해 봐요!"

"너무 걱정 말아요. 가스파르를 붙여 둘 생각이니까."

내 시선을 받은 가스파르는 걱정하지 말라며 고개를 끄덕여 보인다.

"북대륙의 잃어버린 땅을 탐사하는 거나 여길 탐사하는 거나 내게 있어선 똑같아. 내 걱정은 말아라. 권터 녀석은……. 죽어 버리면 어쩔 수 없지만 최대한 신경을 써 보지."

지금은 이게 최선이었다.

모두가 위험을 감수할 필요는 없었다.

이곳을 빠져나가겠다는 의사 표시에 노인 폴라리안은 애매한 표정을 지었다.

"그렇게 쉽게 빠져나갈 수 있다면 여기가 한탄의 숲이라

불릴 이유가 없잖나."

"그렇지만 뭔가 방법이 있겠죠? 이곳에 오랜 기간 머물렀던 당신이라면 알 거라고 생각하는데요."

"으음……. 아니 뭐, 그렇긴 한데……."

"그 방법을 알려 달라는 겁니다."

"딱히 정공법이 있는 건 아니야. 힘으로 뚫어 내는 것밖에는 없어."

"그걸로 충분합니다."

나는 마을에서 공수해 온 철창을 등에 멨다.

노인은 할 수 있다면 어디 해 보라는 듯 우리를 어느 지점으로 안내했다. 덤으로 마을 사람들 중에서도 밖으로 나가고 싶은 사람들을 선별해 우리에게 붙여 주었다.

이 마을 사람들은 실종자들을 찾아 이 숲에 들어온 자들로, 폴라리안이 보호하고 있던 자들이었다.

그들은 이곳에서의 생활이 신물이 났는지 나갈 수 있을지도 모른다는 말에 삼삼오오 따라 나왔다.

"이곳이다. 여기까지가 몬스터의 영역이지."

노인이 무언가 마법을 시전하자 검은 마력이 소용돌이치며 한 지점에 부딪혔다. 마치 벽이라도 있는 것처럼 말이다.

"이걸 파괴하면 잠시나마 빈틈이 생길 거다."

"제법 단단해 보이는군요."

"실제로 단단해. 나도 부술 수 없을 정도야."

혹시나 나 혼자선 안 될 수도 있는 만큼 에리나와 리노아, 루크레치아도 함께 마법을 시전하기로 했다.

나는 창에 마력을 집중했다.

점점 요령이 생기는지 이번에는 지난번보다 더 효율적으로 마력의 창을 만들어 낼 수 있었다.

'힘을 더 정밀하게 응축시키는 거야.'

이 마력의 창을 노인은 오묘한 눈으로 바라보았다.

"웨폰 스펠인가! 이 정도의 수준이라니! 놀랍군!"

"집중에 방해되니까 조용히 하십쇼……!"

나는 시전을 끝내고 벽을 노려보았다.

"후우……! 흐읍!"

쐐애액! 벽을 향해 매섭게 날아가는 창. 그와 동시에 다른 이들의 마법도 벽을 타격했다.

곧 무형의 벽은 와드득 소리를 내며 부서지기 시작했다.

그와 함께 붉은 빛의 하늘이 개어 갔고 공기의 맛도 달라졌다.

쿠오오오오-!

등 뒤에서 괴물의 비명 소리가 들려왔다. 이 공격이 간접적으로 괴물에게 타격을 준 모양이었다.

노인이 재촉하듯 말해 왔다.

"다른 놈들이 눈치를 챘을 거다. 나갈 거면 어서 나가라."

"……."

나는 슬쩍 가스파르에게 시선을 두었다. 가스파르는 모종
의 의미를 담은 사인을 보내 온다.

나는 허락 사인을 보낸 뒤 발걸음을 재촉해 숲을 빠져나오
기로 했다.

숲을 빠져나와 프레이아에 돌아온 우리는 경악 섞인 환영
을 받았다. 지금껏 한탄의 숲에서 돌아온 자들은 더러 있었
지만 이런 식으로 기존에 실종된 자들까지 데리고 돌아온 경
우는 없었기 때문이다.

'역시 순수하게 환영하고 있진 않군.'

몇몇 자들의 눈빛은 마치 예정과는 다르다는 듯, 당황하는
기색이 엿보였다.

나는 시간을 오래 끌지 않고 곧장 이스와칸으로 향하는 배
편을 구했다. 귀족으로 보이는 누군가가 하루 정도 머무르고
가는 게 좋지 않겠냐 제안했지만 단호하게 거절했다.

다행히 리노아가 현직 백작인 덕에 권위를 앞세워 그들을
뿌리칠 수 있었다. 배를 타고 속전속결로 이스와칸으로 돌아
온 우리는 이곳에서도 시간을 지체하지 않고 수도 바이언으
로 향했다.

그리고 그 와중에 기어코 습격이 벌어지긴 했으나 급하게

모집한 흙수들이었는지 실력이 뛰어나진 않았다.

마침내 바이언에 도착한 시점엔 체크메이트.

루크레치아는 리노아와 함께 곧장 왕궁으로 향해 이번 일에 대한 전말을 보고하기 시작했다.

'이걸로 일이 순조롭게 해결되면 좋겠는데…….'

아마 희망적인 관측일 것이다.

팍스 후작이 한탄의 숲을 이용한 목적은 십중팔구 반란.

그곳의 시체 병사들도 반란에 이용하기 위한 도구들일 거다.

이전에 그런 이야기를 한 적이 있었다.

반란에는 반드시 병사들이 필요하다고. 사병이 없는 반란은 불가능하다고 말이다.

이에 리노아의 아버지는 구원자 연맹을 끌어들임으로써 반란을 꾀했지만 팍스 후작은 달랐다.

한탄의 숲에서 시체 병사들을 이용해 은밀히 병력을 모으고 있었던 것이다.

이 부분이 증명된다면 왕국에서도 즉각적으로 움직이겠지만 그만큼 상대편에서도 정치적인 공작이 있을 터.

그게 어떻게 진행되느냐가 이번 일의 핵심이었다.

"휴우! 곤란하게 됐네."

아마 이번 일로 나도 표적이 됐을 가능성이 있었다.

귄터의 상태를 확인하고 메이센을 구출해 왔으니 후회는

없지만 상황이 골치 아파진 건 분명했다.

그 위협에서 몸을 지키기 위해서라도 슬슬 리노아의 보호 이외에 내 세력을 만들어야만 했다.

내 세력이라고 하니 떠오르는 건 가신들밖에 없긴 했다.

'일단 가신들만 전부 모인다면 어떤 일이든 대처가 가능할 텐데.'

그런 내게 도로시가 놀라운 소식을 들고 찾아왔다.

에리나를 보러 바이언에 방문해 온 도로시가 한 가지를 제안한 것이다.

"알스, 혹시 다른 사람과 관련된 뭔가를 가지고 있는 거 있어?"

"다른 사람과 관련된 거……? 그건 왜?"

"내가 아는 사람 중에 추적 마법의 달인이 있거든. 그 사람에게 부탁을 해 보면 어떨까 해서."

이 도로시의 제안은 터닝 포인트가 되기에 충분했다.

이번 한탄의 숲에서의 일은 파급력이 작지 않았다.

국왕에게 보고를 간 루크레치아는 일주일간 모습을 드러내지 않았고, 리노아도 계속해서 왕궁에 불려 가며 조사를 받고 있었다.

쓸데없는 일에 말려 들어간 상황이긴 했지만 귄터와 메이센을 찾기 위해서였으니 어쩔 수 없다고 생각하기로 했다.

그래도 이득이 없는 건 아니었다.

한탄의 숲에서 곤충형 몬스터를 처치하고 얻은 마정석을 통해 아카데미 실적을 쌓을 수 있었고, 한탄의 숲에서 살아 돌아온 것도 실적으로 평가받아 조금이나마 명성을 얻을 수 있었다.

도로시도 귀띔으로 들었는지 그 부분을 먼저 말해 왔다.

"편지로 봤을 땐 농담이라도 하는 건가 했는데……. 정말로 한탄의 숲에 갔던 거구나. 어휴, 정말이지 무모하다니까."

"그래도 덕분에 메이센 선배님을 찾아낼 수 있었으니까."

"그건 정말 다행이야."

"얘기는 해 봤어?"

"응, 귄터 선배님을 걱정하고 계시더라. 그쪽은 정말 괜찮은 거야?"

"조금 위험한 상황이긴 한데. 그래도 그 상황에선 그게 최선의 선택이었다고 생각해."

"알스 네가 그렇다면 그런 걸 테지만……. 그래도 가능한 한 빠르게 일을 마무리 짓는 게 좋지 않을까 싶어."

"그래. 오래 걸리진 않을 거야."

루크레치아의 증언이 있기도 해서 왕국도 움직이기 시작

했다. 곧 남대륙에 있는 반란분자들을 쓸어버리고 한탄의 숲을 평정하려 할 테다.

그때까지 걸리는 시간은 빠르면 두 달 정도.

"가스파르를 두고 왔으니 그 정도는 버텨 주지 않을까 싶어."

"그러면 다행이겠지만······. 아, 그보다도."

도로시는 어제 했던 얘기를 다시 꺼냈다.

"생각해 봤어? 추적 마법을 걸 수 있을 만한 물건."

"어느 정도는."

나는 목에 걸고 있던 목걸이를 벗어서 도로시에게 내밀었다.

어머니의 유품이자 유미르가 내게 준 성인식 선물.

내 물건이긴 하지만 내가 건네받기 전까지 유미르가 10년 이상을 간직하고 있던 물건이다. 그러니 이걸 매개로 추적 마법을 사용해 볼 수 있지 않을까 싶었다.

"음······. 조금 애매하긴 하네. 추적 마법이 효과를 보려면 물건에 그 사람의 흔적이 남아 있는 게 좋거든. 수년간 네가 사용하고 있었다면 그 흔적이 옅어졌을지도 몰라."

"이것 외에 짚이는 물건이라고 하면······."

에리나가 선물로 줬던 액세서리가 있긴 하지만 이건 의미가 없다.

도로시는 고민하듯 고개를 끄덕이곤 말한다.

"일단 부탁은 해 보자. 엘리엇 씨도 부담 갖지 말고 부탁하라고 했으니까."

"그 엘리엇이란 사람은 언제 오는 거야?"

"왕궁 부근을 구경하고 온다고 했으니 슬슬 올 텐데……."

곧 엘리엇이란 남자가 모습을 드러냈다. 수염을 덥수룩하게 기른 굿은 인상의 남자였다.

미용에는 전혀 관심이 없는지 수염은 거칠었고, 머리카락도 아무렇게나 떡이 져 있었다. 악취마저 풍겨 왔기에 에리나는 순간 표정 관리에 실패하고 말았다.

남자는 그 모습에 불쾌하다는 듯 코웃음을 치고는 나를 응시했다.

"네가 알스라는 녀석이냐. 도로시에게 이야기는 많이 들었다."

"예에……. 알스 일라인이라고 합니다."

"흥, 엘리엇 데이그다."

도로시는 눈빛으로 내게 주의를 주었다. 그 눈빛은 마치 '보기보다 대단한 사람이니까 주의해 줘.'라는 듯했다.

"오늘은 방문해 주셔서 감사합니다. 저택의 주인은 사정이 생겨 마중을 나오지 못한 것이니 개의치 말아 주십시오."

"들었다. 한탄의 숲을 들쑤셨다지?"

"……."

"묘하게 됐어. 나는 며칠 전에 알게 된 거다만 우리 구원자 연맹 쪽에서도 손을 쓰고 있었던 모양이다. 자칫하면 왕국과 연맹의 마찰로 비화될지도 몰라. 혹여 전쟁이라도 난다면 그 전쟁의 계기가 된 건 네 녀석이 되는 거겠군."

시험하는 듯, 비난하는 것 같기도 한 시선이다. 도로시는 다급히 중재해 들어왔다.

"엘리엇 씨! 오늘은 그런 얘기를 하려던 게 아니잖아요!"

"그랬었지. 나도 참."

엘리엇은 배낭에서 지도를 꺼내 테이블에 펼쳐 놓고는 말했다.

"물건은?"

"여기 있습니다."

내 목걸이를 건네주자 흥미롭다며 눈매를 좁혔다.

"꽤 오래된 물건이군. 고가이기도 하고. 이런 물건은 원념이 깊이 서려 있기 마련이지."

"그럼……!"

"원념이 강하다고 좋은 건 아니야. 일단 해 보지."

엘리엇은 마나가 아닌 오러를 통해 추적 마법을 시전하기 시작했다. 그의 오러에 추적 마법에 특화된 특성이 있는 모양이었다.

그의 마력이 목걸이를 쥐어짜듯 수축했다. 그 정신 집중이 한참이나 이어진 후였다.

피핑! 마치 총알이 발사되듯 한 방향으로 쏟아지는 마력.

그 마력은 벽을 통과해 어디론가 사라졌다. 엘리엇은 대략 10분간 마력이 날아간 방향을 응시했다.

그러고는 고개를 끄덕였다.

"내 추적 마법은 단순해. 마력이 날아간 방향과 그 속도를 계산해서 대략 어디인가를 파악하는 거야."

방향과 속도를 계산한다고 하니 오히려 과학이 아닐까 싶었다.

엘리엇은 지도에 우리가 있는 위치를 둥그렇게 표시하더니 찌익! 하고 한 지점으로 선을 그었다.

마력이 날아간 방향이다. 그리고 마력이 순간적으로 보였던 속도를 어림짐작으로 계산해 그 종착점을 찍었다.

중앙의 마대륙을.

"……뭐지?"

엘리엇도 이에는 눈살을 찌푸렸다.

"왜 마대륙에……. 젠장, 나도 실패할 때가 있는 거군."

엘리엇은 쑥스러워했지만 나와 도로시는 숨을 죽일 수밖에 없었다.

어머니의 유품이니 물건에 담긴 원념으로 따지면 나나 유미르보다 어머니 쪽이 높을 수밖에 없다.

'하지만 어머니는 옛적에 돌아가셨는데. 어째서 이 물건에 강한 원념을 가진 사람이 우리 대륙에 남아 있는 거지?'

이 부분은 의문이긴 했으나 지금으로선 알 수 있는 방법이 없었다.

❖

첫 번째 추적 마법이 실패하자 엘리엇은 명예 회복이라도
하려는 듯 다음 물건을 요구해 왔다.

"이번엔 실패하지 않을 거다. ……그리고 가능하면 조금
더 단순한 물건으로 부탁해. 그 목걸이 같이 원념이 너무 강
한 물건은 아까처럼 불확실한 결과를 만들어 내니까."

"다른 물건이라고 해 봐야……."

마땅히 짚이는 게 없었다. 어머니에게 유미르나 율리아 누
나의 물건이 있나 물어볼까 했으나 그 전에 에리나가 끼어들
어 말했다.

"이건 어떨까요?"

그녀가 꺼낸 건 검신이 10cm 정도 되는 단검이었다. 심지
어 그냥 단검도 아니고 검날이 울퉁불퉁했다.

한번 찌르면 상대에게 치명상을 입힐 수 있는 그런 물건이
다.

"에리나……. 그런 걸 가지고 다니는 거야? 아니 뭐, 호신
용으로 좋기야 하겠지만……."

"아, 아니에요! 제가 산 게 아니라 에스텔이 선물해 준 거
예요!"

"에스텔이?"

"예. 쿠라벨로 가던 때 크로싱의 도시에 잠깐 들른 적이 있잖아요. 그때 에스텔이 필요해질 때가 있을 거라면서 제게 선물해 준 거예요."

"아……."

에스텔은 묘하게 저런 선물을 많이 하긴 했다. 내게도 서바이벌 나이프를 선물로 주기도 했고.

한번 추적해 볼 만한 가치는 있는 것 같았다.

엘리엇은 흉흉한 모습의 나이프에 휘파람을 불고는 추적 마법을 시전 했다.

아까와 똑같은 형태로, 나이프를 감싸던 마력이 맹렬한 속도로 한 방향으로 날아갔다.

엘리엇은 그 마력의 방향, 속도를 계산하여 지도의 한 지점을 가리켰다.

바로 한탄의 숲을.

"한탄의 숲……!?"

가장 의외의 결과였다.

내가 일주일 전까지만 해도 머무르고 있었던 한탄의 숲에 에스텔이 있었다니.

숲은 넓고 내가 탐색한 부분이 얼마 되지 않기에 만나지 못했을 가능성이 높긴 했지만 그렇다 해도 한탄의 숲이라니.

"어째서 에스텔이 저곳에……. 결과가 잘못된 것 아닙니까? 혹은 계산이 조금 엇나갔다던가요."

"그럴 수도 있겠지. 그런데 그렇게 받아들일 거라면 여기서 집어치우자고. 본인이 믿고 싶은 것만 믿을 거라면 내가 무슨 의미가 있냐?"

"……그건 그러네요. 미안합니다. 조금 당황한 것 같아요."

그래도 일단 결과가 나왔으니 가능성 중 하나로 염두에 두고 있어야 했다.

"다음 물건은 없냐? 내 웨폰 스펠의 힘으론 다음이 마지막이야."

의외로 소모가 많은 마법인 모양이었다. 그도 아니면 그저 귀찮아졌던가.

뭐가 됐든 마지막이니 확실한 물건을 내밀어야 했다.

"굳이 물건이 아니라도 상관은 없어. 그 사람의 흔적이나 원념이 있기만 하면 된다고."

"……흔적?"

그렇게 생각하니 떠오른 게 있었다.

"제게 걸린 마법을 추적할 수도 있습니까?"

"흔적이 남아 있다면."

내게는 반영구적인 추적 마법이 걸려 있었다.

에오니아가 발키리의 맹세니 뭐니 하면서 걸었던 마법이다.

거리가 벌어져 있어 효과가 발휘되고 있지는 않았지만 그

마법이 사라진 건 아니다.

"그런 거라면 아까 그 물건을 추적하는 것보다도 쉬울 거다. 할 거냐?"

"해 주십시오."

"좋아. 거기 서라."

내 몸을 엘리엇의 마력이 휘감았다. 순간적으로 만원 전철에 끼어 있는 듯한 압박감이 느껴지더니 곧 핑! 하며 한 방향으로 마력이 쏘아져 나갔다.

엘리엇은 머뭇거리더니 이내 한 지점에 동그라미 표시를 했다.

북대륙 바로 위 망망대해에.

"……이건 어떤 결과로 받아들여야 하는 겁니까? 물고기 밥이라도 됐다는 겁니까?"

나도 모르게 날카로운 반응이 나오고 말았다.

지금껏 애써 부정하던 최악의 가설. 육지가 아니라 바다 위에 전이되어 꼼짝없이 죽어 버렸다는 가설이 떠올라 버렸기 때문이다.

그러나 엘리엇은 고개를 흔들었다.

"그렇다면 추적 마법 자체가 발동이 안 됐을 가능성이 높아. 물고기 밥이 됐다면 이미 형체고 뭐고 없을 테니까. 그보다는 지도에 표시되지 않은 섬이 있다고 보는 게 옳겠지. 바다에 대해선 아직 완벽하게 측량이 이뤄진 건 아니니까. 몬스터들의 던전으로 인해 섬이 형성되는 경우도 있어서 지도를 곧이곧대로 믿을 필요는 없어."

그렇담 엘리엇이 가리킨 지점에 지도에 측량되지 않은 무인도가 있거나 던전 지형이 있을 수도 있다는 뜻이었다.

그렇다면 에오니아를 도저히 찾을 수 없었던 것도 납득이 갔다.

지도에조차 표시되지 않는 구역이라면 당연히 배편도 없을 거다. 손재주가 좋은 에오라면 충분히 배를 만들 수 있을지도 모르지만 준비 없이 무작정 바다로 나갔다간 표류하여 죽기 딱 좋다.

"자, 내가 할 수 있는 건 다 했다."

엘리엇은 피로의 한숨을 쉬고는 돈을 달라는 듯 손바닥을 내밀었다.

"다 해서 100만 릴랑이야."

"100만……!?"

"하핫, 농담이다. 본래라면 못해도 10만 릴랑 정도는 받았겠지만 뭐, 도로시 녀석의 친구라고 하니까. 저녁이나 좀 얻어먹고 갈 수 있으면 좋겠는데."

"그거야 물론입니다."

마침 왕궁에서 조사를 끝마친 리노아가 돌아왔다. 리노아는 구원자 연맹의 사람이라는 말에 표정을 구겼지만 그렇다고 손님 대접이 미숙하진 않았다.

엘리엇은 게걸스럽게 음식을 해치우더니 트림과 함께 저택을 떠나갔다.

그가 떠나가자 도로시가 조심스레 묻는다.

"알스, 이제 어떻게 할 거야?"

"글쎄……."

엘리엇의 추적 마법이 가진 신뢰도가 어느 정도인지는 몰라도 그래도 가능성으로서의 기능은 충분했다.

애초에 눈앞이 깜깜한 상황이었기에 이런 단서라도 도움이 됐다.

선택지는 두 개.

북대륙 위의 바다 한가운데 위치한 에오니아와 한탄의 숲에 위치한 에스텔.

누가 더 위급한 상황에 처했냐고 따지면 에스텔이긴 했지만 공교롭게도 한탄의 숲은 내 탓에 진입이 어려운 상황이됐다.

현재 한탄의 숲은 봉쇄되어 왕국 관계자 외에는 접근이 불가능한 상황이다.

가뜩이나 리노아의 입장이 난처해져 있어서 한 번 더 진입하기는 힘들었다.

반면 에오니아는 수색이 힘들다. 배를 직접 몰아 바다를 수색해야 하기에 시간이 얼마나 걸릴지 예측하기가 힘들었다.

'그렇다면 선택은 하나밖에 없네.'

한탄의 숲은 접근이 불가능하니 어떻게든 가스파르에게 연락을 취하는 쪽으로 가닥을 잡고 당장은 에오니아를 수색해 보기로 결정했다.

한탄의 숲 동부에 위치한 자주색 도시.

이곳은 200년이 넘는 역사를 가진 사람의 마을이었다.

몬스터들이 범람했을 때도, 남대륙 전체가 몬스터에 지배당했을 때도 꿋꿋하게 살아남은 곳이었다.

그 지도자는 대대로 흑마법사들이었다.

마을을 지키는 마녀가 지도자가 됐고, 후학을 길러 세력을 구축했다.

마을의 인구는 무려 1만에 달했고, 전투가 가능한 마법사들의 숫자도 수백에 달했다.

그 지도자의 자리에 있는 키에런이란 자는 수심에 빠져 있었다.

최근 모종의 사건으로 인해 숲의 전모가 왕국에 알려져 버렸기 때문이다.

'더러운 외부인들…….'

그들은 그저 숲에서 조용히 살아가고 있었을 뿐이다. 그런데 팍스 후작이라는 자가 숲의 몬스터를 이용하려 들면서 상황이 바뀌었다.

외부에서 온 흑마법사들이 활개를 치기 시작해 그들과 불편한 동거를 해야 했다. 그래도 그 부분은 참을 수 있었다.

오히려 그들의 덕에 왕국에서도 한탄의 숲에 접근하지 않게 됐으니까.

그것이 이제는 왕국에서 적극적으로 개입을 하려 들었다.

'왕국은 우릴 없애려 들 거야. 어떻게든 마을을 지켜야 해.'

왕국에 대한 소속감이 전무한 그들에게 있어 엘란 왕국은 외적에 불과했다.

'어쩔 수 없지.'

지금껏 한탄의 숲의 몬스터를 두고 여러 세력의 신경전이 벌어진 건 그들이 적극적으로 개입을 하지 않았기 때문이다.

그들이 마음만 먹으면 팍스 후작이건 다른 세력이건 한 방에 밀어낼 수 있었다.

'겁을 줘야겠어.'

겁에 질린 자들이 다시는 한탄의 숲에 접근하지 못하도록.

'일단 숲의 몬스터를 조종해 그램퍼 녀석의 시체 병사들을 우리 휘하로 둬야겠군. 그 규모가 수만이니 그걸 이용하면 왕국의 전력을 잠깐 동안이라면 압도할 수도 있을 거야.'

사실상 전쟁에 가까운 계획이 되어 있었다.

결심을 마친 그는 곧장 행동에 나섰다.

5장

에오니아를 찾기 위한 준비는 쉽지 않았다.

에오니아가 위치한 해역을 수색하기 위해선 꽤 커다란 배가 필요했는데, 자금줄이 되어 주고 있던 리노아가 지난번 일로 움직이기 어려워지고 말았던 것이다.

가뜩이나 그 해역이 구원자 연맹의 구역에 있던 탓에 더더욱 움직이기 어려워졌다.

하여 방법이 생기기 전까진 아카데미에서 상황을 지켜보는 수밖에 없었다.

곧 시험이 다가오고 있기도 했기에 조마조마한 심정을 애써 추스르며 마법 공부에 집중하고 있었다.

내가 심혈을 기울이고 있던 건 빛의 마법의 연구였다.

비전 마법은 사용법을 어느 정도 정해 놓은 상태였고, 실전성도 있었지만 빛의 마법은 아니었다.

빛의 마법은 효율이 없어 지금껏 방치를 하고 있었다.

오러를 통해 시전을 하면 폭발을 하는 성질을 가지게 되지만 그것도 애매한 경향이 있다. 마력끼리 마찰을 해서 폭발을 하는 느낌인지 형태를 갖춰 뭉쳐 놓지 않으면 그냥 흩어져 버리고 마는 것이다.

하여 빛의 마법은 곁다리에 불과한 상황이었다.

다만 이번에 한탄의 숲을 방문하고 난 뒤에는 생각이 바뀌었다.

'흑마법사들에게 직빵이라고 했지…….'

그 노인 폴라리안이 지나가는 말로 얘기를 한 것이 있다.

내가 가진 빛의 마법의 자질이라면 흑마법사들은 순식간에 녹아 버릴 거라고.

혹여 다시 한탄의 숲에 들어갈 일이 생길 수도 있는 만큼 빛의 마법을 연마해 두기로 했다.

하여 대부분의 시간은 마법 연구에 사용하고 있었다.

그 외에 남는 시간은 어머니를 위한 시간이었다.

아직 이 세계에 익숙해지지 않은 어머니를 위해 짬을 내서 도시를 안내하기로 한 것이다.

어머니는 아직도 마법이 생소한지 자그마한 것에도 표정을 다양하게 바꾸었다.

겉으론 즐거워하고 있긴 했지만 그래도 그 속에 담긴 수심은 여전했다.

나는 그 등을 쓰다듬으며 말했다.

"어머니, 너무 걱정 마세요. 다들 잘하고 있을 거예요."

"그러면 좋겠구나."

어머니가 걱정하고 있는 건 우리 대륙에 남아 있는 가족들이었다. 아버지와 퍼지 형, 맥스 형과 밀러 형도 그랬지만 이제 막 3살이 된 쌍둥이들도 있었다.

"하하……. 율리아 누나는 걱정되지 않으세요?"

"그 애라면 어디서든 잘 해낼 수 있을 것 같거든. 그건 알스 너도 마찬가지긴 하지만……. 너는 다른 부분에서 불안하니까. 미리 말하지만 안 된단다."

"예? 안 된다니. 뭐가요?"

"리노아 양이라고 했지? 더 이상 늘려선 안 돼."

"그 사람과는 그런 관계가 아니라니까요. 그냥 친구예요. 친구."

"그러면 루크레치아 양은?"

"그쪽은 거래를 하는 관계죠."

이 화제로 한참이나 들볶이고 있던 차. 에리나 무리와 마주치게 되었다.

에리나가 로자 공주와 함께 메이센에게 도시를 구경시켜주고 있던 모양이다.

"알스 님!"

에리나는 눈웃음을 지으며 종종걸음으로 다가왔다. 이미 주변 남자들의 시선을 독차지하고 있었는지 에리나가 움직이자 주목도가 확 쏠려 오는 것이 느껴졌다.

로자 공주도 포근하게 미소 지으며 따라온다.

공주의 행차인 만큼 그 곁에는 근위대가 붙어 있었다. 근위대는 매서운 눈으로 나를 노려보고 있었다. 단순한 경계심의 발로라고 보기엔 뭔가 억하심정이라도 있는 것 같은 느낌이다.

"두 분이서 외출인 건가요?"

"응, 마침 시간이 났거든. 광장에서 불꽃놀이를 한다고 해서 둘러보려고 했지."

에리나는 어색한 미소를 지으며 말을 이어 간다.

"저기 그러면⋯⋯. 함께 가시겠어요? 저희도 마침 광장으로 향하던 중이었거든요."

"미안, 근위대를 끼고 돌아다니는 건 조금 부담스럽네."

"앗⋯⋯."

에리나가 아쉬워하는 표정을 짓자 로자 공주가 시원스럽게 웃으며 말한다.

"그럼 방해꾼은 사라져 줄게요. 에리나, 갔다 와."

"예? 공주님?"

로자 공주는 에리나를 내 쪽으로 밀치고는 일행을 데리고 사라졌다.

메이센도 눈치껏 빠지는지 로자 공주와 함께 갔다.

"하여간……."

에리나는 못 말리겠다며 쓰게 웃고는 어머니의 눈치를 보며 내 옆에 붙어 팔짱을 끼었다.

잠시 침묵이 흐르고.

어머니는 무거운 목소리로 말한다.

"괜찮은 건가요? 아무리 지금은 가문의 눈치를 살필 필요가 없다고 해도……. 아니, 오히려 이런 상황이 돼서 적극적이 되는 건 약삭빠르다고 생각하지 않나요?"

그 의미심장한 물음에 에리나는 결심을 하고서 답했다.

"그렇게 생각하시는 것도 이해합니다. 그렇지만 걱정하지 않으셔도 돼요. 전…… 가문을 나오기로 결심했거든요."

"공작가의 영애로 돌아가지 않겠다는 건가요?"

"아버님이 반대를 하신다면요. 그렇게 되지 않는 게 가장 바람직하겠지만 그렇게 된다면 전 망설이지 않을 거예요."

"후우……."

어머니는 나무라듯 나를 째려보고는 한숨과 함께 말한다.

"알스, 나는 먼저 돌아가겠다."

"예? 불꽃놀이는 보시지 않고요?"

"나는 다음에 유미르와 보도록 할게."

뭔가 가시가 있는 말이었다.

"그럼 바래다드릴게요."

"그럴 필요는 없단다. 돌아가는 길 정도는 알고 있으니까. 너는 에리나 양을 에스코트하렴. 오늘은 늦게 돌아온다고 얘기를 해 둘게."

"아······."

어머니가 떠나가자 에리나는 뭔가를 각오한 것처럼 상기된 얼굴로 내 소매를 움켜쥐었다.

나는 그녀를 에스코트해 광장으로 향했다.

자정이 가까운 밤.

에리나를 방으로 돌려보낸 나는 잠깐 바람이라도 쐴 겸 저택의 정원을 걷고 있었다.

달이 유난히 밝아 마치 해가 뜨기 전의 새벽 같은 느낌이 든다.

'이러고 있어도 되는 걸까.'

급하게 움직여 봤자 좋을 것이 없다는 걸 알고 있기에 차근차근 움직이고 있긴 했지만 마음속에서 피어오르는 불안감은 나날이 커져 갔다.

'에오니아의 건은 억지로라도 속도를 내 봐야겠어.'

현지에 가서 무작정 배를 구해 보는 거다. 어부의 배를 얻어 타든, 상단의 배를 얻어 타든. 극단적으로 해적의 배를 빼앗아 타든.

'쳇, 이런 험한 일엔 가스파르가 제격인데.'

에리나나 루크레치아에게 해적의 배를 빼앗자고 제안할 수도 없는 노릇이니까 말이다.

뭔가 인재난에 부딪힌 느낌이었다.

'어쩔 수 없지. 어떻게든 직접 해 보는 수밖에.'

슬슬 달빛도 구름에 가려지고 있었기에 방으로 돌아가 잠을 청하기로 했다.

그때 부스럭! 하는 소리가 들려왔다.

"⋯⋯누구입니까?"

내 물음에 안두하가 모습을 드러냈다.

그는 굳은 표정으로 말해 왔다.

"돌아오는 게 늦었군."

"불꽃놀이가 제법 화려하더라고요."

"흥, 느긋하게 있어도 되는 거냐. 가신들이 실종됐다고 하지 않았나?"

"당신이 상관할 바 아닙니다."

"분명 그랬지. 이전까지는."

"⋯⋯?"

내가 알기로 안두하는 리노아가 태어나는 순간을 지켜봤을 정도로 오랜 기간 브랜포드 가문에 충성을 해 온 자였다.

그 전에는 모험가를 했다고 들었다. 한탄의 숲에서도 도움이 됐을 정도로 그 실력이 괜찮다.

그에 대해 아는 건 그 정도뿐이었다.

"아가씨에게 들었다. 가신 찾기를 도와준다면 아가씨를 도와주겠다고 했다더군."

"예, 뭐. 그런 얘기를 한 적이 있긴 하네요. 리노아는 흘려 넘겼지만."

"확실히, 아가씨는 별생각이 없더군. 그래서? 네 진심은 어떻지?"

"도와 달라고 하면 도와줄 생각이 있습니다. 진심으로요."

"……그 말을 듣고 싶었다. 웨이드, 아니. 알스 일라인이라고 해야 하나?"

"그냥 웨이드라고 하십쇼."

"그래, 웨이드. 부탁한다. 아가씨를 도와 다오."

"갑자기 무슨 심경의 변화입니까? 당신은 저에 대해 좋게 생각하지 않았던 것 같은데요."

"너에 대해선 아직도 모르겠다. 네 가신들을 보고 생각이 바뀌었지. 가스파르라고 했나?"

"아항."

애당초 안두하는 내가 가신이 있다는 둥의 얘기를 믿지 않았던 모양이다.

처음 찾았다고 한 사람도 에리나였으니 그냥 가신이 아니고 친구나 연인 정도를 찾는다고 생각한 것 같다.

그것이 귄터와 가스파르를 보고선 깨달은 것이다. 내 가신이라는 게 애들 장난이 아니란 걸.

"그 수인 외에도 능력 있는 가신들이 있는 거겠지?"

"가스파르 정도면 그중에서도 실력이 있는 편이죠. 순수하게 무예 능력만 따지면 네 번째나 다섯 번째 정도겠지만."

"뭐가 됐든 좋아. 네가 가신을 찾는 걸 전폭적으로 지원하겠다. 지금까지보다 더. 그 대신 아가씨에게 닥칠 가혹한 운명을 부숴 다오."

"목숨을 살리는 것 정도는 어렵지 않을 거라고 봅니다만. 그냥 망명을 하면 그만이니까요. 가문의 명예까지 되찾아 달라는 거라면 글쎄요. 저도 어려울 거예요."

실제로 브랜포드 가문은 반란을 꾀했고, 리노아가 패륜을 저지른 것도 사실이니까.

안두하는 무겁게 고개를 끄덕인다.

"아가씨 개인의 행복만이라도 좋아. 부디 부탁한다. 도움을 청할 수 있는 게 너 이외엔 없어."

왕국은 브랜포드 가문을 제물로 삼아 반역자들을 소탕할 생각이고, 구원자 연맹은 이미 브랜포드 가문에서 손을 뗐다.

안두하의 말대로 리노아는 도움을 청할 수 있는 사람이 없었다.

"힘닿는 데까지는 해 보도록 할게요."

"후우! 그래, 부탁한다. 그런 의미에서……. 북대륙의 바다를 탐사할 배가 필요하다고 했었지."

"예, 그렇습니다만."

"최대한 빨리 준비를 해 놓겠다. 아가씨는 감시의 시선이 붙어 움직이기 힘든 상황이지만 내가 어떻게든 해 보지."

"듣던 중 반가운 소리네요."

아무래도 안두하도 진심인 모양이었다.

내가 최대한 빨리 가신을 찾게 돕고, 그걸 통해 리노아를 구하려는 속셈이다.

리노아에 대해서도 그냥 죽게 둘 생각은 없었기에 나로선 바라 마지않던 거래였다.

안두하는 북대륙의 배편을 빠르게 준비해 주었다.

다만 이번 여정에 가게 된 건 나 하나뿐이었다.

에리나는 함께 가고 싶어 했지만 아카데미 일도 있고, 메이센과 함께 있어 줄 사람이 필요했다.

루크레치아는 한탄의 숲 토벌 준비로 한창 바빴고, 리노아도 당분간은 얌전히 지내기로 했다.

애초에 이번 여정은 던전 토벌이 목적이 아니었기에 굳이 많은 사람들이 함께 갈 필요도 없긴 했다.

나는 아카데미에 휴학계를 내고 여행 준비에 들어갔다.

휴학계를 낸 탓에 곧 있을 시험이 망해 버리긴 했지만 지난번 한탄의 숲에서 던전 토벌을 한 실적이 있기에 적당히 무마가 가능했다.

그렇게 북대륙의 해안가로 목적지를 정한 나는 빠르게 남하하여 남대륙의 해안 도시 바레칼로 향했다.

목적지는 북대륙 위의 해안이지만 이곳은 남대륙에서 남하를 해도 도착을 할 수 있었다.

시간이 조금 더 걸리지만 확실한 배를 구하기 위해선 왕국의 배를 이용하는 수밖에 없었다.

안두하가 준비한 배는 100여 명이 탑승할 수 있는 군함이었다.

해적을 토벌하거나 해양 던전을 토벌할 때 사용하는 배로, 함께 탄 뱃사람들 모두 베테랑들이었다.

'안두하가 제법 힘을 줬는걸.'

이 전력이라면 해적들은 접근조차 하지 못할 테다.

나는 선장에게 지정된 해역을 설명하였다.

그러자 왜인지 선장의 표정이 경직됐다.

"정말 이곳입니까?"

"왜요, 무슨 문제라도 있습니까?"

"으음, 문제가 있지. 이곳은 암초가 많은 지형이라 탐사가 쉽지 않거든. 암초를 피해 구석구석 탐사를 하려면 쪽배를 사용해야 할 거야. 하지만 알다시피 파도가 강한 날엔 쪽배를 내지 못하네. 날이 짓궂으면 탐사에 오랜 시간이 걸릴 거야."

"곤란하네요……."

"뭐, 지금은 파도가 약한 시기니까. 너무 걱정하지 않아도 좋네."

선장은 배에 쪽배 여섯 척을 실은 뒤, 선원들의 숫자도 최소한으로 줄였다. 식량 소모를 줄여 최대한 오래 탐사할 수 있도록 조치를 취한 것이다.

"그럼 가 보실까. 닻을 올려라!"

점점 멀어져 가는 육지.

나는 부디 이번 여정에 성과가 있길 바라며 저 멀리 수평선을 바라보았다.

목적한 해역은 사람들이 거의 드나들지 않는 해역이라고 한다.

이에 대해 선장이 말했다.

"암초가 너무 많으니까. 딱히 통과할 만한 메리트도 없고."

암초가 얼마나 많기에 그런 말을 하는가는 항해 둘째 날에 곧바로 알 수 있었다.

쿵! 하는 충격음과 함께 멈춰 서는 배.

"선장님! 암초에 부딪힌 것 같습니다!"

"짜증 나는군."

암초에 대한 대비를 해 놨기에 물이 샌다거나 침몰한다거나 하는 일은 일어나지 않았지만 암초에 한번 걸린 걸로 말미암아 대략 1시간 정도를 그 자리에 서 있는 수밖에 없었다.

그리고 2시간 후에 또 한 번 암초에 걸리며 배가 멈춰 섰다.

그 시점엔 해가 저물어 있었기에 재차 항해하기 위해선 내일을 기하는 수밖에 없었다.

선장은 혀를 차며 선내로 들어와 술을 퍼마시기 시작했다.

"그렇게 마셔도 괜찮은 겁니까?"

"괜찮소. 이곳은 해적들도 접근하지 않는 곳이니까. 설령 있다고 해도 불을 꺼 놓으면 들킬 일도 없고."

선장은 혹시나의 경우를 대비해 밖으로 새어 나가는 빛을 전부 꺼 버렸다.

"당신도 자고 계시오. 새벽부터 출발할 거니까."

배에서의 경험치는 압도적으로 상대 쪽이 높으니 나로서는 얌전히 따르는 수밖에 없었다.

전쟁 지식으로 말미암아 해상전을 배우긴 했지만 실제 배를 탄 적은 거의 없었다.

나는 새우잠을 청하며 새벽을 맞이했다.

새벽이 돼 해가 떠오르자 선장은 지도를 살펴보고는 암초를 조심하며 진행을 했다.

그러길 꼬박 반나절.

"목적했던 해역에는 들어온 것 같은데……."

선장은 고개를 갸웃하고 있었다.

"무슨 문제라도 있습니까?"

"……음. 별문제 아니니 신경 쓰지 않아도 좋소. 내일이면 탐사를 시작할 수 있을 테니 걱정 말고."

그러나 다음 날이 되자 선장의 미간의 주름은 더 깊어졌다.

이윽고는 항해사를 달달 볶기 시작했다.

"정말 목표했던 방향으로 진행했던 게 맞는 거냐!"

"맞습니다요! 제 실력을 의심하시는 겁니까?"

"그런 건 아니다만……. 그럼 왜 제자리를 빙빙 돌고 있는 건데! 저 암초를 보라고! 오늘 아침에 표식을 해 둔 거잖아!"

오늘 아침에 표시를 해 둔 암초를 해가 지기 전에 마주했다는 건 선장의 말대로 한 바퀴를 빙 돌았다는 뜻이 된다.

"나 원 참. 내일은 더 신경을 쓰라고!"

그러나 다음 날도 마찬가지였다. 하루 종일 같은 지점을 빙 돌았다. 그 와중에 암초를 여러 번 밟으며 선원들의 피로 감도 높아지고 있었다.

나는 보다 못해 선장에게 말했다.

"선장님, 지금 우리가 위치한 곳은 어디쯤입니까?"

"글쎄올시다. 이젠 뭐가 뭔지……. 아마 해역의 초입 정도 인 것 같은데……."

"3일째 해역의 초입만 빙글빙글 돌고 있다는 겁니까."

"나도 잘 모르겠소. 이게 무슨 영문인지……."

"혹여……. 결계 같은 게 있는 게 아닐까요?"

"결계? 마법 결계를 말하는 거요?"

나는 쿠라벨 성국이 외적의 침입을 대비하여 만들었던 결 계가 떠올랐다. 지형을 통한 결계로, 쥬라스 녀석이 파훼하 기 전까지는 외적의 침입을 허용하지 않았다고 했다.

선장은 잠시 생각하더니 애매하게 고개를 끄덕였다.

"그런 거라면 납득은 가지만 어째서요? 누가 어떤 이유로 이런 곳에 결계를 만든다는 겁니까?"

"그건 저도 잘……. 음, 예를 들면 해적들이 자신들의 위 치를 숨기기 위해 만들었다던가?"

"결계 마법은 무척 심오하다고 알고 있소. 그 뭐시기. 한 탄의 숲도 비슷한 거라고 하던데. 그 정도의 것이 이런 해역 에 펼쳐져 있다고 보기는 어렵소만."

한탄의 숲도 일종의 결계이긴 했다. 현실을 바꿔 버려 그

안의 사람들을 나가지 못하게 만드는 결계.

그런 의미에서 비슷한 것 같기도 했다.

한탄의 숲이 사람을 나가지 못하게 만든 거라면 여기는 사람이 들어오지 못하게 만드는 결계라고 생각하면 된다.

'내가 한탄의 숲을 어떻게 빠져나왔더라……'

힘으로 결계를 찢어발겼다.

이번에도 같은 방법을 사용할 수 있지 않을까 싶었다.

"선장님, 오늘부터는 일정 지점마다 대포를 쏴 보는 건 어떨까요."

"대포를?"

"결계의 존재를 확인해 보기 위해서입니다."

"뭐, 좋소. 돈을 지불한 건 그쪽이니."

배는 군함인 만큼 대포가 준비돼 있었다. 혹시나 해적을 마주쳤을 때를 대비한 대포였다.

다음 날 항해를 재개한 우리는 30분의 텀을 두고 좌우로 대포를 발사했다.

선원들은 이게 무슨 헛짓거리냐며 투덜거렸지만 정오쯤의 일이었다.

텅! 마치 튕겨 나오듯 공중에서 막혀 버리는 대포.

"선장님! 대포가……!"

"다시 한번 쏴라!"

선장의 지시에 같은 지점으로 집중사격이 실시됐다.

대포끼리 충돌을 하며 폭발이 일어나자 그 벽의 실체를 확인할 수 있었다.

"결계……? 정말로……!?"

선장은 눈을 휘둥그렇게 떴다.

그러고는 난처하다며 말한다.

"저 앞으로는 암초가 너무 많아 이 배로는 진입할 수 없소이다. 그렇다고 쪽배로 들어가기엔 안에서 무슨 일이 있을지……!"

선택의 시간이 온 것 같았다.

나는 선장에게 말했다.

"선장님. 제게 쪽배를 하나 내주십시오. 혼자 갔다 오겠습니다. 당신은 앞으로 보름 후에 다시 이 지점으로 와 주세요."

"그런 무모한……! 안에 뭐가 있을 줄 알고! 날씨가 갑자기 어떻게 변할지도 알 수 없소! 죽고 말 거요!"

"그 정도로 죽을 만한 사람은 아니거든요."

"허……!"

내가 위험을 감수하기로 한 이유는 이곳에 에오니아가 있을 거라는 확신이 들었기 때문이다.

지도에 표시되지 않은 구역. 그리고 그곳을 감추듯이 퍼져 있는 결계. 뭔가가 있는 건 확실했다.

"알겠소. 부디 무사히 돌아오길 바라지."

선장은 이윽고 고개를 끄덕이고는 쪽배에 식량을 싣기 시작했다. 본인들이 돌아갈 식량을 제외하고는 모두 쪽배에 실어 주었다.

식량은 대략 20일 치 정도로 넉넉하게 얻을 수 있었다.

쪽배에 옮겨 탄 나는 노를 건네받고 결계가 펼쳐져 있는 곳으로 향했다.

그리고 겸사겸사 얻어 온 포탄을 손바닥에 쥐고 오러를 담아 마력을 실었다.

비전의 마력을 포탄에 코팅해 형태를 잡은 뒤 폭발을 일으키는 빛의 마력을 잔뜩 담아 결계를 향해 던졌다.

그와 동시에 선장이 지원사격을 해 주었다.

"일제히 사격!"

콰과과광! 대폭발을 일으키는 포탄들과 내 마력탄.

내 오러를 전부 쏟아부은 덕인지 그 파괴력은 상상을 초월했다.

구멍이 뻥 뚫린 것처럼 결계의 내부가 민낯을 드러냈다.

폭발로 인해 발생한 파도로 인해 쪽배가 잠시 흔들렸지만 나는 재빨리 노를 저어 결계 내부로 이동했다.

결계 내부의 바다는 한산했다.

수평선만 보이는 걸 보면 섬으로 가려면 한참이나 움직여야 할 것 같았다.

나는 항해사의 조언을 떠올리며 열심히 노를 저었다.

결계 내부는 파도가 거의 없어 움직이는 데에는 무리가 없었다.

식량도 충분히 얻어 왔으니 조급할 필요는 없다고 생각했으나…….

툭! 투두두둑! 돌연 떨어지기 시작한 빗방울.

"오, 신이시여…….”

이 쪽배는 쪽배치고는 꽤 크기가 있었다. 배 중앙에 한 사람이 잘 수 있는 천장 형태의 방이 있을 정도다.

나는 식량들을 그 방에 욱여넣었다.

빗줄기가 거칠어지자 배에 물이 차기 시작했기에 미친 듯이 물을 퍼 날라야 했다.

그러나 그것도 조족지혈이었다.

파도가 몰아치기 시작하자 걷잡을 수 없어진 것이다.

'난리 났는데?'

물을 퍼 나르면 배가 물에 잠기는 것 정도는 어떻게든 피할 수 있겠지만 식량이 해수에 젖은 건 치명적이었다.

나는 차라리 버릴 건 버리기로 했다.

해수에 젖어 쓸모가 없어진 식량들을 과감하게 던져 버리고 그나마 괜찮은 식량들과 식수 위주로 챙겨 두었다.

'아니, 이것도 불안해.'

왜인지 배가 부서질 수도 있겠다는 불안한 예감이 들었다.

나는 배낭에 최소한의 식량을 욱여넣은 뒤 흐르지 않도록 꽉 동여맸다.

이 선택은 최선이었다.

점점 폭풍이 강해진 것이다.

'이건……'

인위적인 느낌이 들었다. 결계를 부수고 들어온 자를 가만 두지 않겠다는 듯한 매서운 폭풍.

촤르르륵! 저 멀리서 파도가 높이 치솟아 올랐다.

10층짜리 아파트 크기만 한 압도적인 파도.

'이거 진짜 죽을지도 모르겠는데……'

정신을 잃고 바다의 흐름에 따라 운 좋게 섬에 도착한다는 꿈 같은 관측은 하지 않기로 했다.

배를 잃거나 정신을 잃으면 그대로 죽는다.

그렇게 판단한 나는 재빨리 근처의 암초에 밧줄을 묶었다.

그다음 배에 밧줄을 묶고 배를 뒤집어 일부러 잠기게 해 수면 아래로 밀어 넣었다. 파도에 직격당하면 그냥 부서질 것처럼 보였기 때문이다.

우드드득! 짓누를 듯 덮쳐 오는 파도.

나는 암초를 붙잡고 어떻게든 버텨 냈다.

대략 2분간 숨을 참고 있자 어떻게든 물 밖으로 머리를 내

밀 수 있었다.

"푸핫! 하아! 하아!"

다행히 폭풍은 점점 누그러지고 있었다. 정말로 인위적인 것이었는지 이 한 번의 파도 이후엔 거짓말처럼 잠잠해지기 시작했다.

마치 이 한 번이면 어떤 침입자든 끝장내 버릴 수 있다고 확신한 것처럼.

"장난 아니네……."

호랑이에 물려 가도 정신만 바짝 차리면 산다고 했던가.

나는 밧줄에 묶어 물 아래 잠긴 배를 끌어 올렸다.

무게가 상당했지만 어떻게든 물을 빼 가며 배를 뒤집을 수 있었다.

배에 실려 있던 식량은 전부 소실됐고, 충격이 작지 않았는지 천장형의 방도 날아가 버렸지만 그래도 토대는 멀쩡했다.

식량도 배낭에 챙겨 두었던 것들이 있었다.

식수 위주로 충분히 챙겨 놨기에 잘만 버티면 일주일은 버틸 수 있었다.

배의 물을 전부 빼낸 나는 암초에 묶은 밧줄을 끊고 다시금 노를 저어 앞으로 나아가기 시작했다.

열심히 노를 저어 가며 3일째.

슬슬 식량이 바닥나고 식수만 남았을 즈음 섬이 하나 보여 오기 시작했다.

"휘유! 드디어 도착한 건가."

섬이 여러 개 있을 가능성도 있기에 뭐라 확신할 수는 없었지만 못해도 이 섬에 단서가 있을 거라 생각했다.

그도 그럴 게 섬의 크기가 상당했기 때문이다.

혹여 단서가 없다고 해도 이곳에서 식량을 얻을 수 있었으니 내게는 선택지가 없었다.

해안가에 도착한 나는 파도에 휩쓸려 소실되지 않도록 배를 육지에 올려다 놓았다.

그 후에 혹여나 벌레가 배를 먹지 않도록 벌레가 싫어하는 풀잎을 쌓아 두었다.

"그래도 문제가 생긴다면 목재를 구해서 보수를 하는 수밖에."

나는 본격적으로 섬의 탐사에 나서기로 했다.

섬의 크기는 대략 울릉도 정도의 크기일까. 상당한 크기를 자랑했다.

섬은 거의 다가 숲으로 이뤄져 있는지 보이는 건 초록색의 녹음밖에 없었다.

'나무들의 크기가 상당한걸.'

숲에 들어온 나는 사람의 흔적을 찾으며 섬의 중심부로 향했다.

그러던 중 첨벙거리는 물소리가 들려오기 시작했다.

'호수가 있는 건가?'

이 정도 크기의 섬이라면 식수를 책임지는 호수나 냇물이 있을 터. 그리고 그곳을 동물들과 사람들이 이용할 거다.

나는 소리에 귀 기울이며 물이 있는 곳으로 향했다.

거리가 가까워질수록 첨벙거리는 소리가 선명해졌다. 그리고 사람의 목소리처럼 들리는 웃음소리도 들려왔다.

'찾았다!'

사람의 흔적을 찾았다고 확신한 나는 거침없이 그곳으로 향했다.

그게 조금……. 아니, 많이 부주의했을지도 모른다.

"아……."

순백의 색이 시야에 가득 찼다.

순간 머리가 아찔해지는 광경이었다.

나신이 된 채 몸을 씻고 있는 수십 명의 여성들.

그녀들은 갑자기 등장한 나를 보곤 순간적으로 현실을 받아들이지 못하고 아연한 표정이 되었으나 그것도 잠시였다.

"꺄아아아ㅡ!"

"인간 남자!? 네놈은 어디서 온 누구냐!"

아비규환이 된 호수. 다들 옷가지를 집어 들어 몸을 가리기 바빴고 그럴 여유가 없는 사람들은 서둘러 호수에 몸을 담갔다.

"아니, 저기, 그러니까……."

나도 당황스럽긴 마찬가지였다. 어떻게든 진정을 시키려 했지만 피핑! 내 미간을 노리고 화살이 날아 들어오자 그럴 틈도 없어졌다.

"으읏!?"

겨우 화살을 피하고 나니 한 나신의 여성이 검을 들고 달려들었다.

"죽어라!"

강한 수치심을 느끼는 모양이지만 나를 죽여 버리면 어차피 상관이 없다고 판단한 모양인지 손 속에 자비가 없었다.

그 실력이 수준급이었기에 나는 무기를 들어 대응하려 했지만 파도를 견딜 때 검과 창을 잃어버린 탓에 마땅한 무기라곤 허리에 차고 있던 단검밖에 없었다.

부웅! 내 머리 위를 스쳐 지나가는 검. 상대는 급소를 노리고 공격해 들어오고 있었다.

"어쩔 수 없지……!"

나는 허리의 단검을 뽑아 반격을 가하기로 했다.

나도 지금껏 꽤 많은 전투를 치러 본 일종의 전문가에 속했지만 그런 나로서도 이 상황은 당황스러울 수밖에 없었다.

시야를 꽉 채운 살색. 상상으로는 행복한 광경일지도 모르겠지만 실제 그 상황에 처하자 당혹감이 장난 아니었다.

심지어 나를 죽이려는 자조차 전라의 상태다.

보통이라면 눈 둘 곳이 없는 상황이었지만 다행히 그런 걸 신경 쓸 상태가 아니긴 했다.

　'상대하기 버거워……!'

　나를 죽이려는 눈앞의 여성은 일종의 경비, 혹은 그에 준하는 위치에 있는지 무예의 수준이 상당했다.

　루크레치아보다 조금 떨어지는 수준.

　별거 아니라는 뜻이긴 했지만 지금 내 무장 수준이 좋지 않다는 게 문제였다.

　'일단 떨쳐 놔야겠어.'

　파직! 나는 마나를 끌어 올려 비전의 구체를 만들어 냈다.

　거기에 충격과 진동 속성을 동시에 부여해 상대의 배꼽 부분을 가격했다.

　비전 파동이라 불리는 마법으로 비전 마법에선 중급에 속했다. 이걸 포처럼 날려 파동포를 쏘아 내는 것이 상급의 마법으로, 비전 속성의 주력 마법이었다.

　"윽!?"

　구체에 맞은 상대는 그 힘을 흘려내지 못하고 뒤로 밀려났다.

　만약 전투를 벌이고 있던 곳이 육지였다면 뒷걸음질을 치거나 미끄러지며 힘을 효과적으로 흘릴 수 있었겠지만 지금 발을 딛고 있는 곳은 호수였다.

　수심이 무릎까지 닿아 있는 상황이었기에 상대는 몸을 추스르지 못하고 첨벙거리며 10m가량을 뒹굴었다.

'이걸로 일단 한숨을 돌렸는데…….'

상황은 여전히 좋지 않았다. 대화를 하고 싶어도 그럴 분위기가 아니었으니까.

내가 상대를 제압해 버리자 공포가 가중됐는지 더 심한 난리 통이 벌어졌다.

"잠깐만요, 난 그럴 생각이 없습니다! 이야기를……!"

그러나 듣는 사람은 없었다.

이윽고 소란을 듣고 달려왔는지 무장을 갖춘 여성들이 다섯 명 정도 더 나타났다.

"저자예요! 갑자기 나타나서……!"

"리타 님이 당했어요!"

살기등등하여 다가오는 전투원들.

내가 잠깐 무력화시켰던 전라의 여성도 태세를 정비했는지 험악한 표정으로 재차 덤벼들려 했다.

"리타 님! 괜찮으십니까!? 네놈은 누구냐! 어디서 들어온 거지!"

"꼼짝 마라! 저항하면 즉시 사살하겠다!"

문답무용으로 나를 죽이려 했던 전라의 여성과는 달리 이쪽은 사로잡을 속셈인 모양이다. 대화의 여지가 있다는 뜻이니 얌전히 체포되는 방법도 있긴 했지만.

'안 돼.'

꽤 높은 확률로 사정 청취 없이 그냥 처형을 당해 버릴 수도 있다.

내 생사여탈권을 남에게 넘겨선 안 된다.

이미 이 여정을 떠날 때 에리나와 어머니에게 위험한 짓은 하지 않겠다고 호언장담을 했다.

결계를 뚫고 쪽배로 혼자 들어왔을 때부터 그 약속을 어긴 셈이긴 했지만 그래도 그건 감수할 수 있는 위험이다. 내가 상황을 타개해 나갈 수 있다.

반면 사로잡혀 아무것도 할 수 없는 상황이 되는 건 감수하기엔 너무 큰 위험이었다.

'어쩔 수 없지.'

이럴 땐 줄행랑이 최선이다. 다만 이대로 도망가는 건 상황을 방치하는 것에 불과하다.

결국 내가 마주하게 되는 건 추적대가 될 테니까.

'인질을 잡는 건 좋아하지 않지만······!'

나는 달려드는 전라의 여성을 제압하기로 했다.

상대는 한번 당했던 걸 큰 수치로 느끼는지 앞뒤 가리지 않고 달려들었다. 마침 지원이 온 부분도 그 섣부른 움직임에 한몫을 했겠지.

나는 그 성급한 몸놀림을 역이용해 파고든 뒤 경동맥 쪽을 가격해 기절시켰다.

"앗! 리타 님이!"

"리타 님을 어쩔 셈이지!"

무장한 상대들은 내가 이 여자를 죽이는 걸 경계했는지 멈칫했다. 내게는 그 정도의 틈이면 충분했다.

나는 미리 봐 둔 도주 루트로 움직이며 그 루트에 있던 옷가지를 대충 챙겨 들고 호수를 빠져나왔다.

집 나와서 개고생이라는 말이 새삼 떠올랐다.

이 세계에 오고 나서 유독 곤란한 상황이 많이 벌어지는 느낌이라고 할까.

전의 대륙에선 무슨 일이 있어도 어느 정도는 내가 상황을 컨트롤할 수 있었던 반면 여기는 그게 안 된다.

'이게 스승이 항상 내게 말하던 실전의 경험이라는 걸지도 모르겠네.'

그걸 이 세계에서 배우게 될 줄은 꿈에도 몰랐다.

"으음!"

기절해 있던 여성은 5분 만에 눈을 떴다. 그 신음 소리를 들은 나는 도주하던 발걸음을 멈추고 곧장 그녀를 내려놨다.

그다음 배낭에서 밧줄을 꺼내 양팔과 양다리를 묶어 두었다.

완전히 정신을 차린 상대는 죽일 듯한 눈으로 나를 쏘아보았다.

"네놈······!"

상대도 묻고 싶은 게 많은 모양이었지만 뭘 물어보려는지는 뻔한 상황이었기에 지금은 듣지 않기로 했다.

일단은 추격대를 따돌리는 게 먼저였기에 옷가지를 찢어서 만든 임시 재갈을 입에 물리고 재차 들쳐 업었다.

발가벗은 상태에서 마구 날뛰었기에 꽤 난감했지만 다행히 추격대를 금방 따돌리고 숨을 돌릴 수 있었다.

"잠깐만 진정해 봐요."

나는 마구잡이로 챙겨 온 옷가지 중 몇 개를 그녀에게 입히기로 했다.

상대도 전라 상태로 있기는 싫은지 순순히 협력했다.

겨우 옷을 입히고 난 뒤에는 입에 물린 재갈을 풀고 대화를 해 보기로 했다.

"소리를 지르면 다시 도망쳐야 하니까 괜한 짓은 하지 말아 줘요."

"······."

순순히 들어주지 않을 것 같은 눈빛이다. 재갈을 풀면 즉각 비명을 지르겠지. 그러니 허세를 부려 두기로 했다.

"당신 말고 인질로 잡고 있는 사람이 있습니다. 당신이 소리를 지르면 내 동료에게 인질을 죽이라고 할 건데. 그래도 괜찮겠습니까?"

그제야 눈빛에 체념의 빛이 담겼다.

재갈을 풀자 상대가 말한다.

"네놈은 누구지? 어떻게 인간이 이 섬에 온 거냐!"

"그것에 관해서인데……. 역시 이곳은 엘프들의 섬인 겁니까?"

내 시선은 그녀의 귀에 박혀 있었다. 순혈 엘프 특유의 뾰족한 귀.

'처음 봤어.'

우리 세계는 하프 엘프조차 찾아보기 힘든 상황이었기에 나조차도 순혈 엘프를 본 적은 없었다.

그건 이 세계에서도 마찬가지였다.

드워프나 소인족, 수인들은 많았지만 엘프는 이곳에서도 희귀 종족 취급을 받았다.

흥미가 동한 나는 귀 끝을 눌러 보았다. 날카로워 보여 손바닥을 찌를 줄 알았지만 손바닥으로 누르자 말랑말랑하게 말려 들어갔다.

뭔가 중독이 될 것 같은 감촉이었지만 상대는 불같이 화를 냈다.

"무슨 짓이냐!"

"미안합니다. 너무 신기해서요. 어쨌든, 여긴 엘프들의 섬이라고 이해하면 되겠군요."

점점 더 에오니아가 이곳에 있다는 확신이 강해졌다.

"당신, 에오니아 미라벨이라는 하프 엘프를 모릅니까? 거기에 비스케타 크렌이라는 인간 여성도."

"……."

대답하기 싫다는 태도다. 전혀 반응이 없는 걸 보면 짚이는 바가 없는 모양이었다.

"저에 관한 거라면 그냥 사람을 찾고 있을 뿐입니다. 아까 그 인질을 잡았다고 한 건 당신을 위협하기 위해서 지어낸 거니까 그렇게 경계하지 말고요."

혹여 비명을 질러 사람을 부르나 했으나 내 말을 아예 믿을 생각이 없는지 비명을 지르진 않았다.

'이대론 이야기가 진행되질 않겠는데.'

어떻게든 이 여자에게서 정보를 캐내야 했다.

'이 방법은 되도록 사용하고 싶지 않았지만…….'

나는 마나를 끌어 올려 빛의 마법 하나를 사용했다.

최근 한탄의 숲에서 돌아온 뒤 빛의 마법을 연구하며 배운 것이었다.

상대의 호감을 사는 마법. 정식 주문명은 거창한 걸로 따로 있지만 그냥 간단히 말하면 매혹이다.

어째서 흑마법사들이나 사용할 법한 뒤숭숭한 것이 빛의 마법에 있냐고 하면 결국 어둠이나 빛이나 근본적으로는 비슷하다는 거다.

어둠은 상대를 굴복시키는 반면 빛은 상대를 매료한다.

이건 비단 마법뿐만이 아니다.

빛을 타고난 사람들은 자연스럽게 그런 자질을 발휘한다.

유명한 지도자들, 종교인들. 실력 있는 예술가들과 예능인들. 그런 자들은 굳이 마법을 사용하지 않아도 다른 이들에게 존경받고 사랑받으며 자연스럽게 따르게 한다.

사람들은 그걸 카리스마라고 부른다.

언젠가 쥬라스가 그런 얘기를 한 적이 있었다.

자신은 어둠이자 그림자. 그리고 내가 빛이라고.

녀석은 통치 스타일을 빗대어 말한 거였지만 사람을 따르게 하는 스타일에서도 그렇다.

쥬라스는 철저하게 계획하고 장치를 만들어 사람을 강제로 따르게 한다. 반면 나는 인간적인 관계를 구축해서 본인의 의지로 따르게 하는 편이었다.

어쨌든, 말하고자 하는 바는 빛의 속성에도 정신 계열 마법이 존재한다는 것이다.

물론 스타일이 달라 어둠 속성과는 효율이 다르다.

어둠 속성은 상대의 자유의지를 박탈하기 때문에 그 이후의 활용 방법이 무궁무진하다. 어떠한 명령이든 수행하는 인형으로 부린다든가, 분노를 심어 피아 식별을 하지 못하는 광전사로 만든다든가, 피에 대한 갈망을 주어 흡혈귀가 되게 한다든가.

이러한 부분 때문에 악명이 높고, 사람들이 흑마법사들을 기피하는 거다.

반면 빛의 속성은 상대의 자유의지를 박탈시키지 못한다.

그렇기에 효율이 무진장 낮기도 하다. 어지간한 자질을 지닌 게 아니라면 마법만 사용한다고 효과를 볼 순 없다.

상대의 호감을 사는 행동을 적극적으로 해 줘야 겨우 효과가 나온다.

매혹 마법은 데이트 선물 같은 부가적인 역할이라고 할까.

'이렇게 경계심이 높은 상태에선 사용해도 효과가 없을지도 모르지만……. 한번 시도는 해 봐야지.'

내 자질을 확인했던 노마법사도 그렇고, 한탄의 숲에서 만난 흑마법사도 그렇고. 내 빛의 자질이 놀라울 정도라 했으니 조금은 효과가 있을 거다. 주인공이 가진 빛의 자질이니 그건 당연하다.

나는 끌어 올린 마나를 이용해 매혹을 사용했다.

처음 사용하는 거라 어떻게 발동하는 건지 잘 몰랐기에 적당히 눈을 맞추기로 했다.

상대의 경계심 가득한 눈동자와 마주했다.

그리고 잠시. 상대의 눈동자가 풀려 멍해졌다. 다시 눈동자의 빛을 찾았을 땐 나를 향한 경계심이 눈에 띄게 줄어들어 있었다.

'설마 진짜로 통한 건가?'

나는 재빨리 치고 들어갔다.

"나는 당신과 당신의 동료에게 위해를 가할 생각이 없습니다. 단지 사람을 찾고 있을 뿐이에요. 아까 호수의 일도 실수였습니다. 인질을 잡았다는 것도 당신이 비명을 지르지 않게끔 하기 위한 조치였고요. 부디 이해해 줬으면 해요."

"……."

"이제 와서 이런 말을 하긴 뭐하지만 통성명을 하지 않겠습니까? 저는 알스 일라인이라고 합니다. 당신은요?"

상대는 말해도 되나 망설이고 있었지만 매혹의 마나 투입량을 높이자 이윽고 입을 열었다.

"……마르가리타."

"그래서 리타라고 불린 거군요. 반갑습니다, 마르가리타. 일단 제 얘기를 들어 주려는 것 같으니 포박은 풀도록 할게요."

호감을 사기 위해 발목 쪽의 포박을 풀었다. 팔의 포박은 옷을 입힐 때 이미 풀어 놓은 상태였다.

신체의 자유를 되찾자 리타는 재차 경계심을 올렸지만 이내 적의를 풀었다.

'예상 이상의 효과인데?'

조금 전까지 나를 죽이려던 상대를 여기까지 양보하게 만들다니. 단발성으로 이 정도의 효과라고 생각하니 섬뜩해졌다.

뭐가 됐건 정보를 얻어야 했다.

나는 그녀를 어르고 달래며, 가끔씩은 매혹의 강도를 높여 가며 정보를 캐냈다.

엘프들이 거주하는 섬 중 하나.

최고 계급의 엘프들이 거주하는 섬에서 비스케타는 수심 깊은 얼굴로 에오니아를 바라보고 있었다.

에오니아는 멍한 눈으로 창밖을 바라보고 있었다.

"에오, 왜 그러고 있니."

"예?"

"아까부터 계속 창밖만 보고 있잖니."

"아…… 그게…… 왠지 아까부터 가슴이 술렁여서…… 죄송합니다. 비스케타 님."

"……."

비스케타는 에오니아가 자신을 부른 호칭에 깊은 슬픔을 느꼈다.

'이게 최선이었어. 에오를 위해서……'

비스케타는 그렇게 자신을 합리화하며 에오니아에게 말했다.

"에오, 슬슬 준비해야 하지 않겠니? 카일룸 님께서 곧 오실 거란다."

"……."

에오니아의 안색이 급격히 어두워졌다.

"비스케타 님. 정말로 카일룸 님이 제 연인이 맞는 건가요?"

비스케타는 말문이 막혔으나 겨우 평정을 가장하며 답했다.

"그렇단다. 그러니 카일룸 님의 앞에선 그런 말은 하지 마렴."

"……알고 있습니다."

에오니아는 모종의 조치로 인해 기억을 잃은 상태였다.

이건 비스케도 묵인을 한 일이었다.

비스케타의 입장에선 어쩔 수가 없었다.

이 엘프들의 섬에 전이된 후.

에오니아는 당연하게도 알스를 찾겠다며 온갖 난리를 피웠다. 그건 그야말로 막무가내였다.

하지만 이곳은 외부로의 출입이 자유롭지 못하다. 나가고 싶어도 나갈 수가 없었다.

무엇보다 외부에서 이 섬에 들어올 수 있는 방법이 없었다.

쿠라벨 성국이 쇄국을 유지했던 방법과 똑같았다.

섬을 중심으로 결계가 쳐져 있어 이 섬을 발견하기도 힘들 뿐더러 설령 결계의 존재를 눈치채고 그걸 뚫고 들어온다고 해도 엄청난 해일을 일으켜 침입자를 수장시킨다.

비스케타는 알스와 재회할 수 있는 가능성을 배제했다. 그런 상황에서 에오니아가 알스를 찾아 나가겠다며 악을 쓰고 있었으니 결단을 내릴 수밖에 없었다.

엘프들의 도움을 받아 에오니아의 기억을 봉인한 것이다.

'미안하구나, 에오. 하지만…….'

다른 방법이 없었다고.

비스케타는 합리화를 하며 깊은 한숨을 내쉬었다.

6장

　마르가리타라는 엘프 여성은 작은 정보부터 말하더니 시간이 지나자 있는 것 없는 것 전부 말하기 시작했다.

　마치 스톡홀름 신드롬이라도 걸린 것처럼 내게 동조하여 적극적으로 정보를 실토한 것이다.

　'이게 매혹의 효과인가…….'

　리타의 눈에 나를 향한 뜨거운 빛이 감돌기 시작한 걸 본 시점에 함부로 사용해선 안 된다는 걸 단번에 깨달았다.

　나는 서둘러 매혹을 풀었다.

　보통 정신계 마법은 그 마법을 해제하면 효과가 사라진다.

　흑마법이 특히 그렇다. 흑마법은 상대의 자유의지를 박탈시키는 게 전제이기 때문에 상대가 자유의지를 되찾으면 원

상태로 돌아간다.

반면 이건 달랐다.

"일라인 님, 그 외에 물어보실 건 없으십니까?"

매혹을 풀었음에도 리타의 태도에는 변화가 없었다.

"예에……. 길을 안내해 줬으면 합니다."

"말씀 편하게 하십시오. 저는 부족에서 경비와 귀빈의 접대를 맡고 있습니다. 일라인 님은 손님이라 해도 좋은 입장이니 제게 존대를 하실 필요는 없습니다."

내가 손님이라니. 어떻게 합리화를 하면 그렇게 되는지 미스터리였지만 리타는 진심으로 그렇게 생각하기 시작한 것 같았다.

"으, 응. 그러면 리타. 길 안내를 부탁할게."

"옛."

리타에게서 얻은 정보에 의하면 예상대로 이곳은 엘프들이 거주하는 섬이 맞았다.

순혈 엘프들은 물론이고 하프 엘프들의 비율도 상당하다.

섬은 총 세 개로 이뤄져 있으며 계급에 따라 거주 구역이 정해져 있다.

이곳은 그중 가장 계급이 낮은 구역이었다.

"이곳은 다른 종족과 피가 섞인 아이들이 거주하는 곳입니다. 외세에서는 하프, 혹은 쿼터 엘프라 부르는 아이들이죠."

"이곳에서도 순혈 엘프는 드문 거야?"

"그렇지는 않습니다. 다만 폐쇄적인 부분이 있어 숫자가 빠른 속도로 늘어나고 있지는 않습니다."

"흐음. 순혈주의 같은 게 있나 보지?"

"조금 복잡합니다……."

리타의 말에 의하면 총인구는 30만 정도. 그중 순혈 엘프의 숫자는 10만 정도라는 듯하다.

"순혈 엘프들 사이에서도 혼혈을 받아들이자는 쪽과 혼혈을 배척하는 쪽이 있거든요."

"뭐, 파벌 싸움은 어디에나 있는 법이니까. 어쨌든 혼혈 엘프들은 모두 이곳에 있다는 거지?"

"대부분은요."

그렇담 에오니아도 이곳에 있다는 뜻이 된다.

나는 재차 에오에 대해 물었으나 리타는 고개를 갸웃했다.

"에오니아라는 아이는 들어 본 적이 없습니다."

"이곳에 줄곧 살던 건 아니야. 최근 몇 달 사이에 외부에서 온 사람이 있지 않아?"

이런 곳은 외부인에 대한 반응이 민감할 테니 에오니아가 나타났다면 모를 수가 없었다.

리타는 미간을 찌푸리며 생각에 빠지더니 이내 애매하게 고개를 끄덕인다.

"그러고 보니 경비대에서 이야기를 들어 본 적이 있습니다. 외부에서 온 자들이 있다고. 조사를 하고 있다고 들었습니다만……. 그 이후의 이야기는 들어 본 적이 없군요. 일라인 님의 말대로 하프의 아이라면 조사를 마친 후에 이 섬에 오게 됐을 텐데……."

"이 섬엔 없다는 건가……."

그걸 알게 된 시점에 이 섬에 있을 이유는 없어졌다.

"리타, 미안하지만 길 안내를 더 해 줄 수 있어?"

배를 타고 다른 섬으로 가고 싶다는 말에 리타는 난색을 표했다. 보아하니 섬 사이의 왕래는 꽤 빡빡하게 관리되는 모양이었다.

거기까지 부탁하기는 미안해졌기에 방향만이라도 알려 달라고 하려 했지만 그 전에 리타가 고개를 끄덕였다.

"알겠습니다. 그럼 항구 쪽으로 가시죠."

그 헌신적인 태도에 죄악감이 느껴지긴 했지만 지금은 찬물 더운물 가릴 처지가 아니었다.

엘프들이 거주하는 세 개의 섬은 역삼각형의 형태로 위치해 있었다.

아래 꼭짓점에 혼혈 엘프들이 서주하는 섬이 있고, 위에 두 곳에 순혈 엘프들이 거주한다고 한다.

내가 목표로 한 곳은 그중 우측에 있는 섬이었다.

나는 도항을 하기 전에 먼저 무기를 얻어 두기로 했다.

다행히 항구 근처의 창고에 무기들이 놓여 있었다.

'이건…….'

창에 새겨진 문양이 눈에 익었다. 이전에 쿠라벨 성국의 유적에서 찾아냈던 창의 문양과 동일했던 것이다.

그 창을 한탄의 숲에서 잃어버려 직접 비교할 순 없었지만 아마 맞을 것이다.

'에오를 억지로 빼내 와야 할 수도 있으니…….'

전투가 벌어질 가능성이 농후했다.

도항 과정에선 리타가 큰 도움을 줬다.

"마르가리타 님!? 괜찮으신 겁니까? 침입자에게 붙잡혔다고 들었습니다만……."

"침입자를 뿌리치고 빠져나왔다."

"다행이군요. 당장 추적대를 조직해 섬을 수색하겠습니다."

"그렇게 하도록. 그리고 배를 한 척 준비해라."

"배는 어찌하여……."

"내가 직접 상부에 보고하고 오겠다."

"앗, 예. 바로 준비하겠습니다."

리타는 이곳에 한정해서 꽤 직급이 높은 것 같았다.

배를 준비한 리타는 내게 신호를 보내곤 다른 이들의 이목을 끌어 주었다. 나는 그사이에 몰래 배에 숨어들어 갈 수 있었다.

리타는 솔선하여 정보를 캐내 주었다.

매혹의 효과도 효과지만 스톡홀름 신드롬까지 강하게 발생한 건지 무척 적극적이었다.

"리타? 오랜만이네. 1년 만인가? 무슨 일로 왔어? 아랫섬에 무슨 일이라도 생긴 거야?"

리타와 마찬가지로 순혈 엘프로 보이는 여성이었다. 직급이 비슷한지 거리낌이 없었다.

리타는 내가 숨어 있는 쪽을 곁눈질하고는 말을 이어 갔다.

"조금 문제가 생겨서. 별일은 아니야."

"흐음? 조심하는 게 좋을 거야. 듣자니 결계를 부순 자가 있다나 봐. 국모님이 즉각 조치를 취해 수장시키긴 했지만 혹여나 목숨을 잃지 않고 섬에 흘러 들어올 수도 있으니까."

역시 그 해일은 인위적이었던 건가.

리타는 상대가 말하는 대상이 나라는 걸 확신했는지 입맛을 다셨다.

"충분히 주의할게. 그보다 리온. 에오니아 미라벨이라는 사람을 알아?"

"에오니아 님? 아랫섬에만 있던 네가 어떻게 그 이름을 아는 거야?"

"아는 거구나."

"응, 수개월 전에 전이 마법을 통해 들어온 하프 엘프."

"전이 마법? 그런 걸로 우리 섬에 들어왔다고?"

"그게 조금……. 이야기가 복잡한가 봐. 너도 알지? 30년 전쯤에 갑자기 나타난 순혈 엘프들."

"그게 뭐?"

"나도 얼핏 들은 얘긴데 그들은 마대륙에서 왔다나 봐."

"마대륙에서!?"

"쉿! 너무 큰 소리로 떠들지 마. 어쨌든, 그 마대륙에 전이 마법진 같은 게 있는 것 같아. 에오니아 님도 그 전이 마법으로 이곳에 온 거지."

"그렇구나. 그 에오니아란 사람은 지금 어디에 있어?"

"지금은 중심 지구에 있을걸? 며칠 뒤에 카일룸 님과의 약혼식이 있으니까."

순간 잘못 들은 게 아닐까 생각했다.

'에오가 약혼……?'

너무나 충격적인 소식에 기척이 흐트러졌는지 리온이란 엘프가 눈살을 찌푸리며 내가 있는 방향을 응시한다.

"뭐야, 거기 누구 있어?"

"누, 누가 있다고 그러는 거야, 리온."

나는 리타가 수습을 해 주는 사이 서둘러 기척을 숨겼다.

그렇다고 정신적인 충격이 없었던 건 아니었다.

에오가 다른 사람과 약혼이라니. 동명이인이 아닐까 싶었다.

정말로 에오가 다른 녀석과 눈이 맞은 거라면 마음은 아파도 받아들일 생각이었지만 그럴 일은 어지간해선 없을 거라 생각했다.

'무슨 사정이 있을 거야.'

우선 에오를 만나 그 사정을 들을 생각이었다.

그 사정이 강압과 억압이라면 무력으로라도 빼앗아 온다. 그 과정에서 몇 명을 죽인다 하더라도.

모험적인 결단이긴 했지만 대화로 풀어 나갈 방법이 보이질 않았다. 세력의 숫자가 맞지 않는 지금, 대화를 한다는 건 내가 저쪽에 항복을 한다는 거다.

리타가 말하길 무단으로 침입한 인간이 잡힐 경우 십중팔구는 처형을 당할 거라고 하니 다른 방법이 없었다.

결정을 내린 나는 이 시점에 리타를 놔두고 가기로 했다.

괜히 나와 엮이면 리타도 목숨이 위험하기 때문이다.

리타에게선 그 중심 지구로 가는 지도만 얻으면 충분했다.

리타는 자신도 따라가겠다 말해 왔지만 매혹이라는 편법으로 따르게 한 입장에선 거기까지 부탁하긴 미안했다.

여기서 따라오라는 건 나를 위해 죽어 달라는 것과 마찬가지였으니까.

게다가 지금은 나 혼자 움직이는 편이 효율이 더 좋았다.

리타는 못내 아쉽다는 표정을 짓더니 진중한 얼굴로 말해 왔다.

"일라인 님, 부디 조심하십시오. 중심 지구에는 저 따위는 상대도 안 될 정도의 실력자들이 상주해 있을 겁니다."

"그거 무섭네."

별로 무섭지는 않았다. 그야 지금껏 국가의 실력자라고 해서 만난 자들의 수준이 기대 이하였기 때문이다.

엘란 왕국 근위대 최고 실력자라는 루크레치아만 봐도 그렇다.

구원자 연맹의 수준이 어느 정도인지는 모르겠지만 그쪽도 몬스터 토벌이 주력이니만큼 대인전은 뛰어나지 않을 거다.

내 느긋한 태도에 리타는 걱정스럽다며 말을 이어 간다.

"수호대의 일원은 전부 조심하셔야 하지만 그중에서도 수호대장 엘레나, 피온, 갈로안을 조심하셔야 합니다. 이렇게 말해도 실감은 없으실 테지만……."

"응, 그렇게 말해도 누구인지는 모르니까. 그래도 주의할게. 고마워."

"……! 예! 부디 조심하십시오!"

밤을 기해 움직이기로 한 나는 지도를 외우며 시간을 보내기로 했다.

섬은 밤이 되자 높이 뻗은 나무들이 달빛을 막아 한 치 앞을 보기 어려울 정도로 어두워졌다.

덕분에 중심 지구까지 어렵지 않게 접근한 내 앞에는 웅장한 자태의 건물이 보여 왔다.

왕궁이라도 되는 걸까. 지금까지 봐 왔던 건물들과는 수준이 달랐다.

'의외인데.'

엘프들은 자연을 벗 삼아 산다는 인식이 있었지만 눈앞의 건물들은 죄다 석조 건물이었다.

'아니 뭐, 석조 건물이 자연을 해치는 건 아니니까.'

건물들 곳곳에서 불빛들이 새어 나왔다.

내 목적지는 가장 높이 솟은 건물의 상층부였다.

침입은 생각 이상으로 어려웠다.

외부와 단절된 환경이니 내부 경비의 수준은 높지 않을 거라 생각했지만 그렇지도 않았다.

'내부 항쟁이라도 하는 건가? 경비 수준이 제법인데?'

그 탓에 순찰을 돌던 경비 하나를 제압해 기절시켜야 했다.

그렇게 건물에 침입한 후가 문제였다.

지도에 건물 내부 구조까지 있었던 건 아니었기에 여기서부턴 내 재량껏 수색을 해야 했다.

나는 몸을 숨겨 가며 이동을 했다. 그 와중 시녀로 보이는 두 명의 순혈 엘프들이 지나갔다.

"카일룸 님께서 혼혈 따위와 혼약을 하다니. 어떻게 이런 일이 있을 수 있는 거야?"

"그 미라벨인지 뭔지. 하프이긴 해도 귀한 혈통을 잇고 있다나 봐."

"흥, 그래 봤자 혼혈에 불과한걸."

숨어 있는 내 앞을 지나쳐 가는 둘.

미루어 보건대 카일룸이란 놈은 순혈 엘프인 모양이었다.

'그런 건 아무래도 상관없어.'

에오를 되찾은 뒤 이곳을 탈출하면 그만이었다.

바다로 나가 결계를 뚫어 내야 하는 문제가 있지만 그 부분도 생각해 둔 것이 있었다.

나는 빠르게 위층으로 올라갔다.

그러던 도중. 사건은 발생하고 말았다.

"……!?"

찌릿하며 등골을 올라오는 오싹한 감각.

한 층 더 올라가기 위한 계단을 찾던 내 등 뒤로 남자의 목소리가 들려왔다.

"오호. 뭐야 이거. 밤바람이라도 쐬러 갈 생각이었는데……. 재밌는 놈이 있는걸."

들킨 이상 어쩔 수 없었다. 제압해 입막음을 하는 수밖에.

나는 빠르게 검을 뽑아 상대에게 휘둘렀다.

내 최선의 움직임이었다.

그러나 팅! 상대는 간단하게 쳐 내며 거리를 벌렸다.

상대는 호승심이 동한 얼굴로 흥분한 듯 말한다.

"뭐야 너, 진짜로 해볼 셈이냐? 하하! 정말로 재밌는 놈이었잖아!"

상대의 실력이 생각 이상이었다.

나는 지뢰를 밟았음을 직감했다.

'쳇, 빠르게 처리할 수 없으면 의미가 없어.'

이놈이 증원을 부르면 더 이상 빠져나갈 수 없다.

나는 서둘러 도주로를 물색했다. 일단 몸을 빼면 다음을 기약할 수 있다. 이 건물의 구조도 어느 정도 파악했으니 성과가 없는 것도 아니었다.

그러나 그런 내 생각을 읽은 걸까.

"이봐, 증원이라면 부르지 않을 테니 걱정 마."

"……"

"오랜만에 놀아 볼 만한 상대가 나타났는데 증원 같은 거 부를까 보냐. 자, 덤벼 봐."

"후회할 텐데? 이렇게 된 이상 죽일 거다."

"하하하! 날 죽이겠다고? 이 피온 님을?"

리타가 말한 수호대장 중 하나.

그 실력은 루크레치아를 가볍게 상회하는 것 같았다.

'다른 선택지는 없어.'

도주를 하든 강행 돌파를 하든 이놈은 처리를 해야만 했다.

알스는 눈앞의 상대를 두고 긴장감을 높이고 있던 반면 상대는 그렇지 않았다.

알스와 마주하고 있던 피온 글라스트는 장난감이라도 발견한 심정이었다.

'오랜만에 피 맛을 볼 수 있겠는걸.'

그는 일말의 긴장감조차 느끼고 있지 않았다.

알스가 가면과 후드를 써 얼굴을 가리고 있었기 때문이다.

이를 통해 피온은 상대가 같은 엘프라고 지레짐작했다.

수호대 서열 2위로, 수호대장의 직위에 앉아 있던 그에게 있어 자신을 이길 수 있는 엘프는 하나밖에 없었다.

그 외에는 전부 자신보다 하수.

그러니 눈앞의 상대 또한 마찬가지라고 판단했다.

"어디 소속이지? 개국파냐? 그도 아니면 쇄국파?"

"……."

"어서 말해 달라고. 그래야 널 사로잡지 않고 단숨에 죽여 버릴 수 있으니까."

입꼬리를 올리며 검을 겨누는 피온. 그는 알스의 무기 파지법을 보곤 조소를 참지 못했다.

왼손의 검과 오른손의 창.

"정체를 숨겨 볼 생각인 모양인데……. 어림도 없다!"

탓! 한달음에 파고든 피온은 곧바로 목을 벨 작정으로 검을 휘둘렀다.

오러가 넘실거리는 검.

알스는 몸을 뒤로 젖혀 피해 냈다.

"제법이잖냐! 어디 더 버텨 보라고!"

공격을 한 번 피해 낸 것만으로도 피온은 알스에 대한 평가를 상향시켰다.

그는 계속해서 알스를 몰아쳤다.

알스는 피온이 휘두른 검을 부드럽게 흘려 내며 계속 버텨 냈다.

그렇게 한참이나 합을 주고받았을 때였다.

피온은 거리를 두고선 눈매를 좁혔다.

"네놈…… 누구냐."

위화감을 느낀 부분은 너무 잘 버틴다는 점이었다. 양손에 다른 무기를 사용하는 기상천외한 파지법으로 자신의 맹공을 버틴다니. 그건 있을 수 없는 일이다.

적어도 상대 무예가 제대로 된 체계를 가지고 있다고 생각할 수밖에 없다.

그러나 엘프들의 무예 중에 피온이 모르는 건 없었다. 그건 다시 말해.

"네놈 설마…… 외부에서 온 거냐."

"……"

"그러고 보니 국모께서 말했지. 며칠 전에 결계에 손상이 있었다고. ……네놈이었냐?"

"그래."

알스는 그제야 입을 뗐다. 그러고는 태세를 바꿨다.

피온은 그 태도에 표정을 구긴다.

"뭐냐 그건. 지금까지 탐색전이라도 했다는 거냐? 이 피온 님을 상대로?"

"피온인지 뭔지 알 바 아니고. 단지 확인을 해 본 거야. 조금 전의 소란으로 다른 경비가 올지 안 올지. 그리고 네가 정말로 증원을 부르지 않는지를."

"오호. 그래서?"

"경비는 오지 않는 모양이네. 너도 딱히 부를 생각은 없는 것 같고. 그럼 얘기는 간단하지. 빨리 끝내고 가는 수밖에."

"잘도 지껄이는군. 나를 이길 수 있다고 생각……!"

쐐애액! 돌연 미간을 노리고 날아온 창에 피온은 황급히 상체를 숙여야 했다.

"헛!?"

알스의 속도는 그에게 있어 경악할 만한 수준이었다.

차원이 다른 속도.

이는 알스가 빠른 제압을 위해 전력을 다했기 때문이었다.

알스는 오러를 사용함과 더불어 신체 강화 마법까지 최대한으로 발동하고 있었다.

이때의 알스는 스승인 일리야는 물론이고 최강의 가신인 안톤을 상회할 정도의 무력을 가지고 있었다.

게다가 무예의 깊이 또한 차원이 달랐다.

눈을 현혹시키는 검과 창의 연격. 이 무예를 처음 겪어 보는 피온은 전혀 대응하지 못하고 공격을 허용했다.

푹! 서걱! 오른쪽 어깨가 창에 꿰뚫리고 무릎이 베인다.

"커헉!"

피온은 고작 20합 만에 제압당해 바닥에 처박히고 말았다.

알스는 그의 목에 검을 들이대고는 속삭였다.

"위로 올라가는 길은 어디지? 대답 여하에 따라 살려 줄 수도 있다."

"……."

"말하기 싫으면 됐어."

주저 없이 창을 치켜올렸다. 피온은 눈빛을 피하며 한 곳을 가리켰다.

"저곳이다. 저곳의 계단이 상층으로 이어져 있다."

이는 어차피 알려 줘 봤자 문제는 없다는 판단이었다.

'상층엔 그 여자가 있으니.'

알스는 진위를 파악하듯 피온을 한번 내려다보고는 입꼬리를 올렸다.

"역시 잡졸이었네."

"……!"

퍽! 알스가 턱을 발로 가격하자 피온은 거품을 물며 기절했다.

알스는 등에 메고 있던 작은 배낭에서 밧줄을 꺼내 그 발과 손을 묶은 뒤 입에 재갈을 물려 인기척이 없는 곳에 숨기고는 이동을 재개했다.

첫 번째 방해꾼을 제거한 나는 피온이라는 녀석이 가리킨 곳에 위치한 계단을 타고 빠르게 상층부로 향했다.

'의외의 수확이 있었네.'

그놈이 정보를 털어놔 준 것도 그랬고, 이곳 경비대의 수준을 확인한 것도 그랬다.

'수호대장이란 녀석의 수준도 별거 아니었어. 엘란 왕국의 근위대나 여기나 마찬가지인 모양이야.'

조금 전의 녀석도 루크레치아보다 조금 더 강한 수준에 불과했다. 정신력 측면에선 오히려 못했다.

루크레치아였다면 목숨을 잃을지언정 정보를 실토하지 않았을 거고, 애초에 거만하게 일대일 대결 같은 것도 하지 않았을 거다. 곧바로 증원을 불렀겠지.

그건 그만큼 이곳을 지키는 경비대의 위기의식이 낮다는 것이기도 했다.

그럴 수밖에 없을 테다. 이곳에 외부인 자체가 섬에 들어올 수 없는 구조니까. 당연히 외부인이 건물에 침입한 적은 거의 없었겠지.

'좋아, 여기서부턴 경비의 숫자가 적어졌어.'

여기까지 침입할 것을 상정하지 않았는지 경비의 숫자가 하나 정도밖에 되지 않았다.

피온이란 녀석과의 대결을 통해 일대일로는 전부 제압할 수 있다는 확신이 선 상태다. 위축될 필요는 없었다.

나는 은밀하게 접근해 경비를 제압하며 계속해서 위로 올라갔다.

적당히 상층부에 올라간 시점엔 에오니아가 머무르고 있는 방을 찾아야 했다.

그걸 위해 내게 걸려 있는 추적 마법을 역탐지하기로 했다.

에오가 내게 걸었었던 추적 마법은 거리에 따라 발동 여부가 달라진다. 당시 에오의 설명에 의하면 반경 10km 정도는 추적이 가능하다고 했으니 지금은 발동하고 있을 거다.

그러니 에오가 내 쪽으로 마중 나올 가능성이 높다고 생각했으나 그럴 기미는 보이지 않았다.

'내가 왔다는 걸 알고서도 오지 않는다는 건……'

억류되어 있거나 나를 만나고 싶지 않다는 뜻이다.

뭐가 됐든 그 이유를 확인할 필요가 있었다.

역탐지를 시작하고 1분. 에오의 위치를 파악한 나는 그곳으로 빠르게 이동했다.

'저 방이군.'

층계의 절반을 점유하고 있는 커다란 방이었다.

그 방의 문 앞으로는 공간이 탁 트여 있었고, 문은 창을 들고 있는 경비가 지켜 서고 있었다.

에오와 재회한다는 생각에 나도 모르게 발걸음이 빨라졌다.

하나밖에 없는 경비는 제압하면 그만이다. 기껏해야 피온이란 녀석과 동급이겠지.

경비도 내 존재를 눈치챘는지 내 쪽으로 시선을 향했다.

나는 검을 빼 들고 그 경비를 향해 다가 걸어가다.

우뚝! 발을 멈추고 말았다.

"웃······!"

나도 모르게 멈춰 버리고 만 다리. 이건 이성적인 판단이라기보단 본능적인 판단이었다.

이 이상 다가갔다간 상대에게 당해 버렸을 거라고.

철컥! 나는 재빨리 창까지 뽑아 태세를 갖췄다.

그러라고 본능이 소리치고 있었다. 눈앞의 상대는 위험하다고.

이 세계에 와서 이 정도의 위험을 감지한 것은 처음이었다. 심장을 꽉 잡힌 듯한 감각.

"······."

상대는 느긋하게 일어났다. 그제야 상대의 외모를 면밀히 관찰할 수 있었다.

중장년으로 보이는 여성이었다. 짙은 청발의 머리카락을

따리 형태로 묶고 있었는데, 왜인지 그 모습에서 에오니아가 떠올랐다.

여성은 차분한 목소리로 말한다.

"침입자라니. 몇 년 만의 일인지……."

나는 상대에게서 안톤에 버금가는 위압감을 느끼고 있었다.

'이건 대체……!?'

조금 전 피온이란 녀석과는 차원이 다른 기운.

"긴말하지 않겠습니다. 무기를 버리고 투항하십시오. 그렇담 제 명예를 걸고 당신에게 해명의 권리를 보장하겠습니다."

이전이었다면 매력적인 제안이었겠지만 에오가 바로 눈앞에 있는 지금은 받아들일 수 없는 제안이었다.

내가 전투태세를 갖추자 상대는 안타까워하면서도, 한편으론 흥분이라도 됐는지 입꼬리를 씰룩였다.

"흡……!"

먼저 출수한 건 내 쪽이었다. 평소라면 상대의 공격을 받아치면서 풀어 나갔겠지만 이번에는 그게 안 될 거라는 판단이었다.

상대의 무기는 1m 60cm에 달하는 장창. 거리 싸움에선 상대가 우위에 있었다.

"핫!"

콱콱콱콱! 급소를 노리고 쏘아진 상대의 창.

'빠르다!'

나는 접근하려던 다리를 멈추고 그 공격을 흘려 내야만 했다. 그러지 않고선 몇 번의 공격을 허용할 것 같았으니까.

캉! 카강! 요란하게 울려 퍼지는 병기의 마찰음. 나는 점점 조급해졌다.

아까 피온이란 녀석과 싸울 때는 그래도 건물의 구석이었고, 폐쇄적인 복도였기에 소란에도 사람이 오질 않았던 거지만 이곳은 달랐다.

층계의 중앙이었고, 좌우로 창문이 탁 트여 있었다.

이 결투의 소리는 고스란히 아래로 흘러가겠지.

이곳으로 올라오며 홀로 경비를 서고 있던 자들은 모두 제압을 했기에 조금이나마 시간이 있겠지만 낙관적이진 못했다.

'빨리 끝내야 하는데……!'

상대의 수준이 내 기준을 초월해 있었다.

무엇보다 그 무예의 깊이가 놀라웠다.

이 세계의 무예들은 대부분 나사가 빠져 있다. 몬스터와의 대결을 상정하고 훈련을 하기에 대인전은 대부분 약했다.

그러나 눈앞의 상대는 달랐다.

픽! 팔뚝을 스치는 창날. 내가 상대의 공격을 전부 받아 내지 못하고 있다는 뜻이었다.

'나보다 두 수는 위에 있어……!'

안톤이나 일리야 스승이 마법을 익혀 전투력을 강화한다면 이런 느낌일까.

상대와 나 사이엔 그 정도의 수준 차이가 있었다.

"하아앗!"

탕! 나는 검과 창을 교차하여 상대의 창대를 쳐 내고 한 발 자국을 전진해 들어갔다.

'앞으로 한 발자국 더!'

상대와 수준 차이가 있었음에도 호각으로 싸울 수 있던 건 내가 상대의 무예를 알고 있었기 때문이었다.

지금 상대의 창술은 에오니아가 구사하던 그것과 똑같았다. 디테일만 조금 다를 뿐, 같은 창술임은 의심할 여지가 없었다.

'발키리의 무예……!'

나는 에오니아를 통해 이 창술을 수도 없이 겪어 봤지만 상대는 내 무예를 처음 겪어 보는 것이었다.

그 부분을 통해 격차를 줄일 수 있었다.

마침내 내가 한 발자국을 더 접근하자 상대가 소리쳤다.

"훌륭합니다! ……하앗!"

그러나 그걸로 끝이라고 말하듯 상대는 기다렸다는 듯 내 심장을 노렸다.

'당했다……!'

한 발자국을 더 접근시켜 준 건 이걸 노린 미끼였다. 섣불리 다가간 것이 실착이 된 셈.

이미 상대의 창 촉은 내 무기의 수비 범위를 넘어와 있었다. 쳐 내거나 막아 내는 건 불가능. 그렇다면 붙잡는 수밖에 없었다.

'체스터류……! 일월합!'

창과 검을 교차해 상대의 무기를 잡아채는 기술.

이것만으론 늦는다. 나는 비전 오러의 끌어당기는 힘을 최대한으로 부여해 창대를 붙잡았다.

이를 눈치챈 상대도 오러를 최대한으로 끌어올려 무력화시키려 했으나 내 쪽이 더 빨랐다.

푹! 내 가슴을 찌르는 창끝. 겨우 심장을 지켜 낼 수 있었다.

"큭!"

뒷걸음질을 치고 싶었지만 그랬다간 나만 일방적으로 손해를 보고 만다. 지금 이 위기를 기회로 만들어야만 했다.

나는 상대의 창이 깊숙하게 들어와 있는 점을 역이용해 상대를 노리기로 했다.

"하앗!"

창을 쥐고 있는 상대의 팔을 향해 검을 휘두르자 상대는 미련 없이 창을 버렸다. 그러고는 허리에 차고 있던 검을 뽑아 도리어 반격을 가해 왔다.

나는 그 검격으로 뛰어들어 창대를 비껴 세워 흘려 낸 다음 왼손의 검으로 상대의 심장을 노렸다.

"……!"

처음으로 상대에게서 당혹감이 느껴졌다.

탓! 상대는 뒤로 뛰어 공격을 피하려 했다. 그로 인해 15cm 정도의 차이로 공격이 닿지 않았다.

'잡았다!'

검 끝에서 순식간에 형성되는 원뿔 모양의 비전 마력.

집중력이 극한에 달해 있던 상황이었기에 그 시전 속도는 역대 최고 수준이었다.

거리는 고작 15cm. 그러니 필격이라 생각했다.

그러나 그 순간 마치 녹아내리듯 비전의 마력이 지워졌다.

더불어 뻗고 있던 왼손에서 찌르는 듯한 뜨거움이 느껴졌다.

"윽……!?"

나는 재빨리 몸을 뺐다. 그리고 잠시. 주위에 아지랑이가 피어오르며 상대가 입고 있던 의복이 불타오르기 시작한다.

'젠장, 역시 마법까지 쓸 줄 아는 건가.'

아마 상대의 속성은 바람과 불의 혼합 속성인 열기인 것 같았다. 희귀하면서도 효과가 좋기로 소문 난 속성.

'꽤나 위험해 보이는데.'

왼손이 지끈거렸다.

그 잠시 동안 화상이라도 입었는지 왼손이 벌겋게 달아올라 있었다.

옷이 불타 버리자 상대의 진면모가 보여 왔다.

옷 안에 열기에 강한 비키니 아머를 입고 있었는지 꽤나

선정적인 모습으로 탈바꿈했다.

여유로운 척을 하기 위해서라도 비웃어 주기로 했다.

"나이를 생각했으면 하네요. 이쪽이 보기 부끄럽습니다."

상대는 그런 내 도발을 가볍게 웃어넘겼다.

"훗, 역시 그렇습니까? 수호대의 아이들이 아름답다고 말해 주기에 괜찮은 줄 알았습니다만."

분명 아름답긴 했다. 체형 자체는 나이에 맞지 않게 여전히 젊었으니까.

"그보다도 제법이군요. 내가 여기까지 하게 만들 줄이야. 그 검과 창을 동시에 다루는 무술……. 그렇군요. 그게 바로 구데리안 체스터의 창검술입니까. 생각 이상으로 신묘한 기예로군요."

"……!?"

어떻게 이 여자가 구데리안을 알고 있단 말인가.

그녀는 별거 아니라는 듯 말을 이어 간다.

"들은 적이 있습니다. 서방에 창과 검을 동시에 다루는 구데리안 체스터라는 수인이 있다고. 펜실론 제국이 그를 반란분자로 낙인찍어 수배하고 있다고 말입니다."

"그건……."

"맞습니다. 저는 중앙 대륙 출신……. 정확하게 말하면 쿠라벨 성국 출신입니다."

에오와 똑같은 발키리의 무예를 사용하는 걸 보고 어렴풋이 그럴 가능성이 있을지도 모른다고 생각하긴 했다.

그녀가 말한다.

"당신의 목적은 에오니아인가 보군요. 당신은 뭐죠? 그 아이의 주군이었다는 알스 일라인의 사주를 받은 자입니까? 그도 아니면…… 그 본인입니까?"

"……본인입니다."

"……."

상대가 헛숨을 삼켰다. 그리고 그 표정이 급격히 슬픔으로 물들어 갔다.

"좋은 주군이로군요. 가신을 위해 직접 사지로 들어오다니……. 조금만 더 일찍 왔더라면 좋았을 텐데……."

"뭡니까. 내가 늦기라도 했다는 겁니까?"

"예, 늦었습니다. 절망적일 정도로."

탁! 그녀는 발끝으로 떨어져 있던 창을 차올려 손에 쥐고는 내게 겨눴다.

"에오니아를 만나게 해 줄 수는 없습니다. 당신이 알던 에오는 이제 없어요. 당신에 대해서라면 외세로 돌아갈 수 있게끔 어떻게든 조치를 해 줄 테니 에오는 포기하십시오."

"헛소리하지 마."

"정말로…… 안타깝습니다."

상대 주위에 흐르는 열기가 계속해서 강해졌다. 그 열기는 주변을 잠식하며 나에게까지 영향을 끼쳤다.

숨을 쉬기 어려울 정도였기에 나는 가면을 벗어 던지고 쓰고 있던 후드도 치워 놓았다.

"후우!"

깊게 호흡을 가다듬었다.

제대로 공격할 수 있는 건 아마도 이 한 번뿐.

나는 오러를 최대한으로 끌어올리고 기회를 엿보았다.

그때였다.

"아……."

멍하니 나를 바라보는 상대. 그녀는 망연히 중얼거린다.

"멜리안……?"

당황하고 있는 상대. 뭐가 됐든 기회였다.

탓! 나는 단숨에 파고들었다. 상대는 크게 동요한 것 같았다.

나를 죽이길 주저하는지 움직임이 어설펐다.

상대가 나보다 한 수 위라곤 하지만 그런 어설픈 움직임으로 내 공격을 전부 흘려 낼 수 있을 정도는 아니었다.

팅! 나는 상대의 창대를 쳐 낸 뒤 목을 향해 검을 휘둘렀다.

이번엔 그 어떤 변수도 없었다. 상대가 방해하지 못하도록 충분히 오러를 두르고 있었으니까.

그러나 부웅! 검은 허공을 갈랐다.

상대가 피한 것은 아니었다. 그저 검이 목에 닿기 전에 상대의 모습이 사라졌다.

"이런! 구원이동인가!"

설마 고작 경비 일에 구원이동을 사용하고 있었다니.

그 여자를 처리하지 못한 것은 치명적이었다. 어디로 공간 이동을 한 건지는 몰라도 어쨌든 다시 추격해 오겠지.

게다가 지금까지의 소란을 들은 경비들이 부산하게 움직이고 있는 기척이 느껴지고 있었다.

그러니 어서 에오를 데리고 피신해야 했다.

"큭!"

아까 창 촉에 찔린 가슴에서 피가 흘러나왔다.

깊숙이 찔리진 않았다곤 해도 심장을 찔리지 않았다는 수준의 이야기일 뿐으로, 창 촉은 피부를 가르고 뼈를 관통했다.

그것만으로도 충분한 중상이었다.

"하아! 하아! 윽……."

나는 벗어 두었던 후드로 적당히 가슴 부위를 압박해 둔 뒤 에오가 있는 방의 문으로 향했다.

쿵! 둔탁한 소리를 내며 열리는 문.

방이 워낙 큰지 문 안에 또 다른 문이 있었다. 그 안에서 사람의 기척이 느껴졌다.

나는 설렌 마음을 추스르며 문을 양손으로 밀어 젖혔다.

"앗!"

"그럴 수가……!?"

나를 맞이한 반응은 둘.

하나는 비스케타였다. 그녀는 유령이라도 본 것처럼 놀란 얼굴로 나를 바라보고 있었다.

또 하나 에오니아는 눈을 휘둥그렇게 뜨고 있었다.

잠을 청하려 하는 중이었는지 그녀는 품이 넓은 옷을 입고 있었다.

나를 보는 얼굴엔 왜인지 경계심이 가득했다.

"에오, 데리러 왔⋯⋯."

"비스케타 님! 물러나세요!"

창을 집어 들어 내게 겨누는 에오.

나는 혹시 마스크를 벗지 않았나 얼굴을 더듬었지만 마스크는 아까 벗었다.

"자, 잠깐. 에오? 이게 무슨⋯⋯."

"어떻게 엘레나 님을 쓰러뜨린 건지는 모르겠지만 그것도 여기까지다!"

"무슨⋯⋯."

마치 나를 전혀 모른다는 듯한 태도. 그러나 표정은 그렇지 않았다.

참기 힘든 무언가를 견디는 것같이 초조했다.

"비스케타, 이게 무슨 일이죠?"

비스케타는 명백히 나를 알고 있다는 태도였기에 그쪽으로 물었다. 그러자 비스케타는 꺼질 듯한 한숨을 내쉬었다.

"설마 이곳까지 찾아올 줄이야. 그럴 줄 알았다면⋯⋯."

"무슨 일이냐고 묻고 있습니다."

"천천히 설명할게요. 에오, 창을 거두거라. 그 사람은 적이 아니란다."

에오는 나와 비스케타를 번갈아 보며 창끝을 거두었다.

그때 꿀럭거리며 가슴에서 피가 흘러 압박하고 있던 옷감을 적셨다.

"크윽!"

나도 모르게 흥분했는지 상처가 벌어진 것 같았다.

"앗! 괜찮……."

에오는 마치 본능이 시키는 것처럼 나를 부축하려 했지만 이성이 제동을 걸었는지 멈칫했다.

비스케타의 안색도 굳어 있었다.

"큰일이군요. 보아하니 의료적인 도움을 받을 수 있는 상황은 아닌 것 같은데……."

"괜찮습니다. 그보다도 자리를 옮기지 않겠습니까?"

아마 이곳으로 경비병들이 몰려올 것이다. 그러니 탈출을 해야 했다.

그러나 비스케타는 물론이고 에오도 이 방을 떠날 생각이 없는 것 같았다.

비스케타는 나를 돕고 싶은 모양이었지만 방법을 찾지 못해 허둥지둥하고 있었고 에오는 경계를 늦추지 않은 채 나를 뚫어지게 바라보고 있었다.

'계산 착오야……'

설마 에오가 비협조적으로 나올 거라곤 꿈에도 생각지 못했다. 무슨 사정이 있건 최소한 내가 죽도록 두지는 않을 거라 생각했다.

'젠장, 이젠 빠져나가기도 힘든데…….'

이곳은 지상 8층 정도의 높이다. 아무리 나라도 뛰어내리기엔 부담이 된다. 가슴에 상처를 입은 지금은 더더욱.

이제 남은 방법은 하나뿐이었다. 체포되는 것.

아까 대결을 펼친 여성도 해명의 권리를 준다고 했으니 대화의 여지 정도는 있을 것이다.

그렇게 판단한 나는 근처 테이블로 가 앉았다.

"후우! 얘기는 지금 하는 게 낫겠네요. 차라도 주지 않겠어요?"

내 의도를 읽은 비스케타는 무겁게 고개를 끄덕였다. 차는 내오지 않았지만 에오를 무장해제시킨 뒤 함께 테이블에 앉았다.

나는 그때 알았다.

품이 넓은 옷을 입고 있었기에 에오가 의자에 앉은 순간에야 그 체형이 명백히 보였던 것이다.

부풀어 올라 있는 배.

"……!"

뭐라 말이 나오지 않았다.

아까 그 여성이 내가 너무 늦었다는 말은 그런 것이었던 걸까.

'이미 다른 남자와…….'

그러나 그런 내 안색을 읽은 건지 비스케타가 엄하게 말한다.

"무슨 착각을 하고 있는 겁니까. 시기상 당연히 당신 아이죠!"

"엥?"

이에는 에오니아도 눈을 부릅떴다.

"무, 무슨 소리이신가요. 비스케타 님? 제 아이는 카일룸 님과의 아이라고…….'

비스케타는 일이 꼬였다며 한숨 쉰다. 나는 참지 못하고 물었다.

"자, 잠깐만요. 제 아이라고요?"

"짚이는 바가 없지 않을 텐데요."

"그, 그야……. 전이가 되던 전날의 밤에 그런 일이 있긴 했지만……. 그렇다고 해도 시기가 맞지 않는데요!?"

"배의 크기 때문에 그런 거라면 간단합니다. 쌍둥이예요."

"헉."

언제나 전공 2위만 하던 기질이 어디 가지 않는다는 건가. 그렇다고 해도 쌍둥이라니.

"이제 납득했나요?"

"아, 옙."

"그럼 얘기할게요. 에오, 너도 잘 들으렴."

비스케타는 지금까지의 일을 간략하게 설명했다. 아래층에서 계속해서 소란이 들려왔지만 어차피 체포를 각오한 상태였기에 마음은 편했다.

"당신과 달리 저와 에오는 이 엘프들의 거주지로 오게 됐습니다. 이건 자연스러운 현상이었던 것 같아요."

"자연스러운 현상이라면……."

"맞아요. 그 전이 마법에는 몇 가지 조치가 돼 있던 거죠. 엘프들이 아니라면 이곳이 아닌 다른 곳으로 전이시켜 버리는 조치가. 저는 당시 에오와 붙어 있었기에 함께 올 수 있었습니다만 다른 사람들은 아니었겠죠. 그렇지 않나요?"

"맞습니다."

대기 중의 마나 불균형으로 인해 무작위로 전이된 것이라 생각하고 있었지만 그게 아니었던 것이다.

"하지만 에스텔은 이곳으로 오지 못했는데요?"

"그녀는 엘프의 피를 잇긴 했지만 옅었으니까요."

"뭐, 그 부분은 이제 아무래도 좋습니다. 그것보다……."

"에오에 관한 거죠. 당신도 예상했겠지만 에오는 당신을 찾으러 나가겠다며 난리를 피웠습니다."

그 부분은 쉽게 예상이 갔다.

"하지만 이곳은 들어오기도 어려울뿐더러 나가는 건 더더욱 어려운 곳입니다. 밖으로 나간 자들이 이곳의 존재를 세상에 밝힌다면 온갖 간섭이 들어올 테니까요."

"그럴 것 같지는 않은데요. 엘란 왕국도, 구원자 연맹도 딱히 당신들을 신경 쓰지 않을 겁니다."

"그럴지도 모르죠. 문제는 이곳의 수뇌부가 그렇게 생각하고 있다는 점입니다."

"쳇."

"어쨌든……. 에오는 무슨 수를 써서라도 나가려고 했어요. 하지만 이곳에서 허락을 해 주지 않는 한 불가능합니다. 당신, 이곳으로 올 때 무슨 일을 겪지 않았나요?"

"음……. 해일이라면 겪었습니다."

"용케도 살아서 들어왔군요. 그건 이 섬에 서식하는 말트론이라는 몬스터의 힘이에요."

"몬스터……?"

"날씨를 조종하고 해류를 조종하는 힘이 있는 녀석이죠. 대대로 엘프들이 사역을 하고 있는 존재입니다. 그걸 통해 지금껏 섬으로 들어오려던 자들을 수장시킨 거죠."

"한탄의 숲과 비슷한 거군요."

"한탄의 숲……? 남부에 있다는 그것 말인가요? 들어가 본 겁니까?"

비스케타도 이 세계에 대한 공부를 꽤 열심히 한 모양이었다. 내가 한탄의 숲에 들어갔었다 말을 하자 눈을 빛내며 캐물어 왔다.

"그 부분은 나중에 하죠. 지금은 시간이 없으니까."

"예, 뭐. 총명한 당신이라면 그 이후의 이야기가 어떻게 진행됐을지는 짐작이 가겠죠?"

"에오를 진정시키기 위해 기억이라도 지웠다는 이야기입니까."

"거기에도 조금 복잡한 사정이 있긴 하지만 큰 틀에서 보면 그래요."

"그걸 당신도 묵인했고요."

내가 책망하는 시선을 보내자 비스케타는 면목이 없다면서 말을 이어 간다.

"저도 그러고 싶진 않았어요. 하지만 에오가 임신한 걸 보고서 생각을 바꾼 겁니다. 에오는 그 당시 배를 훔쳐서라도 섬을 나가려고 했어요. 그랬다간 자신과 배 속의 아이가 허무하게 죽을 수도 있다는 걸 알고서도! 그 상황에서 제가 어떻게 했어야 한다는 건가요!"

"후우⋯⋯! 나를 믿고 기다렸으면 되는 걸⋯⋯. 제가 에오를 버릴 거라고 생각한 겁니까!"

"그렇지는 않아요. 하지만⋯⋯. 당신이 이곳에 올 수 있을 거라고 생각하지를 못했습니다. 그 부분은 몇 번이고 사과하겠어요."

에오는 멍한 표정으로 이야기를 듣고 있었다. 충격을 받기는 나보다도 더한 것 같았다.

나는 그 얼굴을 보며 비스케타에게 물었다.

"기억은 되찾을 수 있는 겁니까?"

"그 조치를 취한 국모에게 물어보지 않는 한은……."

기억을 지우는 마법에 대해선 짚이는 바가 있었다. 흑마법사들이 대표적이다. 몬스터를 사역하고 있다는 것만 봐도 흑마법사가 먼저 떠올랐다.

'여기도 사정이 복잡하네.'

한탄의 숲 못지않았다. 오히려 무언가 조치를 취하기엔 출입이 힘든 이곳보다 한탄의 숲이 더 편했다.

"여기다!"

"엘레나 님이 계시지 않아! 역시 침입자는 이쪽으로 온 거다!"

아래층에서 들려오던 소란이 지근거리에서 들려왔다. 비스케타는 어쩔 거냐며 눈빛으로 물었다.

"체포를 받아들이는 수밖에요."

"너무 위험해요! 엘프도 아닌 외부인의 말을 들어 줄 리가……."

"그건 어떻게든 돌파구를 찾아야죠."

매혹을 적극적으로 사용할 생각이었다.

그걸로 일이 잘 풀리면 좋겠지만 풀리지 않을 경우엔 이곳에서 세력을 구축해 반란으로 이어 갈 생각도 있었다.

철컥, 철컥! 비스케타가 잠가 놨던 문이 덜컹거렸다.

나는 멍해 있는 에오의 머리를 쓰다듬듯이 두드렸다.

"아……!"

"에오, 잠깐만 기다리고 있어 줘. 금방 해결하고 올 테니까."

경계를 하고 있던 에오는 내 손을 치우려는 듯이 손을 들었지만 곧 움찔하며 내 손길을 받아들였다.

쿵! 마침내 열리는 문.

나는 경비들의 체포를 받아 감옥으로 연행되고 말았다.

이 엘프들의 섬에 외부인이 침입한 것은 전대미문의 사건이었던 것 같다.

감옥의 간수들은 폭탄이라도 다루듯 나를 경계하고 있었다.

매혹을 걸 타이밍을 잡고 있던 내게는 난감한 상황이었다. 누구도 내게 접근하지 않았으니까.

식사를 줄 생각도 없는지 체포된 이후부터 10시간 가까이 아무것도 먹지 못하고 있었다.

그나마 다행이었던 건 가슴의 상처를 치료해 줬다는 것 정도. 치료하지 않을 경우 내가 죽을지도 모른다고 생각한 모양이다.

그건 고무적이었다.

최소한 나를 취조할 생각이 있다는 거니까.

그 취조인을 매혹시키는 걸로 시작해 일을 풀어 나가기로 마음먹고 있었다.

그러던 차. 내 감각으론 하루가 지나 다시금 자정 가까이가 됐을 시간이었다.

　어째서인지 간수들이 하나둘 자리를 뜨기 시작하고, 한 명의 기척이 내 쪽으로 가까워졌다.

　터벅! 터벅! 침착하고 정돈된 발소리.

　나는 본능적으로 상대가 누구인지를 눈치챘다.

　내가 상대했던 그 여자.

　경비병들이 엘레나라 칭한 중장년의 여성이었다.

　그녀는 음식이 담긴 접시를 들고 있었다.

　"아무것도 먹지 못했다고 들었습니다. 별거는 없습니다만."

　접시에는 과일들이 가득 담겨 있었다. 이런 때의 당의 보충은 가뭄의 단비 같았기에 나는 거절하지 않고 먹기로 했다.

　"……."

　엘레나는 뚫어지게 나를 바라보고 있었다.

　이윽고 조심스럽게 입을 연다.

　"당신에 대해 묻고 싶은 게 있습니다."

　매혹을 걸 타이밍을 가늠하고 있던 나는 일단 맞장구를 쳐주기로 했다. 이 정도의 실력자는 내가 매혹을 쓴다는 걸 눈치챌 수도 있었기에 조심해서 사용해야 했다.

　"저는 지금 포로니까요. 대답할 수 있는 거라면 대답하겠습니다."

　"좋은 태도입니다. 그렇다면……. 당신, 펜실론 제국과 어떤 관계가 있습니까. 에오에게 들었을 땐 대단한 사람, 불세출의 장군, 황제가 될 사람 같은 추상적인 이야기밖에 듣지 못해서 말입니다. 지금은 들을 수도 없고요. 게다가 비스케타 씨는 당신에 대해 많은 걸 알고 있지 못하더군요."

"흐음. 그건 그렇다 치고, 왜 펜실론 제국 이야기를?"

"개인적인 흥미입니다."

나는 과거의 기억을 끄집어 올렸다. 그리고 지금까지의 상황과 맞추어 상대의 정체를 파악해 냈다.

"역시. 당신은 에오의 스승이라던 선대 발키리군요."

"맞습니다. 에오가 성인이 될 즈음에는 이 세계로 왔지만요."

"에오가 말하기로 남편인 멜리안 황자가 죽은 이후에 같이 죽었다고 하던데요."

"그렇게 생각한 모양입니다. 그 아이는 발키리의 서약이라는 이름의 추적 마법이 양자 간의 목숨을 잇는 거라고 생각한 것 같아요. 멜리안이 죽고 비슷한 시기에 내가 모습을 감추니 저 또한 죽은 거라고 생각한 거죠."

"하하, 에오답네요."

"그래서……. 아직 대답은 하지 않았습니다만. 펜실론 제국과는 어떤 관계가 있는 겁니까."

"별거 없습니다. 듣자니 제가 마지막 남은 핏줄이라고 하더군요. 뭐, 당신과 멜리안 황자 사이에 아이가 있었다면 얘기가 다르겠지만."

"……없습니다."

엘레나는 슬픈 눈으로 나를 바라보았다.

"멜리안과는 어떤 관계가 되는 거죠?"

"글쎄요. 족보를 본 게 아니라 확실하진 않지만 시기를 생각해 보면 제 친아버지의 형제 정도가 아닐까요?"

"그렇담 당신은 멜리안의 조카라는 게 되는군요."

"뭐, 족보상으론 그렇게 되겠네요."

"그걸로 충분합니다. 내가 듣고 싶은 이야기는 그것뿐이었습니다."

엘레나는 주변을 곁눈질했다. 왜인지 아까부터 간수들의 숫자가 줄어들어 이제 주위에선 간수들의 기척이 전혀 느껴지지 않았다.

"알스 일라인. 당신이 만나 줬으면 하는 사람이 있습니다."

터벅! 다시금 들려오는 걸음 소리.

나타난 것은 홀쭉한 남성 엘프였다. 얼핏 병약해 보이기까지 했다.

그는 나를 보며 고개를 끄덕였다.

"반갑습니다. 카일룸 아언테일이라고 합니다."

"카일룸……!"

기억을 지운 에오와 약혼을 한다던 놈.

그놈이 내 앞에 나타난 것이다.

7장

카일룸이란 놈을 마주하자 속이 부글부글 끓었지만 그래도 다스릴 수는 있었다.

놈의 목적이 에오니아를 뺏어 가기 위한 것에 불과하다면 당장이라도 욕지거리를 퍼부어 줄 수도 있었지만 그런 건 아닐 것 같았다.

그도 그럴 게 그 시점에 이미 에오는 아이를 가진 상태였다. 아무리 기억을 지웠다고 해도 그런 상황에서 약혼을 하려는 생각을 하지는 않을 테다.

"침착하시군요. 제가 미라벨 님을 뺏어 가려 하는데도 말입니다."

"……."

"훗, 미안합니다. 그저 떠보기 위함이었으니 그런 눈빛은 하지 말아 주십시오."

나도 모르게 살기를 흘린 것 같다.

카일룸은 엘레나가 가져온 의자에 앉고는 말을 이어 갔다. 보아하니 제법 신분이 높은 모양이었다.

"먼저 해명을 해 두고 싶습니다."

"해명?"

"제가 미라벨 님을 반려로 맞이하려 했던 일에 대해서입니다만. 그건 정치적인 이유가 있었습니다."

그는 쓸쓸한 목소리로 이야기를 풀어 갔다.

"수백 년 전부터 순혈 엘프는 어째서인지 아이를 가지기 어렵게 됐습니다. 순혈 엘프들 사이에서는 아이가 생기지 않게 된 거죠. 심지어 혼혈 엘프들과도 아이를 가지기 어렵게 됐습니다. 최근 10년간 태어난 순혈 엘프의 아이는 단 한 명에 불과할 정도입니다."

순혈 엘프들은 수명이 300년 정도로 꽤 길다고 들었다.

그렇다고 해도 10년간 한 명이 태어나는 건 너무 적었다.

"그 근본엔 아이를 가지기 어렵게 된 불분명한 문제도 있었지만 무엇보다 순혈의 엘프들이 혼혈의 아이들을 배척하는 부분도 있었습니다."

이에 엘프들은 순혈파와 혼혈파로 나뉘었는데 이것이 비화되어 개국파와 쇄국파로 나뉘었다고 한다.

"아이를 가지기 어렵게 된 이유를 알기 위해서라도, 늘어나는 혼혈의 아이들을 위해서라도 섬을 개방하고 다른 종족과 적극적으로 교류를 맺는 것. 그것이 우리들의 생각입니다. 그리고 수장인 저는 그 뜻을 형태로 보여 줄 필요가 있었습니다. 그렇기에 외부에서 온 미라벨 님을 반려로 맞이하려고 한 겁니다. 더군다나 미라벨 님은 혼혈이긴 하지만 고귀한 혈통. 그런 그녀와 제가 맺어진다는 건 큰 의미가 있었던 겁니다."

"하지만 에오니아는 이미 배 속에 아이를 가지고 있었어."

"오히려 좋았죠. 저와의 아이라고 공표하면 후대 문제로 골머리를 썩고 있는 순혈 엘프들에게 좋은 메시지가 될 테니까."

"……에오니아 본인의 의지는?"

"그 부분은 미안하게 생각합니다. 다만 기억을 지운 건 제가 아닙니다. 기억이 사라진 그녀를 이용하기로 한 것뿐이죠."

역시 정치 이야기는 구역질이 나왔다.

거기에 에오가 이용됐다고 하니 화가 치밀었다.

"사람으로서 해서는 안 될 짓이라는 걸 알면서도 대의를, 야망을 위해 결단을 내리는 것. 그게 어떤 것인지 당신이라면 알고 있지 않습니까?"

"별로."

말은 그렇게 했지만 전쟁이라는 것 자체가 그런 일에 속했다.

카일룸은 내가 알아들었다고 생각하고 말을 이어 갔다.

"알스 일라인. 당신과 거래를 하고 싶습니다."

"정말이지 내키지 않는걸."

거래 상대가 너무 많았다. 쥬라스와의 거래도 그렇고, 리노아와의 거래도 그렇고. 점점 더 짐이 늘어나는 기분이 들었다.

"당신에게도 나쁜 이야기는 아닐 겁니다. 그도 그럴 게 당신의 목숨이 걸린 일이니까."

"들어는 보지."

"먼저 당신과 미라벨 님을 함께 이 섬에서 내보내 주겠습니다."

"……!?"

"저도 미라벨 님의 일에 대해선 몹쓸 짓을 했다고 생각하고 있습니다. 그녀와도 형식적으로 혼약을 할 뿐. 딱히 사랑받을 생각도, 사랑할 생각도 없었습니다. 그건 당신에게도, 그녀에게도 해선 안 될 짓이니까요. 그런 그녀가 애타게 기다리고 있던 상대가 나타났다면 응당 보내 주는 게 도리이겠죠. 밖으로 나가는 방법에 대해선 제가 준비를 할 테니 걱정 마십시오."

"……그래서? 그 대가는 뭐지?"

"간단합니다."

그러나 이어진 내용은 절대 간단하지 않았다.

"비스케타 님에게서 들었습니다. 당신은 대륙에서도 손꼽히는 장군이자 영웅이었다고. 대륙 통일을 꿈꾸는 잠룡이라고 말입니다. 그런 당신에게 부탁하고 싶습니다. 수단과 방법은 묻지 않겠으니 이 섬을 개방시켜 주십시오."

"수단과 방법을 가리지 않겠다니……."

"군대를 끌고 와도 좋습니다. 필요하다면 일정 수의 목숨을 취해도 좋습니다. 억지로라도 이 섬을 개방시켜 달라는 겁니다."

"꽤 밀리고 있는 상황인가 보군."

"예에, 부끄럽게도 말입니다. 국모께서 쇄국을 고수하고 계신 탓에 내부 정쟁만으론 힘에 부치는 상황입니다. 그러니 외부의 도움을 받기로 한 겁니다."

"국모……."

에오의 기억을 지운 자. 가능하면 만나 보고 싶었지만 카일룸의 제안을 받아들이면 아마 그 기회는 없을 것이다.

그리고 그건 에오의 기억에 관해서도 마찬가지였다.

"그 제안을 받아들인다고 치고. 에오니아의 기억은 어떻게 되는 거지?"

"지금으로선 방법이 없습니다. 국모께서 해제해 주지 않는 이상은……. 그래도 너무 비관하지는 마십시오. 그건 기억을 없애 버리는 게 아니라 봉인시키는 마법이었으니까요. 해제할 방법만 알아낸다면 이전의 기억을 되찾을 수 있을 겁니다. 기약은 없으나 그 순간이 오길 기다리는 수밖에요."

"몬스터를 사역하고 정신 마법까지 사용한다는 건 역시 흑마법을 사용한다는 거겠지?"

"예, 다만 국모께서 직접 하시는 건 아닙니다. 그건 국모를 보좌하는 장로들의 역할이지요."

흑마법을 해제하는 건 같은 흑마법이 아니면 안 된다고 들었다. 괜히 다른 방법으로 풀려 했다간 정신이 붕괴하는 등의 사고가 일어난다고.

그 흑마법이라고 하니 짚이는 바가 있었다.

한탄의 숲에서 만난 흑마법사 폴라리안이다. 그에게 에오를 보여 주면 방법을 알아낼 수 있을지도 몰랐다.

"……좋아. 제안을 받아들이지."

"잘 생각했습니다."

"약속 기한은?"

"엘프들은 시간에 관대합니다. 당신이 죽기 전까지만 수행해 주면 됩니다."

"정말로 관대하군."

일단은 안전하게 이곳을 빠져나간다. 다음 일은 그 이후에 생각하면 되었다.

일이 그렇게 정해지자 카일룸은 빠르게 일을 처리하기 시작했다.

그는 자신의 부하들을 이용해 나를 빼내고는 에오니아와 비스케타도 빼내 와 주었다.

애초에 며칠 후에 에오니아와 약혼식을 하려던 상황이었기에 둘을 빼 오는 것도 어렵지 않았다.

탈출 방법은 배를 이용한 것인지 중형의 배가 대기하고 있었다.

에오는 얼떨떨해하면서도 나를 따라 밖으로 나간다는 것을 받아들이고 있었다.

"저기, 그러니까…… 일라인 님."

"알스라고 불러. 이전의 너는 그렇게 했거든."

"그, 그러면 알스."

"……응?"

그래도 님은 붙였는데 말이다.

에오는 내 말뜻을 말을 편하게 하라는 걸로 이해한 모양이었다.

"정말 널 믿어도 되는 거지……?"

기억이 지워지니 성격도 조금 바뀐 걸까.

'아니, 에오는 원래 유약한 면도 있었으니…….'

드센 성격도 다른 사람들을 대할 때나 그랬지 나를 향한 태도는 얼핏 지금과 비슷했다.

"나를 믿고 믿지 않고는 네가 직접 보고 판단해. 뭐, 지금 따라오냐 마냐를 묻는 거라면 꼭 따라와 줘."

"응, 알겠어. 따라갈게."

내게 반말을 하는 에오도 뭔가 신선해서 좋았다.

그때 출항의 준비가 끝났는지 신호가 들어왔다.

나는 에오와 비스케타를 먼저 배에 태운 후 카일룸에게 말했다.

"마르가리타라는 애에게 잘 얘기해 줘요."

"리타를 말하는 겁니까? 리타는 갑자기 왜……."

"절 도와줬거든요. 그녀에게 전 잘 떠났다고 말해 주세요."

"하하, 알겠습니다. 걱정 마십시오. 그 애는 제 무리에 속해 있으니까요. 잘 전달해 주겠습니다."

"그리고……."

나는 마지막으로 엘레나를 보았다.

'어떻게든 빼 가고 싶은데 말이지.'

내 시선에 엘레나는 무슨 용무냐며 눈썹을 치켜올린다.

나는 슬쩍 얘기해 보기로 했다.

"당신도 함께 가지 않겠습니까?"

"갑자기 말인가요."

"갑자기가 아닙니다. 제가 알기로 당신의 남편인 멜리안 황자는 대륙의 화합과 평화를 원했다고 들었습니다. 쿠라벨 성국에 투신한 후에도 펜실론 제국과 좋은 관계를 유지하기 위해 팔방으로 뛰었다죠?"

"……."

"그런 멜리안 황자의 노력에도 불구하고 펜실론 제국은 갈가리 찢어졌습니다. 쿠라벨 성국도 멸망하고 말았고요. 엘레나 씨. 제 목표는 그 혼란한 중앙 대륙을 통일하고 나아가 중앙 대륙과 이 세계를 통합하는 겁니다. 그거야말로 멜리안 황자가 꿈꾸던 게 아닐까 하는데요. 심지어 저는 멜리안 황자의 조카뻘이라고요. 그의 정통성을 잇고 있습니다. 당신이 저를 보고 멜리안 황자를 떠올린 걸 보면 외모도 꽤나 닮은 모양이네요. 그런 저를 돕지 않는다는 건 남편을 배신하는 게 아닐까 하는 생각이 들지 않으십니까? 어떻게 생각하시죠?"

"당신…… 생각보다 교활한 사람이군요."

"하하."

이런 유의 끝판왕인 쥬라스가 있어서 그렇지 나도 할 때는 한다.

엘레나는 자충수에 걸린 것처럼 망설였다.

이윽고는 카일룸이 그녀의 등을 떠밀었다.

"갔다 오십시오. 엘레나."

"하지만……."

"수호대장인 당신이 없어도 이곳은 안전할 겁니다. 지금껏 당신이 키운 수호대원들도 있고요. 저도 줄곧 마음 아프게 생각하고 있었습니다. 당신이나 되는 인재가 이런 곳에서 썩고 있는 것을요. 게다가……. 미라벨 님의 아이가 태어나는 걸 자기 일처럼 기대하지 않았습니까. 그러니 부디 함께 있어 주세요."

엘레나는 이윽고 고개를 끄덕였다.

"알겠습니다. 그럼 한동안은 떠나 있도록 하겠습니다. 감사합니다. 카일룸 님."

생각 이상의 수확이었다.

이 세계에서 처음으로 얻은 가신.

엘레나는 가볍게 예를 취하며 내게 말해 왔다.

"전 엘레니아 미라벨이라고 합니다. 지금은 엘레나라 자칭하고 있습니다. 신세를 지겠습니다. 잘 부탁드립니다."

"저야말로 잘 부탁드려요."

엘레나까지 배에 탑승하자 배는 저절로 출발하기 시작했다.

우리는 배웅을 하고 있는 카일룸을 뒤로한 채 다시 바다로 나왔다.

"휴우!"

나도 모르게 안도의 한숨이 나왔다.

생각 이상으로 일이 버거웠다. 죽을 고비도 있었고.

"하여간 에오. 나중에 혼날 줄 알아."

"응? 가, 갑자기 왜!?"

에오는 뭐 때문에 그러는 거냐며 당황해했다.

오히려 기억을 잃어서 다행인 건지도 모른다.

지난번 전이 사건은 듣자니 에오가 난리를 피운 게 주요했다고 한다. 에오가 난리를 피우지 않았으면 사람들도 별걱정을 하지 않았겠지.

뭐, 나를 걱정한 것이니 그 부분은 탓하고 싶지 않았지만. 그래도 한 번쯤은 주의를 줄 생각이었다.

그것이 기억을 잃은 상황이니 뭐라고 할 수도 없었다.

"일라인."

비스케타도 그 부분이 궁금했는지 다른 실종자들의 상황을 물어 왔다.

"꽤 많이 찾았군요. 역시 당신이라고 해야 하는 걸까요."

"아직 단서조차 없는 사람도 많지만요."

지금까지 찾아낸 사람은 8명. 단서가 있는 건 3명으로 총 11명에 대한 행방을 찾았다.

"그런데 엘프들의 섬은 어떻게 찾은 거죠? 소문은 있었을 테지만 정확한 위치는 찾기 힘들었을 텐데요."

"그게, 특수한 위치 추적 마법을 사용했거든요."

추적의 원리를 설명하자 비스케타는 연신 고개를 끄덕였

다.

"당신에게 걸린 발키리의 서약이 그런 용도로 사용됐을 줄이야."

"그러고 보니……."

에오에게 추적 마법에 대해 물어보았다.

"내가 가까이에 있다는 게 느껴지지 않았어?"

"응. 느껴지긴 했는데……. 뭐가 뭔지 몰랐었어. 그렇구나. 이게 알스 너의 기운이었구나."

에오는 그 감각을 느끼듯 눈을 감은 채 가슴에 손을 가져갔다.

평소의 에오와는 다른 모습에 여전히 적응이 되질 않았다. 예전에 비해 훨씬 솔직하고 순수한 느낌이 들었다.

그렇게 한동안 둘과 이야기를 하고 있자니 엘레나가 신호를 보내왔다.

"곧 결계의 경계에 도착할 겁니다."

"이번에는 해일이 없었네요."

"카일룸 님께서 뜻을 같이하는 장로들에게 부탁을 해 놨거든요."

"그보다 결계는요? 어떡하죠? 파괴할까요?"

"왜 곧바로 파괴한다는 결론이 되는 겁니까……."

"줄곧 그래 왔으니까요."

"어휴, 아래로 통과할 겁니다."

"아래로……?"

엘레나는 배 중앙에 있는 마강석에 마나를 흘려보냈다.

그러자 마치 코팅이라도 되듯 마나의 벽이 배를 감쌌다.

"그럼 갑니다."

첨벙! 바다 밑으로 들어가는 배. 엘레나가 다시 한번 마강석에 마나를 흘리자 잠수해 있던 배가 물을 가르며 질주했다.

배에 상당한 부담이 가는지 다시 배가 떠오를 즘에는 배가 반파되어 있었고, 물이 샜는지 침몰 직전까지 갔다.

결계는 빠져나왔지만 배는 파괴된 상황.

이를 계산했는지 엘레나는 타이밍 좋게 쪽배를 꺼냈다.

"빨리 옮겨 타세요!"

"이럴 거면 그냥 결계를 파괴하고 가는 게 낫잖아요!"

타던 배를 버리고 쪽배에 올라탄 우리는 잠시 침묵했다.

"노를 저어서 내륙까지 가자는 건 아니죠?"

내 물음에 엘레나는 말없이 고개를 끄덕였다.

이 여자, 은근히 무데뽀적인 기질이 있는 것 같다.

다행히 그렇게 힘들게 갈 필요는 없었다.

왜인지 주변 해역을 빙빙 돌고 있던 군함이 있었던 것이다.

놀랍게도 그 군함은 나를 이곳으로 태워 줬던 군함이었다.

"선장!"

내가 손을 흔들자 갑판에 나와 있던 선장은 허겁지겁 닻을 내렸다.

우리는 그 군함에 옮겨 탔다.

"살아 있었군! 당연히 죽은 줄 알았는데 말이야!"

"쉽게 죽지 않는다고 했잖아요."

"그, 그랬었지. 심지어 목적도 달성한 모양이군. 정말로 사람을 찾아온 건가."

"미봉책이지만 말이죠."

한탄의 숲과 상황이 비슷했다. 일의 근본적인 원인은 해결하지 않고 잠시 덮어 둔 채 본래 목표했던 사람 찾기만 성공했다.

에오의 기억이 없다는 것만 빼면 완벽한 성과였다.

이 엘프들의 섬에 관한 일은 추후 고민을 해 봐야 할 것이다. 일단 거래를 했으니까.

그래도 시간이 넉넉하니 급할 건 없었다.

"그보다 선장님은 왜 여기에 있는 거죠? 제가 오라고 한건 보름 후일 텐데요."

지금은 그때 이후로 채 일주일도 되지 않은 상황이었다.

"어쩔 수 없었어. 돈을 대 주던 안두하란 사람이 닦달을 하는 바람에 말이야. 당장 자네를 찾아오라고 했거든."

"무슨 일이라도 있었습니까?"

"있다마다! 지금 대륙은 난리가 났어!"

그래 봤자 별일 아닐 거라 생각했지만 선장은 심각한 표정으로 말을 이어 간다.

"언데드 병사들이 나타나 사람들을 마구 죽이기 시작했다고!"

이 엘프들의 섬과 마찬가지로 미해결인 채 방치해 뒀던 한탄의 숲.

그곳을 기점으로 언데드 병사의 침공이라는 상상을 초월한 사건이 벌어진 것이다.

언데드 병사의 침공 소식을 들은 나는 서둘러 육지로 향하기로 했다.

잠시 닻을 내리고 있던 선장도 어서 출발하고 싶은지 뭔가 놓친 일은 없냐는 눈빛을 보냈다.

"이 이상 이곳에 볼일은 없습니다만……."

"그런 것치고는 분위기가 침울하지 않소?"

"그러게 말입니다."

어째서인지 결계를 빠져나온 이후 엘레나와 비스케타의

기색이 어두웠다. 기억을 잃은 에오는 배를 타 보는 게 처음인 양 흥분하고 있었지만 다른 둘은 아니었다.

그 모습에서 꺼림칙한 낌새를 느낀 나는 엘레나에게 단도직입적으로 물었다.

"뭔가 마음에 걸리는 일이라도 있습니까?"

"아뇨, 이미 끝난 일이니까요. 그저…… 걱정이 될 뿐입니다."

"뭐가 말이죠?"

"당신은 몰라도 되는 사실입니다. 알아서 좋을 것도 없고요."

"그런 이유로 말하지 않는 거라면 그냥 얘기해 줘요. 그게 속 편하니까."

"……."

엘레나는 잠시 침묵한 뒤 말을 이어 갔다.

"카일룸 님의 무사를 기원하고 있었습니다."

"그게 무슨……."

그러나 나도 알고는 있었던 것 같다. 내게는 너무 사정이 좋은 지금 이 상황에 아무런 대가가 없을 수 없다는 걸.

출입을 철저하게 관리하는 엘프들의 섬을 이렇게 쉽게 빠져나갈 수 있었던 이유가 있을 거라는 걸 말이다.

"내부의 사람이 밖으로 빠져나가는 건 쇄국파의 사람들에겐 있을 수 없는 일입니다. 하물며 외부에선 온 에오와

비스케타. 그리고 침입자인 당신까지 도망치다니요. 그 조
치를 취한 카일룸 님께서 어떤 처지에 처하게 될지는 명백
합니다."

"나를 위해 희생했다는 겁니까?"

"희생이라기보단 도박을 건 거겠지요. 그분께선 계속된
실패에 지쳐 있었습니다. 에오와의 혼약이라는 몹쓸 짓을 할
정도로. 그런 그분에게 당신은 흥미로운 존재였죠. 비스케타
에게 붙어 당신에 대해 캐묻고 다녔을 정도로."

그때 선장은 별문제가 없다고 판단하고 닻을 올리고 항해
를 재개했다.

순간 바닷바람에 내 얼굴을 때리고 지나갔다.

"그때까지는 단지 흥미를 가진 것에 불과했지만 이번에 당
신이 저지른 짓을 보고는 결심을 굳히신 겁니다. 이 인간에
게 도박을 걸어 봐도 괜찮겠다고요."

"쯧."

마음이 착잡해져 혀를 차자 엘레나는 아직 시간은 있다며
말을 이어갔다.

"그분께선 당신이 죽기 전까지만 일을 해내면 괜찮다고 말
하였지만, 되도록 최대한 빨리 일을 처리해 줬으면 합니다.
아무리 중죄를 저질렀다고 해도 형이 집행되기까지는 시간
이 걸릴 겁니다. 카일룸 님은 중요한 위치에 있었으니 더더
욱 그렇겠죠."

"그건 대략 어느 정도죠?"

"확답할 수 없습니다."

마음 편한 의뢰라고 생각했더니 의외로 골칫덩이였다.

무기한이지만 최대한 빨리 처리해야 한다는 모순.

"숙지해 두고 있겠습니다."

"그거면 됩니다. 설령 카일룸 님의 목숨을 구하지 못한다고 해도 그분의 염원을 이뤄 낸다면 문제없습니다. 너무 조급하게 행동하지는 마세요."

엘레나는 차분한 목소리로 다독였다.

그녀는 내게 있어서 처음 겪어 보는 가신의 유형이었다.

마법을 사용하지 않는다고 가정하면 그 무예의 수준은 일리야 스승을 약간 상회할 정도의 강자였고, 국가에서 일을 한 경력도 길다.

내정 일을 얼마나 해 줄지는 모르겠지만 평균 정도는 해 줄 것 같은 느낌이다.

육각형의 인재라고 할까.

'내 주위엔 특화형 인재가 너무 많긴 했지.'

그나마 루트거가 육각형 인재이긴 했으나 루트거는 딸 에스텔이라는 약점 아닌 약점이 있었고, 무력이 막강한 편은 아니었다.

"그런 걱정보다도 지금은 에오를 잘 돌봐 주세요. 저 아인 현재 혼란한 상태일 테니까요."

"고맙습니다. 예, 그렇게 할게요."

엘레나와의 대화를 마친 나는 갑판에 나가 있는 에오에게 다가갔다.

에오는 내 기척을 감지했는지 고개를 돌리지 않은 채 쭈뼛한다.

듣자니 무예에 대한 조예도 전부 잊어버렸다고 한다. 그런 주제에 그 감각은 여전히 남아 있어서 지금처럼 멀리서도 내 기척을 감지했다.

내가 지근거리까지 다가가자 에오는 몸을 딱딱하게 굳혔다.

내게 뭐라 말을 걸어야 할지 모르겠다는 느낌이다.

그건 나도 마찬가지이긴 했지만 그렇다고 거리를 두기도 싫어서 그냥 돌직구를 던지기로 했다.

"있잖아, 배를 잠깐 만져 봐도 될까?"

"헉……!?"

상상도 못 한 제안이었는지 화들짝 놀라는 에오.

"그. 그게, 그, 그러니까……."

"안 돼?"

"아, 아니. 알스 네가 아이 아빠라는 게 사실이면 그, 그게. 이상한 건 아니긴 한데……."

"그럼 괜찮은 거네."

"앗."

나는 어깨를 감싸며 슬쩍 배에 손을 가져다 댔다.

"그렇다 해도 쌍둥이라니…… 정말이지 너답네."

"나답다니? 왜?"

"이런 말을 하긴 뭐하지만 에오 넌 매번 2등만 했거든."

"2등……. 비스케타 님에게 듣자니 나는 뛰어난 장군이었다는 것 같은데. 사실이야?"

"애매했지."

"뭐!?"

"병사들을 지휘하는 장군이라기보단 무장에 가까웠고, 심지어 무장 역할도 마음 놓고 맡기기엔 불안한 면이 있었거든."

"으으……."

"그래도 뛰어났던 건 사실이야. 적어도 나는 어떤 전쟁에서든 널 데리고 갔으니까."

엄밀히 말하면 에오가 어떻게든 억지를 부려 따라온 거지만.

그 내역을 모르는 지금의 에오는 내심 기쁜지 얼굴을 붉히며 몸을 배배 꼬았다.

기억은 없어도 근본적으로는 에오라는 거다.

성장 환경을 잊어버린 순수한 모습이라고 할까. 그녀가 무예를 배우고 근위대장이 되지 않았다면 이렇게 됐을 것 같은 느낌이다.

나는 그 모습이 마음에 들었다.

이전의 에오라고 하면 나를 주군으로 모시며 처음부터 맹목적으로 따랐다. 나를 사모한다고 말했던 것도 그냥 그 연장선이 아닐까 생각했었다.

그런 만큼 그런 기억이 없는 지금의 그녀에게 호감을 사고 싶다는 의욕이 샘솟았다.

"기억이 없다고 너무 불안해하지 마. 그런 건 나한테 아무런 상관 없으니까."

"으, 응……!"

이 말이 위안이 됐는지 에오는 불안이 가신 얼굴로 웃어주었다.

그렇게 한동안은 그녀와 함께 수평선을 바라보고 있었다.

남대륙에 돌아온 나는 즉각 브랜포드 백작가의 영지로 향했다.

남대륙 서남부에 위치한 브랜포드 가문으로 향하는 시간은 하루면 충분했지만 지금 남대륙은 언데드 침공으로 인해 난리가 나 마차편을 구하기가 무척 어려웠다.

각 도시의 말들에 대해 동원령이 떨어졌는지 마굿간에는 어미를 찾는 망아지의 울음소리밖에 들리지 않았다.

그렇다고 걸어갈 수도 없어서 차라리 배를 이용해서 이동하기로 했다.

브랜포드 백작가의 영지는 해안가에서 멀리 떨어져 있지 않았기에 배로 이동한 뒤 하루 정도를 걸어 도착할 수 있었다.

"휴우, 이제야 도착한 건가요?"

비스케타가 지쳤다며 한숨을 쉰다. 어서 쉬고 싶은지 빨리 저택으로 들어가자는 눈치다.

하여 브랜포드 가문의 영지 킬라던을 구경할 새도 없이 저택으로 이동했다.

과연 브랜포드 본가의 저택이라 그런지 꽤 으리으리했다. 저택의 높이는 3층 정도였지만 정원을 포함해 축구장 하나 크기의 넓이에 달했고, 고용인도 꽤 많이 보였다.

우리가 저택에 접근하자 집사로 보이는 남자가 다가왔다.

"이곳은 브랜포드 백작님의 저택입니다. 용무가 있으십니까? 없으시다면 부디 돌아가 주시길 바랍니다."

"안두하에게 전해 주세요. 웨이드가 돌아왔다고."

"아⋯⋯!"

미리 언질이 있었는지 집사는 고개를 끄덕이더니 다른 고용인을 저택으로 들여보냈다. 그리고는 본인이 직접 응접실로 안내를 했다.

거기서 잠시 기다리고 있자니 안두하가 굳은 얼굴로 모습을 드러냈다.

"돌아왔군."

"다사다난했지만 말이죠."

"가신은…… 찾은 건가?"

멀뚱멀뚱 앉아 있는 임산부 에오와 척 봐도 연약한 노인인 비스케타를 보며 눈매를 좁히는 안두하. 도움이 되는 사람을 찾으라고 지원을 해 줬는데 이 둘을 데리고 왔으니 안두하는 잘못된 판단을 했던 거냐며 표정을 구겼지만 곧 뒤에 서 있는 엘레나를 보곤 몸을 굳혔다.

그 또한 엘레나의 심상찮은 기운을 감지한 거겠지.

"차, 찾은 모양이군. 저자가 네 가신인가. 노, 놀랍군. 가스파르라는 자보다도 더 위압감이 강할 줄이야."

"아, 그게……. 그녀는 본래 제 가신은 아니었습니다. 뭐, 결과적으로 지금은 가신 비슷한 게 되긴 했지만 말이죠."

"어떻게 저런 실력자를 이런 짧은 시간에 가신으로 받아들였는지는 모르겠지만 자잘한 건 어찌 됐든 좋아. 전력이 늘어난 걸 기뻐해야지."

안두하는 본론으로 들어가자며 다과를 내온 고용인들을 물렸다.

나는 안두하가 본론을 꺼내기 전에 물었다.

"핫, 제법 위치가 되는 모양이네요? 대충 집사장이라도 되는 줄 알았더니."

"나도 이래 봬도 브랜포드 가문의 피를 이었거든. 본가가 아니라 분가이지만 말이지."

"드문 일도 있군요. 분가의 사람에게 본가의 중책을 맡기다니. 뭐, 여자애인 리노아가 당주 자리에 앉아 있는 것부터 평범하진 않지만."

"우리 가문의 일은 신경 쓰지 마라……라고 말하고 싶지만 이번 일을 설명하려면 어느 정도는 말하는 수밖에 없겠군."

안두하는 요점을 먼저 말했다.

"웨이드, 지금 리노아 아가씨는 왕궁에 구속돼 있다."

"그건 또……."

한탄의 숲에서 발생한 언데드 침공에 대한 취조를 받는 걸까 했으나 그런 건 아닌 모양이다.

"먼저 그 언데드 침공 말인데. 우리가 모르는 제3의 세력이 개입하고 있는 모양이야."

"3의 세력?"

"반란 세력도, 구원자 연맹도 아닌 순수하게 잃어버린 땅에서 거주하던 세력이지. 그들은 침공을 개시하기 전에 왕국에 최후통첩을 보낸 모양이야. 앞으로는 절대로 한탄의 숲에 간섭하지 말 것을 말이지. 그렇게 하면 피를 흘리지 않을 거라고 얘기를 했다고 해. 이건 루크레치아 경에게 들은 이야기다."

"왕국은 받아들이지 않았겠네요."

엘란 왕국에게 있어 한탄의 숲을 비롯한 잃어버린 땅은 언젠가는 수복해야 하는 자신들의 영토였다.

그러니 접근 금지 명령을 받아들일 리 없었다.

"그래서 침공이 시작된 거군요."

"덕분에 아가씨는 한탄의 숲에 관한 일에 대해선 의심의 눈길을 벗어났지만 다른 문제가 생겼어."

브랜포드 분가의 하극상이었다.

"분가에서 리노아 아가씨가 부모와 형제를 암살하고 백작 위를 차지했다고 음모를 제기해 온 거야."

"음모고 뭐고. 사실이잖습니까?"

내 말에 비스케타와 엘레나가 일제히 눈살을 찌푸렸다. 안두하는 크게 한숨을 쉰다.

"아가씨가 그렇게 말한 거냐."

"예, 본인이 했다고 말하더군요."

"사실과 조금 달라. 분명 아가씨가 왕국에게 음모를 전하고 지령을 받아 독약을 받아 온 건 사실이지만 실제로 행한 건 나야."

"아무것도 달라지지 않았습니다만? 설령 당신이 실행했다고 해도 리노아가 저지른 건 사실이에요. 그 부분은 감싸도 소용없습니다."

"후우! 그래, 그렇지……."

"그 부분은 애초에 문제 삼을 생각이 없었으니 다음 이야기를 하시죠. 뭐, 보나 마나 분가 측에서 그 사실을 알고 리노아를 엄벌에 처하라고 항의한 거겠지만."

"고작 그런 거라면 문제가 없어. 그 일은 국왕께서 묵인을 했던 일이기도 하고 증거도 없으니까. 그래서 분가도 이전까지는 문제 제기를 하지 못했었어. 그랬던 일에 조셉 왕자가 끼어든 거다."

"……!"

조셉 왕자는 브랜포드 가문의 일을 최근 알게 됐다. 그러면서 말했었다. 역적 가문인 브랜포드 가문을, 리노아를 용서하지 않겠다고.

그 행동이 분가를 이용해 리노아를 축출하려는 것이었다.

"이렇게 된 원인은 너에게도 있다고 생각하지 않나?"

"쳇, 그 왕자 녀석. 쓰레기 같은 짓을 하다니……."

에리나와 나에 대한 앙심이 일의 원인 중 하나가 된 것이 명백했다.

난감한 점은 객관적인 정의가 상대 쪽에 있다는 점이었다. 브랜포드 가문이 역모를 꾀한 것도, 리노아가 패륜을 저지른 것도 전부 사실이니까.

"골치 아프게 됐군요."

이러면 복잡한 정쟁이 벌어지게 된다.

그리고 나는 이런 정쟁에 있어 경험이 부족했다.

이전 중앙 대륙에서는 용병 웨이드라는 무기. 그리고 크로

싱 공화국이라는 뒷배가 있었기에 일국의 공작을 상대로도 유리한 정쟁을 벌일 수 있었지만 지금 이곳엔 그런 무기가 없다.

"그 부분은 로자 공주에게 도움을 청하는 수밖에 없겠네요. 그 외에 이용할 수 있는 인맥은 당신이 알고 있겠죠."

"브랜포드 가문에 신세를 진 사람들을 수소문하고 있지만 마침 언데드들이 침공해서 말이야. 마땅히 힘을 모으진 못했다."

"으음, 일단 바이언에 돌아가서 재차 생각해 보죠. 에리나와 어머니에게도 무사히 돌아왔다고 알려 주고 싶기도 하고."

"그럴 줄 알고 마차와 배편을 준비해 뒀다. 바로 이동하자."

그래도 여기까지 오는 데 피로가 있었기에 하루 정도는 묵고 이동하기로 했다.

상황이 제법 꼬여 있었다. 리노아에 관한 일도 그렇고.

한탄의 숲에 놔두고 온 가스파르와 귄터도 걱정이 됐다.

그나마 서대륙은 언데드 침공으로 인한 혼란이 덜한 상황이었다. 그래도 영향이 없지는 않은지 검문이 꽤나 엄격해져 있었다.

그로 인해 반나절이면 도착할 수 있는 바이언까지 하루가 걸리고 말았다.

새벽녘에 도시에 도착한 우리는 졸음을 참아 가며 저택에 돌아왔다.

"알스!"

"알스 님!"

우리가 돌아온 기척을 눈치챘는지 어머니와 에리나. 메이센이 잠옷 차림으로 내려왔다. 내심 리노아도 없고 안두하도 없는 상황에서 셋만 있는 건 위험하지 않을까 했으나 루크레치아가 저택에 함께 머물러 주고 있었던 모양이다.

에리나는 내 주변의 인물들을 보곤 반색한다.

"결국 찾아내셨군요! 다시 만나서 기뻐요, 에오니아…… 님!?"

에리나는 볼록한 에오의 배를 보곤 소스라치게 놀란다. 어머니도 놀라긴 마찬가지였다,

둘은 곧 내게 시선을 돌렸다.

"그게……. 맞아, 내 아이야. 그것도 쌍둥이래."

한동안 경악의 파도가 흘러갔다.

어머니는 기뻐하면서도 유미르가 떠올랐는지 표정을 흐렸고, 에리나는 부러운 듯이 에오를 바라보고는 왜인지 자신의 배에 손을 가져다 대었다.

그 제스처에 나는 반사적으로 물을 수밖에 없었다.

"에, 에리나? 그, 아니지……?"

"예……. 아쉽게도요."

에리나는 입술을 삐죽 내밀었다.

그때 상황을 지켜보고 있던 에오가 절박한 얼굴로 내 소매를 잡아끌었다.

"알스, 저 여자는 누구야? 왜 너랑 그렇게 친근하게 눈빛을 주고받는 건데……?"

"아."

그러고 보니 그쪽 설명이 아직이었다.

나는 에둘러 에리나와도 교제하고 있음을 전했다. 이전의 에오는 이미 그 사실을 알고 있었고 신경 쓰는 것 같지도 않았지만 지금은 아닌 모양이다.

"그럴 수가……."

에오는 진심으로 상처받았는지 울상을 지었다.

"아니 그게, 그러니까……."

난 크게 당황하여 에오를 달래야 했다. 여기선 비스케타가 도움을 줬다. 비스케타는 나를 질책하는 듯 쏘아보고는 에오를 진정시켰다.

이 모습을 보고 있던 어머니와 에리나는 무슨 영문인지 몰라 어리둥절해한다.

"그게 조금 복잡한데요."

사정을 들은 둘은 말문을 잃었다. 그래도 기억을 찾을 가능성이 있다는 말에 안도의 한숨을 쉰다.

"휴우!"

우여곡절 끝에 재회가 끝나고 나니 나도 모르게 한숨이 나왔다.

그리고 그때 막 잠에서 깬 듯한 루크레치아가 졸린 듯이 눈을 찌푸리며 나타났다.

"이런 시간에 무슨 소란입니까……. 이야기가 있다면 날이 밝고서 하십시오……. 하암……."

비몽사몽하여 자기 방으로 돌아가는 루크레치아. 그녀가 긴장감을 풀어 준 덕에 우리도 일단은 편하게 쉴 수 있었다.

날이 밝고서 다시 마주한 사람들.

루크레치아는 아침에 보였던 허술한 모습이 거짓말인 것처럼 근엄한 눈빛으로 새로운 인물들을 응시하고 있었다.

"그러니까 웨이드. 당신이 말하던 가신이 이 사람이라는 거군요. 제게 창을 가르쳐 줄 수 있는 실력 있는 무도가가."

"예에……. 그렇긴 합니다만 조금 문제가 있어요."

"기억을 잃었다고 했나요?"

"그렇습니다. 그 탓에 무예를 전부 잊어버린 것 같아요.

근본은 여전히 남아 있지만 말이죠."

"확실히, 강자의 기운이 느껴집니다. 그리고 그건 저쪽
도……."

엘레나를 보며 침을 꼴깍 삼키는 루크레치아. 얼마나 설렜
는지 말까지 더듬는다.

"저, 저쪽에 계신 분은?"

"이 에오니아의 스승님입니다. 앞으론 제게 협력해 주기
로 했죠."

협력이라는 말에 엘레나는 피식 웃더니 내게 힘을 실어 주
었다.

"일라인 님의 가신이 된 엘레나라고 합니다."

엘레나가 격을 갖추고 가신이라 선언을 해 주자 루크레치
아는 다시 봤다는 듯 나를 응시한다.

"저, 정말로 당신을 따르는 뛰어난 가신들이 더 있는 거군
요."

엘레나는 이전에 말했던 내 가신에 속하지는 않았지만 좋
은 게 좋은 거라고. 다물고 있기로 했다.

루크레치아는 새삼 관심이 생겼는지 캐물어 온다.

"엘레나 씨 정도면 당신의 가신들 중에선 어느 정도인 건
가요?"

"글쎄요. 무예로만 따지면 세 번째 정도일까요."

"세 번째! 위로 두 명이나 더 있다는 겁니까!"

경악하는 루크레치아.

엘레나의 안색도 꿈틀거렸다.

"……일라인. 그 말은 듣고 넘길 수 없겠네요. 아직 겨뤄보지도 않은 상대를 저보다 위에 둔다니요?"

이에 에오도 소심하게 지원사격을 한다.

"마, 맞아! 엘레나 님보다 강한 사람이 있을 리 없어!"

"그 엘레나 씨는 내가 이겼었는데?"

"뭐!?"

"잘 생각해 봐. 내가 어떻게 네가 있는 방까지 갔겠어?"

이에 엘레나가 발끈한다.

"그때는 제가 당황했기 때문에……."

"결투엔 당황이고 뭐고 없습니다. 변명에 불과해요."

"큭!"

엘레나는 호승심이 돋는지 가볍게 어금니를 악물었다.

"좋습니다. 저보다 강하다는 둘을 꺾으면 당신도 납득을 하겠죠. 누구입니까, 저보다 강한 자라는 게."

"제 스승인 일리야 안페이와 그 남편인 안톤 퀸테르입니다."

엄밀히 말해 일리야 스승은 엘레나보다 살짝 뒤떨어질 수도 있었지만, 그 부분은 내 스승이라는 가산점을 주기로 했다.

게다가 나는 일리야 스승이 진심으로 싸우는 모습을 본 적이 없었다. 의외성이 높고 실전에 강한 체스터류의 특성상 목숨을 건 결투를 벌인다면 충분히 스승이 엘레나를 제압할 수도 있다.

물론 마법을 사용한다면 엘레나가 유리하겠지만.

"일리야 안페이와 안톤 퀸테르입니까. 좋습니다. 훗날 그들을 꺾어 증명해 보이도록 하죠."

"참고로 말하면 에오니아는 둘을 당해 내지 못했어요."

"그거야 당연히 그래야죠. 그 정도는 돼야 절 상대할 수 있을 테니."

루크레치아는 선망의 시선으로 엘레나를 응시하고 있었다.

그러더니 내 옆구리를 찌른다.

"웨이드, 약속을 잊은 건 아니겠죠?"

협조를 해 주는 대신 무예를 가르쳐 줄 지도자를 초빙해 주겠다고 했던 약속이다.

"그게 조금 복잡하다니까요."

"약속을 지키지 않을 생각입니까?"

"복잡하다고 했잖아요."

본래 나는 적당히 에오에게 시킬 생각이었다. 에오가 내 부탁을 거절할 리도 없기에 약속을 해 놓을 수 있었다.

그러나 에오는 지금 저 상태다.

"그리고 너무 남에게 의지하는 모습을 보이면 꼴사납지 않습니까? 정말로 원한다면 본인이 직접 부탁해 봐요."

"으, 음. 그렇긴 하죠."

루크레치아는 동감하는지 잠시 망설이더니 엘레나에게 무예를 지도해 달라 간곡히 부탁했다. 엘레나는 초면의 사람이 해 온 당돌한 제안에 눈을 둥그렇게 뜨고는 나를 곁눈질했다.

나는 해 주라는 뜻으로 고개를 끄덕여 보였다.

"흠, 좋습니다. 사람을 가르치는 건 줄곧 해 오던 일이니. 그러니까……. 루크레치아라고 했나요?"

"편하게 루크라고 불러 주십시오!"

"후훗, 의욕에 찬 사람을 가르치는 건 기분이 좋은 일이죠. 그럼 루크. 여유가 되는 시간을 말해 줘요. 함께 시간을 맞춰 보죠."

"옛! 엘레나 님!"

루크라고 하니 새삼 내 일곱 가신이 떠올랐다.

서방의 대학살에 휘말려 나와 만나기 전에 죽고 만 명공 루크.

루크레치아가 본인을 루크라고 자칭하니 뭔가 운명적인 것이 느껴졌다. 뭐, 역할은 완전히 다르고 아직 그녀가 내 가신인 것도 아니지만.

"그 일은 그렇다 치고. 루크, 왕궁의 상황은 어떻게 돌아가고 있습니까?"

내 물음에 루크레치아는 미간을 찌푸린다.

"당신까지 루크라 부르라 한 적은 없습니다만."

"좋은 게 좋은 거 아닙니까."

"하아……."

루크는 가벼운 한숨으로 묵인하더니 말을 이어 간다.

"리노아 양에 관한 거라면 너무 걱정할 필요는 없어요. 그녀에게 걸린 의혹은 작은 일이 아니긴 하지만 지금은 더욱 큰일이 있으니까요."

"참고로 묻겠습니다만. 리노아에 대한 일의 전말은 알고 있습니까?"

"……예. 반란을 꾀하던 부모와 형제를 독살했다는 거라면."

"그것만이 아니잖아요?"

그저 반란을 꾀하던 거라면 리노아도 패륜을 저지르려 하지는 않았을 것이다. 문제는 그 방법이 왕궁에 있는 마정석 창고를 습격해 봉인해 뒀던 던전들을 풀어놓으려 했다는 점이다.

루크는 쓴웃음을 지었다.

"리노아 양의 행동이 영웅적이었냐고 묻는다면 잘 모르겠습니다. 그래도 그녀가 얼마나 고뇌했는가. 얼마나 어려운 선택을 했는가는 알 것 같아요. 국가의 더러운 일에 그녀 개인이 희생됐다는 것도. 그러니 가능하면 저도 그녀를 돕고 싶습니다."

루크의 말에 안두하는 한시름 놓았는지 긴장을 풀었다.

"다만 앞서 말했듯이 지금은 그것보단 남대륙에서 벌어진 언데드의 침공이 더 문제예요. 리노아 양에 관한 일이라면 국왕 폐하께서 안배를 해 주고 있으니까요. 사정을 안 로자 공주님도 리노아 양이 불안해하지 않도록 계속 면회를 가고 있어요."

내게 있어서 로자 공주는 사랑에 맹목적인 철부지라는 인상밖에 없었지만 에리나의 일도 그렇고, 기본적인 인성은 훌륭한 것 같다.

"그러니 지금은 언데드의 침공에 대해서 궁리를 해야 합니다."

"뭐 정해진 거라도 있나요?"

"그것에 관해서라면 나흘 뒤에 이야기하겠습니다. 그즈음 새로운 지침이 내려올 예정이니까요."

지금은 아카데미생을 비롯한 중급, 하급의 전투원들은 동원되지 않았지만 상황이 더 심각해지면 그런 것 없이 소집령이 떨어지게 된다.

루크는 그 부분을 기다려 보자며 이야기를 정리했다.

루크레치아는 왕궁에 일이 있다며 정오가 되기 전에 저택을 나섰다.

안두하도 리노아의 면회를 가는지 함께 왕궁으로 향했다.

하여 가족과 지인들만 남아 점심을 먹게 됐는데, 이 자리에서 애써 외면하고 있던 그 화제가 튀어나왔다.

"알스, 애야. 이제는 슬슬 저택을 구해야 하지 않겠니?"

어머니의 말이었다.

"계속 이곳에서 지내는 건 리노아에게 무례한 일이 될 거란다. 지금이야 자리를 비우고 있다지만 그 애가 돌아온 뒤에는 진지하게 생각해 보는 게 좋을 것 같구나."

저택은 이미 포화 상태였다.

에리나와 어머니, 메이센이 들어온 시점에 저택의 방은 부족하게 됐다.

여기에 비스케타, 에오, 엘레나가 새로이 합류했다. 당장은 이 셋에게 같은 방을 사용하라고 했지만 계속 그러기에는 개인의 공간이라는 게 있다. 게다가 다른 가신들이 추가로 합류할 가능성도 높고.

"저도 생각은 하고 있었는데요. 여기 바이언은 집값이 무척 비싸더라고요."

진심이었다. 여긴 우리나라로 치면 강남급 위치라서 그런지 집값이 입이 떡 벌어질 정도였다.

게다가 많은 돈을 실종자 수색에 투입하고 있었던지라 여유 자금도 없었다.

"리노아에게 돈을 빌리면 가능할지도 모르겠지만……."

돈을 빌려 달라고 하면 아마 리노아는 자신이 다른 곳으로 가 주겠다며 역으로 이 저택을 비워 주겠지. 그건 본말전도다.

"게다가 저택 하나로 충분할지도 모르겠어요."

가신들의 숫자가 너무 많았다. 부부나 커플들도 있으니 배치에도 신경을 써야 했다.

"아마 세 채 정도는 필요할 것 같은데. 바이언에서 세 채를 살려면 200만 릴랑이 필요해요."

우리 돈으로 환산하면 20억이다.

구체적인 액수가 나오자 침묵이 흘러갔다.

그때 메이센이 조심스럽게 손을 들었다.

"잠시 괜찮을까요?"

"아, 예. 말씀하세요."

"저택의 필요성에 대해선 저도 동감을 합니다. 하지만 그 준비를 혼자에게 맡기기엔 너무 큰 부담이 되는 게 아닐까 싶어요."

내 입장에선 나를 따라 주고 있는 사람들이니 당연히 내가 모든 걸 준비해 줘야 한다는 입장이었으나 메이센의 생각은 달랐다.

"모두가 일을 해서 보탬이 돼야 한다고 생각해요. 그것이 그, 가신이라는 게 아닐까요? 저, 저는 아직 그런 말을 할 정도로 오래 있지는 않았지만…….."

그녀의 말에 다들 고개를 끄덕였다.

비스케타는 이때다 하며 말한다.

"일라인. 저택에 관해서이지만, 차라리 직접 짓는 건 어떤 가요?"

"그러면 많이 절약할 수 있겠지만 여긴 땅값도 비싸거든 요."

"부지는 가격이 싼 교외로 하도록 하죠. 거리가 조금 생기 긴 하겠지만 그 정도는 감수할 수 있지 않습니까?"

"흐음."

확실히 도심이 아니라 외부에 짓는다면 가격이 크게 떨어 진다.

"건축 설계와 현장 지휘에 관해선 내게 맡겨요. 저택에만 있는 것보단 활동적이고 좋을 것 같네요."

이에 메이센이 병아리처럼 고개를 연신 끄덕였다. 그녀는 안전이라는 이유로 저택에만 머무르고 있었는데, 그런 상황 이 편치 않았던 모양이다. 조금 전도 뭔가 도움이 되고 싶어 서 발언을 했던 것 같다.

"알겠……습니다. 그러면 당장은 그런 방향으로 가 볼까 요."

모두가 일을 해서 집을 장만한다. 이렇게까지 하니 일종의 패밀리 느낌이 난다.

인선은 금방 정해졌다.

비스케타는 모두의 일정 조율과 자금 관리를 맡아 주며 저택 건설을 진두지휘.

엘레나는 루크레치아를 지도하는 겸 무예 사범을 한다고 하고, 에오는 기본적인 무예의 소양을 찾을 겸 엘레나의 보조를 하기로 했다.

메이센은 미리 생각해 둔 꽃집 장사를 한다고 한다. 어머니와 얘기해 둔 것이 있는지 어머니도 함께였다.

"뭔가 저만 미안하네요."

아카데미생의 신분으로 일을 하기 어려웠던 에리나는 표정을 흐렸다.

"무슨 소리야. 그건 나도 마찬가지잖아."

격려를 해 줄 생각으로 말한 거지만 에리나는 나와는 차원이 다른 얘기라며 입술을 삐죽였다.

"알스 님은 여러 일을 하고 계시니까요. 게다가 책을 통한 부수입도 있고. 저만……."

"조급해하지 마. 충분히 도움이 되고 있으니까."

그렇게 에리나를 위로하고 있자니 에오가 뚱한 눈으로 지그시 응시해 왔다. 나는 헛기침을 하며 이야기를 정리했다.

"그럼 각자의 위치에서 일을 시작해 주세요."

비스케타가 이런 회의를 정기적으로 하자고 제안을 함으로써 이번 일은 제1회 정기 회의로 명명이 되었다.

이번 회의의 결론에 대해선 구원자 연맹에 있는 도로시에게도 편지로 전해 두기로 했다.

남대륙의 거점 도시 이스와칸.

한탄의 숲으로 가는 항로가 개척돼 있는 이곳은 언데드 병사들에 의해 함락된 상태였다.

도시의 주민들은 전부 대피했고, 대피하지 못한 사람들은 죽거나 포로가 돼 있었다.

그 비율로 따지면 포로로 잡히는 사람이 대부분이었지만 무고하게 죽는 사람도 분명히 있었다.

"엄마―! 으아아아앙!"

시체를 부둥켜안고 오열하는 아이.

회색 로브를 걸쳐 입은 한 남자가 냉소하며 그 애의 등 뒤에서 대거를 꺼내 들었다.

살려 둬 봤자 식량만 축내는 짐덩어리에 불과하다는 판단이었다.

그러나 그가 찌르려던 대거는 아이의 피부를 앞에 두고 멈춰 섰다.

"그만해라."

무게감이 서린 목소리.

남자는 삐걱거리며 고개를 돌렸다.

그곳엔 칠흑빛의 대마법 갑옷을 차려입은 여성이 있었다.

체격도 여성답지 않게 우락부락하고 그 얼굴엔 큼지막한 흉터가 대각으로 가로지르고 있어 남자는 섬뜩함을 느꼈다.

남자는 침을 꼴깍 삼키며 덤벼들 듯 말한다.

"일리야 씨. 이건 필요한 일이라고요. 우린 가지고 있는 식량이 얼마 없단 말입니다."

"세 번은 말하지 않을 거다. 가라."

"쳇."

남자는 대거를 거두고 자리를 떠났다.

일리야는 오열하는 아이를 진정시키려 했지만 아이가 더욱 겁을 먹고 울부짖었기에 사람을 불러야 했다.

"부르셨어요, 일리야 씨?"

"에스텔. 이 애를 부탁한다."

에스텔은 걱정스럽다는 표정을 짓는다.

"너무 죄책감을 느끼실 필요 없어요. 이런 것도 전쟁터를 전전한 일리야 씨에겐 익숙한 일이 아니었나요?"

"아무리 그래도 죽은 자들을 이끌게 될 거라곤 생각하지 못했거든. 에스텔, 너야말로 그들에게 너무 감화된 것 아니니? 아무리 그들에게 신세를 진 입장이라고 해도 말이야."

"……"

에스텔은 로브를 걸치고 있었다. 아까 그 남자가 입고 있던 로브와 동일한 것이었다.

"저는…… 이번 일이 필연이었다고 생각해요. 어둠 마법사들이 얼마나 불합리하고 잔인한 처분을 받았는가는 역사가 말해 주고 있으니까요. 그런 그들이 겨우 자리 잡은 터전을 침범한다고 하면 반발이 있을 수밖에요. 이번 일은 쌓여 왔던 울분이 폭발한 거라고 생각해요."

"그런 부분도 없지 않겠지. 하지만 죽은 자들을 희롱해 전쟁을 벌인다니……. 게다가 우리의 목적은 어디까지나 알스를 찾는 것이다. 그걸 위해 이번 일에 협력하고 있는 거야. 본질을 잊지 마라."

사실 둘은 이번 일에 참여하지 않아도 되는 입장이었다.

다만 참여하지 않을 경우 바깥으로 나갈 방법이 없었다. 그곳은 흑마법사들, 그리고 한탄의 숲에 서식하는 메파트라라는 드래곤에 의해 출입이 통제되고 있었기 때문이다.

'최근에 그걸 억지로 깨부순 놈들이 있다는 것 같은데……'

결계를 부술 방법이 있었다면 그걸 시도해 볼 걸 그랬다며 일리야는 고개를 절레절레 흔들었다.

일단 의뢰를 수락한 이상은 이번 일에 협력할 생각이었다. 그게 용병 일리야로서의 철학이었다.

다만 그것만으론 위험하기에 계약을 할 때 몇 가지 조건을 걸었다.

목적한 사람을 찾으면 계약을 끝내고 이탈할 것. 그리고 무의미한 살생을 막을 수 있는 권한을 줄 것. 이 두 가지였다.

그러나 그런 권한을 가지고도 전부 막지 못했다. 일리야의 시선이 닿지 않는 곳에선 계속해서 목숨이 사라져 갔다.

에스텔은 그 불가항력적인 부분에 죄책감을 느끼지 말라고 한 것이었다.

"하하, 이거 이러다 알스에게 토벌을 당할지도 모르겠는데."

쓴웃음을 짓는 일리야.

곧 그들의 진영에 한 가지 소식이 전해진다.

이를 전해 들은 일리야는 올 것이 왔다며 이를 악물었다.

언데드 침공을 막기 위한 왕국의 강력한 조치였다. 이스와 칸이 함락된 것을 보곤 일의 심각성을 재평가한 엘란 왕국이 대대적인 소집령을 내려 이들을 토벌하기로 했다.

이제는 정말로 전쟁이나 다름없는 상황이 된 것이다.

8장

오랜만에 아카데미로 돌아온 나는 밀린 과제를 처리하고 있었다.

이게 꽤나 고달플 거라고 생각했지만 에리나가 자기 것을 하면서 내 것까지 이미 해 줬기에 적당히 보고 내 관점에서 첨삭만 하면 충분했다.

본래는 이 시점에 시험을 보곤 했지만 언데드 침공의 여파인지 시험이 잠정 연기된 상태였다.

이를 두고 학생들 사이에선 아카데미에도 소집령이 떨어지는 게 아니냐는 우려의 목소리가 흐르고 있었다.

그 경우 아카데미에선 그걸 시험의 일환으로 취급해 소집령을 거부한 학생들에게 불이익을 줄 가능성이 높았다.

귀족들이야 어떻게든 빠져나갈 수 있을지 몰라도 평민들은 절대 거부할 수 없다는 뜻.

나도 비슷한 입장이었다.

'어떤 방식으로 소집령이 내려질지는 두고 봐야겠네.'

어쨌든 에리나의 덕에 밀린 과제를 일찌감치 제출한 나는 남는 시간을 이용해 일을 나간 사람들의 시찰을 시작했다.

먼저 무예 사범을 시작한 엘레나 쪽이다.

엘레나는 루크레치아의 저택 내에 있는 무도장을 빌려 시민들에게 호신술을 가르치고 있었다.

최근 언데드 침공의 탓에 수요가 폭발적으로 늘어났는지 무도장엔 50여 명에 달하는 수련생들이 기합을 내지르며 무예를 연마하고 있었다.

호신술에 불과하기에 그 수준은 굉장히 낮았지만 엘레나는 가르치는 것 자체에 보람을 느끼는 것 같았다.

"잘돼 가고 있는 것 같네요."

"일라인, 왔군요."

엘레나는 함박웃음을 짓는다.

"즐거워 보이시네요."

"예. 많은 사람을 가르치는 것도 재밌네요."

"엘프들을 가르치지 않았나요? 수호대라고 했죠 아마."

"수호대를 가르치긴 했지만 거긴 기본적으로 기본 소양을 갖춘 정예들이 들어오거든요. 그 숫자라고 해 봐야 연에 5명 정도에 불과했어요."

"그렇군요. 쿠라벨 성국 시절에는요?"

"그때는 발키리의 무예가 1인 전승이어야 한다는 이유로 에오니아 한 명만 가르쳤거든요."

엘레나는 에오를 바라보며 포근하게 미소 지었다.

에오는 무도장 한편에서 열심히 목창을 휘두르고 있었다. 지식으로는 초보자였지만 본능이 어디 가질 않았는지 다른 수련생과 비교할 수조차 없는 퍼포먼스를 보여 주고 있었다.

임신한 여성이 그런 모습을 보여 주고 있었으니 수련생들은 남녀 가리지 않고 에오의 움직임에 시선을 뺏긴 상태였다.

엘레나는 못 말리겠다며 내게 말한다.

"일라인, 지금 시찰하고 있는 중인가요?"

"예에. 시간이 조금 남아서요."

"그럼 에오도 데려가도록 하세요. 저 아이의 탓에 다른 수련생들이 집중을 못 하고 있네요."

"하하, 알겠습니다."

엘레나의 무예 지도는 제법 수익이 높았다.

루크레치아의 가문인 아카샤 가문의 간판을 사용한 게 주요했다.

아카샤 가문은 왕국에서도 무도 가문으로 유명한 곳이었기에 지도 희망자가 상당히 많았던 것.

'이 페이스대로라면 저택 공사도 금방이겠는데.'

엘레나의 시찰을 끝낸 나는 에오를 데리고 밖으로 나왔다.

에오는 땀을 닦으며 조심스레 내게 물었다.

"……어땠어?"

"응?"

"아까 봤잖아. 내 창술 괜찮았어?"

"아, 물론이지. 독보적으로 눈에 띄더라."

"후훗, 창을 휘두르는 게 이렇게 즐거운 일인 줄은 몰랐어."

에오는 눈을 빛내며 보채듯 물었다.

"있잖아 알스, 난 정말로 그렇게 강했어? 창을 엄청 잘 다뤘었어? 듣자니 내가 너보다도 강했다고 하던데."

"나보다 강하긴 했지. 근데 지금은 내가 이길 수 있을걸?"

"뭐!? 어떻게 그렇게 확신할 수 있는 건데! 내가 이길 수도 있잖아!"

"애초에 말이야……."

만약 정말로 결투를 한다면 에오는 날 절대로 이길 수 없다. 애초에 대련에서도 내가 진 적은 없었다. 에오는 혹여나 내게 상처가 생길까 봐 오직 수비만 했으니까.

"두고 봐, 내가 기억을 찾으면 혼쭐을 내 줄 테니까."

"풉!"

"지금 비웃었어!?"

"아니, 아니야."

만약 에오가 기억을 찾는다면 건방진 말을 해서 죄송하다며 사과를 해 올 게 분명했다. 그 모습을 떠올리니 나도 모르게 웃음이 나왔다.

"그래도 너무 무리하지는 마. 창을 휘두르는 것도 좋지만......."

"아......."

에오는 무슨 뜻인지 이해했는지 볼을 붉혔다.

"괘, 괜찮아. 비스케타 님이 이젠 안정기에 접어들었다고 하셨으니까. 조금은 운동을 해도 좋다고 했어. 아까 그것도 전혀 힘들지 않았으니까 너무 걱정하지 마."

"그러면 다행이고."

그렇게 에오와 이야기를 하며 걷고 있자니 목적한 가게가 보이기 시작했다.

어머니와 메이센이 시작한 꽃집이었다. 단순 꽃집이 아니라 음식점도 겸하는지 식사를 하는 사람도 보였다.

'여기서 카페를 창업하다니. 뭐라고 해야 할까......'

뭐, 실제로 카페의 역사는 중세 시대부터 시작했다고 하니 이상할 건 없었다.

"알스!"

어머니는 나를 발견하곤 반색했다.

"아카데미는 끝난 거니? 과제가 많다고 하지 않았어?"

"에리나가 도와줬거든요."

"일단 앉으렴. 차라도 마시고 가려무나."

꽤 손님이 많았다. 현대나 여기나 미인 알바생이 중요하다는 걸까.

메이센을 보러 온 남자들이 대부분이었다.

꽃을 사 즉석에서 메이센에게 선물하려는 녀석들도 있었다.

메이센은 난감해하면서도 적절하게 대처를 했다. 그래도 선을 넘는 녀석들이 있을 경우 경비대에 도움을 청했다.

이 도시가 치안이 좋기에 망정이지 치안이 좋지 않은 곳이었다면 금방이라도 사고가 날지도 몰랐다.

'혹여나 트러블이 생기기 전에 경호원을 하나 붙여 놔야겠네.'

지금은 마땅히 사람이 없으니 당분간은 고생을 시킬지도 모르겠다.

'수입은…… 그럭저럭인가.'

매출은 나쁘지 않았지만 엘레나에 비하면 수익률이 높지 않았다.

몸만 가면 되는 엘레나와 달리 여긴 꽃과 식자재를 준비하고 인테리어를 하는 등의 잡비가 나가기 때문이다.

규모가 커지면 역으로 이쪽이 수익이 더 높아지겠지만 그 정도로 커질 거라고는 생각하기 힘들었다.

저택 건축의 토대를 잡고 있는 비스케타를 만나는 것으로 시찰은 끝이 났다.

"여기요, 부탁했던 자료예요."

나는 수입 기대치를 계산한 자료를 비스케타에게 건네주었다.

이번 시찰은 그 목적이었다. 저택의 건설 속도를 가늠하기 위해 비스케타가 부탁한 시찰이다.

비스케타는 자료를 보며 만족스럽게 고개를 끄덕였다.

"제법 괜찮네요. 메이센 양의 꽃집은 당분간은 적자가 이어질 거라 생각했는데 그렇지도 않고."

"가게 주인이 미인이니까요."

"알 만하네요. 어쨌든, 이 정도라면 이번 주부터 공사를 시작해도 괜찮겠어요."

"속도 조절은 부탁드립니다."

"걱정 마요. 내가 이런 일을 몇 번이나 감독해 봤다고 생각합니까?"

역시 듬직하다. 하기야, 일국의 재상 출신이니 능력은 의심할 여지가 없다.

시찰을 끝낸 나는 마지막으로 출판장으로 향했다.

근 한 달 만에 온 만큼 정산을 할 금액이 있었기 때문이다. 조만간 돈이 필요해질 것 같았기에 빨리 정산을 받아 두기로 했다.

그런데 여기서 의외의 사람들과 마주치게 되었다.

책을 보러 온 건지 에리나와 로자 공주가 있었던 것.

"앗!"

로자 공주는 에오를 보자 올 것이 왔다는 듯 침을 꼴깍 삼켰으나 에오의 배를 보고는 눈을 부릅떴다.

"그 사람은 뭡니까 대체!?"

에리나에게 아직 사정을 듣지 못한 모양이다.

테이블에 앉아 사정을 들려주자 로자는 쓰레기를 보는 듯한 시선으로 나를 흘겨보았다.

"여러 다리를 걸친 걸로도 모자라서……."

에리나는 그런 게 아니라며 말렸지만 로자의 시선은 달라지지 않는다.

"어휴, 그래도 뭐. 축하해. 부디 건강하게 태어났으면 좋겠네."

"고맙습니다. 에리나의 일도 그렇고 여러모로……. 리노아의 일도 마찬가지고요."

"그녀에 관한 거라면 너무 걱정하지 마. 지금은 기운을 차렸으니까."

"그런데 오늘은 왜 이곳에……?"

"신간이 나왔다고 하더라고? 웨이드 너의 책."

"아."

그녀들의 사정 2권이다. 이 2권에선 에리나의 자캐인 이리나가 대활약을 한다.

그 때문인지 에리나는 2권의 출간을 굉장히 기대하고 있었다. 오늘도 로자 공주를 보채 출판소까지 온 모양이다.

"어라? 알스 씨?"

그때 출판소 내부에서 나온 우콘이 나를 보며 눈썹을 치켜올렸다.

"으음, 정산을 받으러 왔나 보네요. 그리고 그쪽의 분들은……."

에리나는 기다렸다는 듯 말한다.

"오늘 2권이 나온다고 해서 왔어요!"

"아……. 그녀들의 사정말이군요. 그거라면 미안하지만 출간 일정이 연기됐어요."

"어째서인가요!"

"남대륙에서 큰일이 벌어졌다고 하더라고요. 그 탓인지 많은 양의 종이를 국가가 가져갔거든요. 그래서 출간은 남대륙의 일이 끝난 뒤에나 가능할 것 같네요."

"알스 님!"

에리나는 이글거리는 눈으로 말한다.

"당장 언데드인지 뭔지를 처리하러 가요!"

"책이 얼마나 중요한 거야……."

에오니아도 책에 관심이 생겼는지 아까부터 이야기에 껴들지 않고 출판소 책장에 걸려 있던 그녀들의 사정 1권을 얌전히 읽고 있었다. 우콘은 그런 에오니아를 면밀히 관찰하더니 내게 묻는다.

"알스 씨. 혹시 책에 나오는 여기사 엘니아 펜타벨의 모티브가 저분인가요?"

"응, 잘도 알았네."

"책의 묘사와 똑같으니 당연히 알 수밖에요! 역시 히로인들 전부 모티브가 있었던 거군요. 게다가 임신을 하고 계시다는 건……. 진짜 히로인은 여기사였던 겁니까! 휘유!"

이에 에리나가 화들짝 놀란 외친다.

"현실과 책은 달라요!"

"그런가요? 저번에 알스 씨가 여기사를 주축으로 한 3권을 낼 생각이 있다고 하신 것도 있어서 여기사가 진짜 히로인인 줄 알았죠."

"그런……!? 알스 님. 정말인가요? 그건 에스텔과도 얘기가 된 건가요?"

"아니 그냥. 여기사 이야기도 있으면 좋겠다 싶어서. 아직은 구상 단계에 있을 뿐이야."

"3권이 나오는 거군요……!"

에리나는 본인도 검수에 참여하겠다며 의욕을 불태웠다.

책을 읽은 에오도 여기사의 이야기를 재촉하고 있었으니 시간이 날 때마다 작업을 해야 할 것 같다.

'과연 거기서 끝날까?'

뭔가 이러다 3권으로 만족하지 못한 사람들의 재촉으로 4

권, 5권으로 이어져 장편이 될지도 모르겠다는 생각이 들었다.

해가 저문 뒤에는 에오를 에리나와 함께 돌려보내고 홀로 용병 길드로 향했다.

도로시에게 보낸 편지의 답장이 올 시기였기 때문이다.

아니나 다를까 도로시가 보낸 편지가 의뢰소에 보관되어 있었다.

게다가 왜인지 편지가 두 통이 있었다.

"왜 두 통이나 있는 거죠?"

같이 보냈다면 봉투 하나에 모아서 보냈을 텐데 말이다. 의뢰소의 직원은 내 물음에 골똘히 생각하더니 답한다.

"하나는 새벽쯤에 정기편으로 도착한 거고. 다른 하나는 몇 시간 전에 특별편으로 도착한 거야. 뭐, 급한 일이라도 있는 거 아닐까?"

"급한 일……. 고맙습니다."

길드 내 주점 테이블에 앉은 뒤에 일단 새벽에 도착한 걸 읽어 보았다.

여기엔 에오니아를 찾은 것에 대한 축하와 칭찬. 그리고 저택 건설에 대한 자신의 견해가 적혀 있었다.

도로시는 어차피 저택을 여러 개 지을 거면 구원자 연맹

쪽에도 하나를 짓는 게 어떠냐고 제안했다.

'괜찮겠네.'

엘란 왕국 내에선 범죄자가 되고 만 권터의 일도 있고, 구원자 연맹에 노예로 팔려 나간 애거트의 수색을 생각하면 그쪽에도 거점이 있어야겠지.

이어서 도로시도 언데드 침공에 대해선 우려를 표했다. 구원자 연맹 측에서 어떤 방향으로든 개입을 하려 할 거라는 거다.

그 경우 엘란 왕국과 구원자 연맹의 마찰로 비화될 가능성이 높았다.

처음 편지의 내용은 그걸로 끝이었다.

다음은 특별편으로 온 편지였다.

급한 일이라도 있나 했지만 그런 내용은 아니었다.

혹시 엇갈릴 수도 있어서 특별편으로 빠르게 보냈어. 에오니아 씨도 볼 겸 마음 같아선 내가 직접 바이언으로 가고 싶었지만…… 지금 엘란 왕국은 국경이 반쯤 봉쇄된 상태라 갈 수가 없었던 점 이해해 줘.

도로시다운 침착한 서두였다.

다름이 아니고. 저번에 추적 마법을 사용했던 엘리엇 씨 기

억나지? 그 사람이랑 이번 언데드 침공에 관해서 잡담을 나누
다가 어렴풋이 추측한 게 있는데, 알스 너는 혈법사라고 알아?
흑마법사 중에 피를 전문적으로 다루는 마법사가 있대. 그걸
혈법사라고 불러.

알고는 있었다. 역사책에나 나오는 존재들로, 과거에는 왕
족이나 귀족의 혈통을 확인하는 역할을 주로 맡았다고 한다.
　하나 자비에르의 난이라는 역사적인 사건으로 인해 혈법
사들은 수난을 맞이하게 된다.
　자비에르 오린이라는 귀족이 혈법사와 결탁을 하고 자신
의 아들을 왕족이라 속여 왕권을 잡으려 했던 사건이다.
　본래 그 시점에 흑마법사들의 처리에 고심하고 있던 왕국은
이때다 하며 혈법사를 비롯한 흑마법사들을 박해하게 된다.
　그 이후로 왕국에선 혈법사들을 더 이상 볼 수 없게 됐다.
　게다가 피를 다루는 건 속성이 아니라 후천적인 공부와 노
력이 필수적이었던 탓에 혈법사들의 명맥이 끊기자 뒤를 잇
는 혈법사들도 더 이상 나타나지 않게 됐다.
　그렇게 혈법사는 역사 속으로 사라진 것이다. 공식적으로
는.

　엘리엇 씨가 말하길 잃어버린 땅에 은거했던 혈법사들의 제
자들이 있을 수도 있다나 봐. 그러기에 한탄의 숲은 딱 좋은 은

신처라고 하셨어.

그래서 무슨 얘기를 전하고 싶은 걸까. 그런 생각이 들었
으나 본론은 거기서부터였다.

혈법사들은 피를 결정화해서 보석으로 만들 수 있다나 봐.
그걸 혈석이라고 해. 그걸 생각하니까 떠오른 게 있었어. 거기
에 추적 마법을 걸면 어떻게 될까? 하고. 그렇게 물으니까 엘리
엇 씨가 지나가는 투로 말하더라. '글쎄, 해 봐야 알겠지만 만
약 추적 마법이 발동한다고 하면 비슷한 피를 가진 혈육을 추
적하지 않을까?'라고 말이야. 그 사람의 일이니 아무 생각 없
이 말한 걸지도 모르겠지만 혹시나 해서 너한테 얘기를 해 보
는 거야. 그도 그럴 게 그게 가능하다면 알스 너의 피로 보석을
만들어 추적 마법을 걸면 누님인 율리아 씨를 찾을 수도 있다
는 거잖아?

눈이 번뜩 뜨였다.
물론 도로시의 말은 틀렸다. 나는 율리아 누나와 피가 이
어져 있지 않으니까.
내가 입양된 사실을 도로시가 까먹었는지, 내가 말하지 않
았는지는 몰라도 어쨌든 내 피로는 아무것도 하지 못한다.
다만 여기엔 어머니가 있다. 어머니의 피라면 율리아 누나

블 찾을 수도 있겠지.

게다가 결정적으로 그녀를 찾을 수 있는 단서가 된다.

이것도 도로시는 모르고 있어 언급하지 않은 거지만 가스파르와 유미르도 부녀 관계에 있다.

'드디어……!'

유미르를 찾기 위한 실마리를 발견했다.

이번 언데드 토벌의 목적이 셋으로 늘어난 순간이었다.

첫 번째는 한탄의 숲에 있다는 에스텔의 수색.

두 번째는 에오의 기억을 되찾을 방법을 아는 흑마법사를 찾는 것.

세 번째가 혈법사를 찾는 것이었다.

애초에 언데트 토벌에는 어떤 방식으로든 참여할 생각이었지만 그 의욕도가 달랐다.

때마침 타이밍 좋게 언데드 토벌을 위한 국가의 소집령이 떨어졌기에, 나는 서둘러 여정을 위한 준비에 들어갔다.

국가에서 내려진 소집령.

여기엔 아카데미 학생들도 포함돼 있었다.

예외라고 하면 왕족인 로자 공주 같은 경우나 미리 로비를 한 귀족가의 학생들 정도.

리노아도 이즈음에 풀려났다.

리노아를 계속 왕궁에 잡아 놨다간 구설수가 심해질 상황이었기에 소집령을 명분 삼아 국왕이 손을 써 준 것이다.

오랜만에 저택으로 돌아온 리노아는 지친 표정으로 뉴 페이스들을 마주했다.

"기가 차서 말도 안 나오네요."

그녀는 에오니아의 배를 보며 피식하고는 나무라듯 나를 바라보았다.

"웨이드 당신, 생각보다 더 절조가 없었군요?"

"아뇨, 아뇨. 오해입니다. 제대로 단계를 거쳐서……."

"시끄러워요, 이 난봉꾼."

"그러니까 제대로 단계를 밟은 거라니까요?"

리노아는 내 이성 관계는 더 이상 신경 쓸 생각이 없는지 그 이상은 말하지 않았다.

소집령이 떨어진 이상 화제는 그쪽으로 갈 수밖에 없었다.

바쁜 와중에 저택에 잠시 들러 준 루크레치아는 상황을 일목요연하게 브리핑해 주었다.

"너무 심각하게 받아들일 필요는 없습니다. 이번 소집령은 효율적인 봉쇄를 위한 것이니까요."

루크는 남대륙의 지도를 펼쳐 보이고는 대륙 중앙에 위치한 거점 도시 이스와칸을 둥그렇게 표시했다.

"적이 주둔지로 삼은 것은 이 이스와칸입니다. 그곳을 중심으로 뻗어 나가려 하고 있죠. 현재 군은 주변 지역을 봉쇄하고 출입을 통제하고 있지만 힘에 부친 상황입니다."

왜냐면 군대의 규모가 초라하기 때문이다.

이 세계는 군대가 허접하다. 구원자 연맹은 군대의 개념조차 없고, 엘란 왕국은 근위대, 수비대, 경비대의 몇 개 대대를 제외하면 군대가 없다.

그 총 숫자는 기껏해야 2만.

수십만씩 전쟁을 벌인 우리 중앙 대륙이 얼마나 미쳐 있던 건지를 실감케 하는 숫자다.

"그래서 소집령을 내린 거군요."

"예, 전투가 가능한 인원을 소집해 이스와칸을 완전히 봉쇄하기 위함입니다. 그 이후 정예 부대를 편성하여 이스와칸을 수복하고 적의 수뇌부를 처형하는 것. 그게 이번 작전의 요지입니다."

"어이쿠, 작전 목표를 우리 같은 하급자에게 전부 말해도 되는 겁니까?"

루크가 내 부관이었다면 당장 엄벌에 처했을지도 모른다.

"예? 무슨 문제라도 있나요?"

어차피 같은 편인데 말하는 게 뭐가 문제냐는 태도다.

하기야 여기 군대는 첩자 같은 걸로 고생한 적도 없을 테니 그럴 만도 하다.

확신하건대 만약 쥬라스가 적으로 있었다면 이곳 군대에

수백 명의 첩자를 심어 넣었을 것이다.

그리고 전쟁을 하면 그 첩자들이 군 간부들을 전부 암살하며 그대로 전쟁 끝. 그런 상황이 벌어지겠지.

"왕궁은 첩자 대비를 잘하고 있는 거죠? 새삼 걱정되네요."

"왜 그런 걱정을 하는지는 모르겠지만 왕궁에 첩자가 침투할 틈은 없습니다."

"아무튼 알겠어요. 우리들은 지정된 위치를 사수하면 되는 거군요."

"그렇습니다. 당신들은 아카데미반에 따라 지휘를 받게 될 테니 그렇게 알아주세요."

이에 리노아의 표정이 흐려졌다.

반에서 그녀의 입지는 빈말로도 좋다고 할 수 없었으니까.

반면 나는 에리나와 같이 행동할 수 있으니 그나마 마음이 편했다.

"그리고……. 엘레나 씨는 제가 고용한 개인 용병으로서 동행을 부탁드립니다."

"알겠어요. 하지만 기본적으로는 일라인의 안위를 지키는 쪽으로 행동할 거예요. 그건 알아줘요."

루크는 엘레나의 조력이 고팠는지 풀이 죽는다.

"전달할 사항은 이걸로 끝입니다. 그럼 각자의 준비를 하십시오."

루크가 저택을 떠나자 왁자지껄 이야기꽃이 피었다.

이번 여정에 나서는 건 나, 에리나, 엘레나, 리노아, 안두하 이 다섯이다.

메이센과 어머니는 막 탄력이 붙은 카페를 계속 운영하기로 했고, 임신 상태로 인해 동행이 어려운 에오는 둘의 호위를 맡아 주기로 했다. 아무리 기억을 잃은 상태라고 해도 어지간한 놈들에게 질 정도는 아니니 도움이 되겠지.

그래도 혹여나 무리를 할지도 모르니 비스케타에게도 조력을 지시했다.

현명한 그녀라면 어떤 상황이라도 영리하게 풀어 나갈 테다.

'다들 의욕이 충만하네.'

원정에 참여하지 않는 사람들도 그랬지만 원정에 참여하는 사람들의 의욕도 높았다.

"언데드 녀석들……. 감히……!"

에리나는 그녀들의 사정 2권의 출간 연기가 아직도 분한지 단숨에 토벌해 버리겠다며 벼르고 있었고.

"펜실론 제국의 대군을 격퇴했던 이래로 이런 큰 사건은 처음 겪어 보네요."

엘레나도 언데드 침공이라는 스펙타클한 사건에 흥미를 가진 듯했다.

리노아도 왕궁에서의 취조에 지친 상태인지 자신의 홈그라운드인 남대륙으로 돌아간다는 것에 안도를 느끼는 듯했다.

나도 의욕은 가득했으니 남대륙으로 향하는 발걸음은 무

겁지 않았다.

◈

아카데미생들은 루크레치아의 말마따나 반을 단위로 이동
을 했다.

그 규모가 무지막지했다.

우리 신입생들은 물론이고 상급생들까지 전부 소집을 받
았기에 그 총원이 자그마치 1만 명에 달한 것.

여기에 더불어 소집 가능한 졸업생들까지 모으니 5만이라
는 무지막지한 숫자가 됐다.

'이러니까 군대가 필요 없지.'

한 명 한 명이 마법, 혹은 무예를 다룰 줄 아는 전투원들이다.

이들을 일반 병사로 꽝 붙어 이기려고 한다고 하면 못해도
100만의 군대는 필요하겠지.

'뭐, 마법을 사용한다고 무적인 것도 아니니까.'

대규모 전쟁 경험이 없어서인지 지휘 체계 자체는 뭣도 아
니었다. 개인주의 성향이 강해 첩자, 함정, 매복 같은 계략에
취약한 상태이니 나라면 일반 병사 8~10만 명 정도로 전부
궤멸시킬 수 있을 것 같았다.

어쨌든 만만치 않은 전력이라는 거다.

"다음! 17, 18, 19, 20반! 배에 탑승해라!"

우리 17반은 거의 가장 늦게 배를 타게 됐다. 심지어 숨이 막힐 정도로 꽉꽉 채워서 이동을 시켰다. 좋은 대우를 해 줄 만큼의 전력은 아니라는 뜻이다.

그 대우가 정당함을 증명하듯 반의 애들은 겁을 집어먹고 있었다.

"저, 정말로 괜찮을까? 듣기로 언데드 병사들의 숫자는 추정 6만 이상이래! 우리보다 많잖아!"

"괜찮을 거야. 기껏해 봐야 시체잖아. 그, 그리고 어차피 우리는 후방 지원일 테고."

상황이 그러니 자연스레 내게 시선이 모였다.

"저기, 웨이드! 너 지난번에 루크레치아 씨를 따라서 한탄의 숲에 들어갔었다고 했지? 혹시 언데드 병사랑도 싸워 봤어?"

"응."

"진짜로!? 어땠어? 강했어?"

"움직임만 놓고 보면 강한 편은 아닌데. 내가 상대한 녀석들은 대마법 주문이 걸려 있더라고. 마법을 사용하기 어려운 부분이 있었어. 그래서 마법이 아니라 무기로 머리를 부쉈지."

"그, 그렇구나. 물리적으로 머리를 부순다……. 메모해야지."

다들 내 말을 경청하고 있었다.

그러나 그때 나를 아니꼽게 여기는 멜로 녀석이 불쾌한 목소리로 끼어들어 왔다.

"거짓말인 게 뻔하잖아! 정말로 언데드 병사와 싸웠다면 살아서 돌아왔을 수가 있겠냐? 애초에 한탄의 숲을 들어갔다는 것도 뻥이야! 거긴 살아 돌아올 수 없는 곳이라고! 그때 마침 한탄의 숲에서 탈출한 사람들이 있으니까 일라인 저놈도 자기가 한탄의 숲에 들어갔었다고 뻥을 친 거야!"

"하지만 멜로. 거기엔 근위대 간부인 루크레치아 님이 동행을 했는데?"

"루, 루크레치아 씨는 관계가 없잖아. 난 웨이드 저 녀석의 일을 말하는 거라고."

"그런 거라면 웨이드는 연무대전에서 다이언과 호각으로 다뤘다고. 직접 본 애들은 웨이드가 압도했다고까지 말하던데?"

"그거야 다이언이 봐준 거지."

정말이지, 한결같아서 이젠 귀엽게 느껴질 정도다.

틈만 나면 결석하는 나보단 멜로의 입김이 더 강한지 애들은 멜로의 눈치를 보며 내게 말을 걸지 않게 됐다.

평소라면 이게 조금 짜증 났을지도 모르지만 이젠 별로 신경 쓰이지 않게 됐다.

"알스 님. 이왕 배에 탄 거 갑판에서 식사를 하시겠어요? 도시락이 있어요."

"도시락……? 설마 에리나 네가 싼 거야?"

"아뇨, 어머님이 싸 주셨는데요. 뭔가요. 제가 하면 안 되나요?"

에리나는 부정해 주길 원하는 것 같았지만 난 이런 부분에선 단호하다.

"당연히 안 되지. 진짜 큰일 나."

"읏, 저도 배우면 할 수 있다고요!"

"나도 그렇게 생각했는데 사람에겐 자기 자리라는 게 있더라고."

에리나는 요리에 대한 기본 개념이 없다. 공작가의 금지옥엽으로 자라서 그런지 이 세계에 오기까지 요리 같은 건 단한 번도 해 본 적 없다고 한다.

본인 말로는 차를 타는 것도 요리라고는 하지만 솔직히 그녀가 타 주는 차도 그다지 맛있지는 않다. 물론 본인 앞에서 그런 말을 하진 않지만.

"크윽! 두고 봐요. 조만간 어머님의 도시락이라 속이고 제가 싼 도시락을 먹일 테니까요."

"왜 그런 극악무도한 짓을 하는 건데……?"

"극악무도하지 않아요! 게다가 어차피 알스 님은 눈치채지 못할걸요. 어머님의 요리와 똑같은 맛일 테니까요. 그러다가 한 달 뒤에 짜잔! 사실은 내가 한 거였답니다! 그렇게 말해 줄 거라고요. 혹시 모르죠, 오늘 도시락도 어머님의 것이라고 했지만 실은 내가 했을지도?"

"하핫."

"지금 비웃었어요!?"

갑판으로 향하는 우리 둘을 향해 여러 가지 시선이 꽂혀

왔다.

대부분은 질시의 시선이었다.

과시할 생각은 없지만 주변 사람에겐 그렇게 느껴지는 모양이다.

나도 에리나의 덕에 멜로 녀석의 어그로에 짜증이 쌓이지 않을 수 있었다. 다른 애들이 뭐라 하건, 어떤 시선으로 보건 타격이 없다고 할까.

거기다 에리나는 여자애들 사이에 인망이 있어서, 그 덕에 나에 대한 이상한 소문도 억제가 되고 있었다.

나도 그걸 기점으로 교우 관계를 늘려 가 볼까 하여 주선을 부탁했지만 에리나가 다른 여자애들을 소개시켜 주는 일은 없었다.

"음, 역시 어머니의 맛이네."

"그런 것치곤 만족스러워 보이진 않네요?"

"어머니의 맛과 정성이라는 점 말고는 뭐, 평범하니까. 게다가 내 곁에는 언제나 초특급 요리사가 있었고."

"에오니아 씨인가요……."

"어휴, 에오가 요리의 소양까지 잊어버릴 줄은 몰랐어. 어서 기억을 찾았으면 좋겠네."

"기, 기대하세요. 에오니아 씨의 요리라고 생각했는데 이럴 수가, 이럴 수가! 나의 에리나의 요리 실력이 이 정도였다니~! 그런 일이 벌어질 테니까."

"나의 에리나?"

"어, 어흠!"

그런 잡담을 하고 있자니 험상궂게 생긴 선원이 술병을 들고 우리 쪽으로 다가왔다.

"끈적대지 말고 자리 비켜! 아카데미생인지 뭔지는 몰라도 갑판은 우리 거라고!"

항해가 궤도에 들어섰기 때문일까. 선원들이 휴식을 취하러 나온 모양이었다. 눈앞의 남자는 꽤 고참인지 다른 선원들도 못 말리겠다며 쉬쉬하고 있었다.

"알스 님. 다른 곳으로 가죠."

똥이 무서워서 피하냐며 에리나는 내 소매를 끌어당겼다.

"괜찮아. 내가 해결할게."

"예?"

"보고 있어."

나는 남자와 눈을 마주했다.

"앙? 뭐야!"

남자에게 딱히 적의는 없어 보였다. 그저 최근 폭주하는 노동량 때문에 심기가 불편해져 있을 뿐.

나는 매혹을 시전하고 그에게 말했다.

"식사를 마칠 때까지만이라도 기다려 주지 않겠습니까? 바닷바람이 기분이 좋아 조금만 더 즐기고 싶네요."

"……."

남자는 반사적으로 역정을 내려 했지만 곧 어물거리며 입을 닫았다.

그러곤 동공이 흔들리더니 고개를 끄덕인다.

"……그래. 육지에서 온 녀석들이니 바닷바람이 즐거울 만하겠네. 알았다고!"

자리를 피해 주는 남자. 에리나는 눈을 휘둥그렇게 뜨며 속삭인다.

"지금 뭘 한 거예요?"

"빛의 마법. 주문명은 꽤나 복잡한데 그냥 간단히 말하면 매료, 혹은 매혹이야."

"매…… 뭐라고요?"

에리나의 표정이 대번에 심각해졌다. 걱정은 이해가 됐다.

나도 지난번 엘프들의 섬에서 마르가리타에게 사용한 뒤로 함부로 사용하지 않겠다고 다짐했었다.

즉효성도 즉효성이지만 지속성이 있는 게 문제였다.

그래서 가능하면 남자에게만 사용하기로 결정했다.

내 매혹의 효과가 강하다고 해도 그 사람의 가치관까지 통째로 바꿔 버리는 건 아니다.

그렇기에 남자에겐 매혹을 사용해도 호감을 살 뿐, 연애 감정을 느끼게 하는 건 아니라는 거다. 애초에 그런 취향을 가진 남자에게 사용할 경우엔 위험할지도 모르겠지만.

"대단하지?"

"분명 대단하네요. 빛의 속성에 그런 마법이 있다고는 얘기로 들었지만…… 단발성으로 그 정도로 효과가 있다고 듣지는 못했는데요. 애초에 그 정도의 효과라면 무척 유명했을 텐데. 그런 얘기도 듣지 못했어요."

"내 속성을 확인했던 노마법사는 성녀에 버금가는 수준이라고 했으니까. 성녀들도 많은 사람들의 사랑을 받잖아? 수많은 남자들이 성녀에 반해 버리는 일도 있고. 그거랑 비슷한 거라고 생각해."

"확실히, 알스 님은 평소에도 비슷한 경향이 있었으니까요. 그 무관심한 태도가 아니었다면 얼마나 꼬여 들었을지……."

에리나는 고개를 끄덕인다.

"함부로 사용해서 안 된다는 걸 알고 있다면 괜찮다고 생각해요."

"그래도 상황에 따라선 주저하지 않고 사용할 거야. 뭐, 뒷수습은 어떻게든 되지 않을까."

"그 부분이 어려운 거예요. 지난번에 로자 공주님이 얼마나 힘겨워했는지 아세요?"

"그건 내 탓이 아니잖아. 심지어 매혹을 사용한 것도 아니고."

"아무튼!"

에리나는 문득 떠오르는 게 있는지 눈을 빛내며 보챈다.

"그걸 한번 저에게 사용해 보겠어요?"

"……안 돼."

"예?"

"지인에게는 절대로 사용하지 않기로 했거든."

그런 경우가 점점 많아지다간 내 인간관계가 부정당하는 상황이 오기 때문이다.

내가 쌓은 관계들이 전부 매혹의 덕으로 돼 버리니까. 그러니 지인들에겐 절대로 사용하지 않을 생각이었다.

이 결정에 에리나는 못내 아쉬워하면서도 이해를 해 주었다.

남대륙의 항구 도시 브람스에 도착한 우리는 도시에서 하루를 묵으며 개인 정비 시간을 가졌다.

브람스는 서대륙과 남대륙을 잇는 왕국 최대 규모의 항구 도시이자 물류 도시인 덕에 거리엔 없는 물건이 없었다.

나는 바이언에서 기다리는 사람들을 위해 선물을 사 두기로 했다.

선물은 웬만하면 돌아갈 때 사는 게 맞았지만 이번 일이 끝난 뒤 언제, 어떤 방식으로 집으로 돌아갈지 알 수가 없으니 미리 선물을 사 두고 브랜포드 저택에 맡겨 놓기로 했다.

에리나와 외출한 나는 시장을 둘러보고 있었다.

"우와……. 사람이 엄청 많네요."

"서대륙으로 피난을 가려던 사람들의 발이 여기에 묶인 것 같아. 소매치기가 많은 것 같으니 바짝 붙어 있어."

에리나는 팔짱을 끼며 몸을 기대 왔다.

나는 소매치기를 경계하며 시장을 돌았다.

그렇게 지인들의 선물은 전부 살 수 있었지만 한 가지 눈에 밟히는 물건이 있었다.

그걸 구경하기 위해 에리나를 돌려보내려 했지만 그녀는 이미 눈치를 챘는지 쓰게 웃는다.

"아기 옷을 보고 싶은 거죠? 난 괜찮으니까 같이 가요."

"응……. 미안해."

"미안할 게 뭐 있어요? 유미르 씨와 에오니아 씨의 아이라면 그게…… 제, 제 가족이나 마찬가지인 거잖아요!? 게다가 그 옷을 제 아이가 물려받을 수도 있는 거니까요! 그러니까……!"

본인도 말하다가 폭주를 한 걸 눈치챘는지 말이 빨라졌다.

이윽고 어물쩍 입을 다물며 말없이 팔짱을 낀 팔에 힘을 준다.

어쨌든, 에리나와 함께 옷을 살펴보기로 했다.

그러나 그 와중 주변이 시끄러워지기 시작했다.

"물러나라!"

"거리를 뒤라!"

인파를 헤치며 나타난 무리. 왕자들의 행차였다.

로자 공주를 비롯한 공주들은 이번 토벌전에 참여하지 않았지만 왕자들은 아니었다. 그들은 대외적으로 보여 주는 것이 중요한 만큼 토벌에 참여하고 있었다.

1왕자이자 왕세손인 프라우드 디바인. 2왕자이자 왕국 연무대전 무예 부분에서 3연속 우승을 거두며 왕국 최강의 전사로 손꼽히는 란디스 디바인. 그리고 3왕자이자 예술에 번뜩이는 재능을 가지고 있다는 파리스 디바인. 마지막으로 4왕자 조셉 디바인이다.

그들은 소집된 인원들을 지휘하는 입장에 있었다.

군대로 치면 총대장은 프라우드 디바인이고 나머지는 측근 부관인 셈.

프라우드 왕자는 가볍게 시찰을 할 생각이었는지 험악하게 주변을 위협하는 근위대에게 주의를 주고 있었다.

"그만해라. 이러면 우리가 난리라도 피우러 온 것 같지 않나. 루크, 호위 반경을 좁혀라."

그 호위 중 하나인 루크레치아는 근위대의 숫자를 줄여 행인들의 방해를 최소한으로 했다.

왕자들은 가게를 돌며 시민들을 안심시키고 있었다. 최대한 빨리 언데드들을 물리칠 테니 너무 걱정 말라는 거다.

왕자들이 직접 움직이자 안도감을 느꼈는지 서대륙으로 피난을 가려던 사람들도 집으로 다시 돌아가겠다며 마음을 바꿔 먹고 있었다.

나는 그러거나 말거나 아이 옷을 보고 있었다. 왕자들이 내게 신경 쓸 이유도 없고.

'남자애 옷이랑 여자애 옷을 같이 준비하는 게 낫겠지?'

아직 딸이 태어날지 아들이 태어날지 알 수 없는 상황이지만 세 명이나 태어나니 균형 있게 사 두는 게 나을 것 같았다.

'음, 수인은 유아기 때의 성장이 빠르다고 하니……. 크기별로 전부 사 둬야겠네.'

그 탓에 구매가 무척 많아지고 말았다. 가게 점원이 탁아소라도 하려는 거냐며 우스갯소리를 했을 정도다.

그렇게 금액을 지불하고 옷을 포장받았을 즈음 시찰을 돌던 왕자들이 우리 쪽을 지나쳐 가고 있었다.

조셉 왕자 외에는 나와 안면이 없었기에 그냥 지나쳐 갈 거라 생각했지만 에리나 쪽에 시선이 끌렸다.

"음? 에리나가 아닌가. 오랜만이로군."

프라우드 1왕자가 눈썹을 치켜올리며 관심을 드러냈다.

"예, 오랜만에 인사드립니다. 그간 평안하셨는지요. 프라우드 왕자님."

에리나는 격식을 갖춰 인사를 올렸다. 역시 공작가의 영애라 그런지 그 격식은 여타 귀족들보다 뛰어났다.

프라우드 왕자도 흐뭇하게 미소 짓는다.

"갑자기 왕궁에서 나갔다고 해서 무슨 일이라도 있었나 싶었는데……. 로자의 말에 의하면 남편을 찾았다고?"

"아, 아직 혼약을 올린 건 아닌지라…….."

에리나가 내 쪽을 곁눈질했다. 프라우드는 자연스레 내게 시선을 돌린다.

나는 포장된 옷들을 바닥에 내려놓고 인사를 했다.

"처음 뵙겠습니다, 프라우드 왕자님. 웨이드라고 합니다."

"호오."

프라우드 왕자의 눈이 가늘어졌다.

"그런가, 네가 그……. 훗."

여러 의미가 함축된 듯한 웃음이었다.

그 옆에서 2왕자 란디스 디바인이 끼어들어 온다.

"웨이드라고? 듣자니 네 녀석, 아카데미 첫 시험에서 근위대원을 철저하게 때려눕혔다지? 루크레치아, 그건 정녕 사실이냐?"

"왕자님, 그 이야기는…….."

"대외비로 할 이유가 있나. 왕국 근위대가 수준 이하였다. 고작 그 정도의 일인데. 게다가 이미 알 만한 사람들은 전부 알고 있고 말이지."

"왕자님!"

란디스 왕자는 꽤나 직선적이고 호방한 성격인 듯했다.

그는 나를 보며 입꼬리를 올렸다.

"뭐, 당사자를 직접 보니 생각이 조금 바뀌는군. 근위대가 수준이 낮은 게 아니었어. 제법인데? 나중에 겨뤄 보지 않겠나?"

나도 란디스 왕자에게서 찌르는 듯한 투기를 느꼈다.

'이 녀석, 루크레치아보다 수준이 높아.'

무엇보다 사람과의 싸움에 능한 것 같은 느낌이 들었다.

"……훌륭하다."

3왕자 파리스의 중얼거림이었다.

그는 나와 에리나를 보며 환희했다.

"이토록 어울리는 남녀가 있다니! 한 폭의 그림 같도다! 오오! 어서 캔버스를……! 캔버스를 가져오거라!"

그는 내가 바닥에 놓아둔 아기용 옷을 보고는 포효한다.

"우오옷! 심지어 아이를 준비하는 연인이라니!"

영감이 떠올랐는지 근위대원에게 스케치북 비스무리한 걸 받아 들고는 미친 듯이 손을 놀리기 시작한 파리스 왕자.

조셉은 똥 씹은 표정으로 형들을 만류했다.

"형님들, 슬슬 이동하시지요."

"훗, 왜 그러냐 조셉. 보기 힘들기라도 한 거냐?"

조셉이 에리나를 마음에 들어 했다는 사실을 형제들도 알고 있는지 그를 바라보는 눈에는 조롱의 빛이 섞여 있었다.

조셉은 이를 악물었는지 볼가가 씰룩였다.

"뭐, 인파가 몰리는 건 좋지 않으니 이동하는 게 좋긴 하겠군. 그럼 가자."

프라우드 왕자의 호령에 따라 사라져 가는 왕자들의 무리.

에리나는 '휴우!' 하고 안도의 한숨을 쉰다.

"왜 그래?"

"무섭다는 생각이 들어서요. 나쁜 의미로 무섭다는 건 아니에요. 국왕께서 건강이 좋지 않은 상황인지라……. 분위기가 살벌한 상태거든요."

"하긴, 세습 싸움이 섬뜩하긴 하지."

지금처럼 왕자들이 두각을 드러내는 인재들이라면 더더욱 그렇다.

그런 의미에서 딱히 내세울 게 없는 4왕자 조셉은 들러리 같은 느낌이 들었다.

"옷도 샀겠다. 이제 그만 돌아가자."

왕자들의 신경전.

현황을 개괄적으로 바라보는 습관이 있는 나는 왕자들의 신경전이 이번 사건, 혹은 다른 어떠한 사건과 맞물려 새로운 사건을 만들 것 같다는 예감이 들었다.

소집 인원이 모이자 왕국은 속전속결로 포위망을 구축했다.

1왕자 프라우드의 지휘로 이스와칸의 숨통을 조이기 시작한 것이다.

그 과정에서 전투가 있긴 했으나 나를 비롯한 아카데미 하급생들은 당연하게도 나설 일이 없었다.

우리는 후방에서 보급이나 행정 일을 맡으며 보조를 하는 데에 집중하고 있었다.

'그렇다고는 해도 상당히 힘이 들어갔는걸.'

이번 일을 어떻게 생각하고 있는지가 보였다.

이번 대대적인 소집령은 왕권을 보여 주는 것이었다.

엘란 왕국은 이걸 반란 분자들, 그리고 구원자 연맹에 대한 본보기로 삼기 위해 더욱 철저하게 일을 처리했다.

왕국 최강의 전력이 어느 정도인가를 무력 시위로 보여 주는 것이다.

게다가 내부 단합의 이유도 있었다.

"아까 봤어? 잉센 씨의 폭발 마법! 언데드 병사 다섯이 흔적도 없이 사라졌다고! 마법 저항이 걸려 있는 언데드 병사가 말이야! 역시 잉센 씨가 상급생 중에선 최강인 거야!"

"무슨 소리야. 베인 선배님의 바위 마법 못 봤어? 그거에 짓눌리고 살아남을 수 있는 건 없다고!"

우리 반 애들은 누가 더 대단하냐로 입씨름을 하고 있었다.

일이 한가해 그거밖에 할 게 없기도 했지만, 녀석들의 말대로 아카데미 상급생, 졸업생들의 기량이 상당했다.

'무예를 다루는 전사 쪽은 그렇다 치고.'

전사 쪽은 열 명 정도를 제외하면 죄다 루크레치아보다 약했으니 별거 아니었지만 순수 마법사 쪽은 나도 흥미가 생길 정도였다.

자신만의 속성으로 신묘한 마법을 구사하는 마법사들.

그들의 화력으로 말미암아 포위망은 빠르게 좁혀졌다.

마침내 개전 일주일이 될 시점엔 상대를 이스와칸으로 몰아 놓고 도시에서 1km 정도 떨어진 지점에 진지를 세울 수 있었다.

반원 형태로 몰아붙인 상황이었기에 상대의 퇴로는 그 뒤의 바다 외에는 없었다.

이 시점이 되자 작전대로 최정예를 선별해 이스와칸을 토벌할 준비를 하기 시작했다.

그사이 작게나마 연회가 열렸다.

"알스 님!"

에리나가 배급받아 온 음식을 내보이며 활짝 웃었다.

그렇게 식사를 하고 있자니 중앙 진지에 있던 엘레나가 얼굴을 비쳤다.

그녀는 에리나가 권한 음식들 중 과일을 집어 들고는 내게 말한다.

"일라인. 당신의 말대로 조사를 해 봤습니다만 지금은 한탄의 숲으로 갈 방법이 없는 것 같아요."

"그렇습니까……."

어떻게든 한탄의 숲에 있는 가스파르와 연락을 취하고 싶었지만 적들이 항구를 점거하고 있는 이상 다른 방법이 없었다.

"어부의 배를 빌리는 방법은요?"

"그것도 안 돼요. 부근에서 어업을 하던 어부들은 죄다 피난을 가거나 적에게 당했다고 해요."

"빈 배는 남아 있을 것 아닙니까."

"그거야 그렇지만……."

보낼 사람이 없다는 거다. 엘레나는 한탄의 숲에 가 본 적이 없을뿐더러 가스파르와도 면식이 없다. 리노아와 에리나도 논외.

기껏해야 안두하 정도였지만 그러기에 안두하는 개인 전투력이 뛰어나질 않다.

"내가 가는 수밖에 없는 건가요."

인재난이 이렇게 심할 줄이야.

"제가 안두하 씨를 호위해서 가는 방법도 있긴 합니다만."

"그러느니 당장은 상황을 지켜보는 편이 낫겠네요."

이미 포위를 끝마치고 이스와칸의 탈환 초읽기에 들어간 상황이다.

이스와칸을 탈환한 뒤에는 그걸로 그치지 않고 곧바로 도항하여 한탄의 숲까지 정벌할 예정이었으니 가스파르와의 접촉은 그때 해도 늦지 않는다.

'……그런데 뭐지?'

뭔가 불길한 것이 가슴을 스쳐 지나갔다.

이건 이전에 내가 전쟁터에서 느끼던 감각과 비슷했다.

상대의 함정 속에 들어와 있다고 알리는 본능의 경고.

가슴이 고동치고 식은땀이 흘렀다. 만약 내가 총대장이었으면 작전의 근본부터 재고해 볼 정도의 불길함.

그러나 나는 그런 위치에 있지 않았으니 불안감을 애써 추스르는 수밖에 없었다.

포위된 이스와칸.

반란을 지휘하고 있던 키에런이란 자는 빼곡하게 진을 친 엘란 왕국의 병력을 복잡한 표정으로 응시하고 있었다.

'멍청한 놈들이군. 그리고……'

자신들도 멍청했을지도 모른다며 키에런은 자조했다. 일을 너무 크게 벌인 것을 이제 와서 후회한 것이다.

'너무나도 일이 빨리 진행됐어. 손을 쓸 수도 없을 정도로. 마치 다른 누군가가 개입한 것처럼……. 어쩌면 우리도 이용당한 걸지도 모르겠군.'

터벅! 뒤에서 들려오는 발소리에 키에런은 고개를 돌렸다. 그곳엔 어두운 인상의 남자가 있었다.

"무슨 일이지? 팍스 후작."

"훗."

포스치네 팍스 후작. 엘란 왕국의 유력 가문의 당주로, 지금은 반란 혐의를 받고 있는 자였다.

그 팍스 후작은 자택 근신 처분을 받은 상태였지만 어떤 영문인지 이스와칸에 있었다.

키에런은 속으로 혀를 찼다.

'이 남자를 너무 얕봤어.'

당초 키에런은 한탄의 숲에 있는 엘란 왕국의 반란 세력이건 구원자 연맹이건 단박에 쓸어 낼 자신이 있었다.

실제로 그렇게 됐다. 언데드 병사와 한탄의 숲을 지배하는 몬스터인 메파트라를 손쉽게 뺏었다.

그러나 지금 상황을 돌이켜보면 그렇게 유도된 게 아닐까 하는 생각이 들었다.

그도 그럴 게 지금 이 상황은 그들, 특히 구원자 연맹에 너무나도 좋은 구도였으니까.

키에런은 이번 일의 계기를 만든 팍스 후작이 구원자 연맹에 깊숙하게 관련돼 있음을 믿어 의심치 않았다.

"무슨 일이냐고 물었다."

"작전의 확인을 하러 왔습니다."

"그거라면 이미 얘기가 끝났을 테다."

"아뇨, 아뇨. 당신은 퇴각이라는 여지를 두지 않았습니까?"

"……"

"저들이 모여 있는 지금이야말로 천재일우의 기회입니다. 당신들 아티클의 힘을 보여 주십시오. 그리하면 모두가 당신들을 경외하여 다시는 한탄의 숲에 발을 들이지 않을 겁니다."

"입에 발린 소리는 그만해라. 그래서? 이번 일에서 네놈들은 뭘 어떻게 할 셈이지?"

"훗, 이번 일 자체에는 흥미가 없습니다. 그저……. 당신들에 편승하여 필요한 일을 몇 가지 처리할 생각입니다."

"방해는 하지 말도록."

"물론입니다. 이번 일의 주역은 어디까지나 당신들의 세력 아티클과 엘란 왕국의 다툼. 우리는 들러리에 불과하니까요."

팍스 후작은 소인배처럼 웃었으나 키에런은 그 웃음이 우습게 보이지 않았다.

그때 동이 트기 시작하며 엘란 왕국의 움직임이 부산해졌다.

키에런은 결전의 시간이 머지않았음을 감지했다.

아니, 이건 결전이 아니었다. 뭣 모르고 호랑이 굴에 들어온 상대를 잡아먹는 것일 뿐.

'이렇게 된 거 철저하게 박살 내 주지.'

키에런은 품에 있던 지팡이를 꺼내 들었다.

대마법사 키에런. 그는 무려 120년 전의 인물로, 영생을 얻기 위해 흑마법을 연구한 자였다.

그는 특히 피의 연구에 심취했었다. 본인에게 없는 어둠 속성을 얻어 내기 위해 어둠 속성을 타고난 자들의 피를 연구하고, 마침내 그걸 사용해 본인도 어둠 속성을 다룰 수 있게 됐다.

그러한 그의 연구는 그가 만든 세력 아티클을 흑마법의 총본산으로 만들었다.

그의 연구 덕에 어둠 속성을 아티클 소속의 마법사들 모두가 다룰 수 있게 된 것이다.

"그럼 시작하겠다. 모두 각자의 자리로 이동해라!"

일사불란하게 자리를 잡는 아티클의 마법사들.

그들은 합동하여 무언가의 주문을 외우기 시작한다.

공격 시간은 아침이었다.

먼저 선별된 정예 부대가 진입을 하고 그들이 뚫어 놓은 길을 뒤이어 들어온 병력이 차근차근 점령하는 것이다.

정석은 아니었다. 시가지 점령전의 정석은 조금씩 점령하면서 천천히 전진하는 것이다.

그러지 않았다간 건물 안에 매복해 있던 적에게 심대한 피해를 입기 때문이다.

그럼에도 이렇게 할 수 있었던 건 이쪽의 화력이 어마어마했던 덕이다.

프라우드 왕자는 아예 도시를 초토화시키며 전진할 생각이었다.

그러면 매복이고 뭐고 무의미해지니까.

"프라우드대는 들어라!"

프라우드 왕자는 정예 선발대에 자신의 이름을 붙였다. 본인이 선발대에 참여하지 않고 전공을 챙기는 방법이다.

그는 사기를 진작하는 연설을 한 뒤 본격적으로 공격 명령을 내리려 했다.

그러나 그때였다.

"……!"

내 등골을 타고 오르는 오한. 본능의 경고가 경종을 울렸다.

그리고 그와 동시에 하늘 저편에서 검은 무언가가 날아왔다.

"아……."

모두가 망연히 그것을 바라보고 있었다.

멜로 녀석이 기가 빠진 목소리로 중얼거린다.

"드래곤……?"

검은 날개를 펄럭이며 다가오는 검은 괴물.

책에서나 볼 수 있던 그 드래곤이었다.

드래곤의 위험 지정 등급은 특급. 1~9급만으로는 도무지 측정할 수 없기에 붙은 등급이었다.

"이게 무슨 일이냐!"

왕자 일행도 경악하여 그것을 올려다보고 있었다.

"저, 전투준비!"

정신을 차린 프라우드 왕자가 소리치자 태세를 갖추기 시작했지만 늦었다.

이미 다가올 만큼 다가온 검은 드래곤은 미끄러지듯 진격을 준비 중이던 선발대의 앞에 착지했다.

내가 있는 곳에선 아직도 멀었지만 덩치가 워낙 컸기에 모습을 관찰할 수 있었다.

놈의 모습은 빈말로도 좋아 보이지 않았다.

본래 윤기가 흘러야 했을 몸통은 검은 비늘이 군데군데 찢어져 넝마가 되어 있었고, 온몸에 피가 흐르고 있었다.

그건 마치 학대 조련을 당한 동물과 같은 모습이었다.

무엇보다 눈이 섬뜩했다. 파리를 눈으로 쫓고 있는 것처럼 동공이 무서울 정도로 움직이고 있었던 것이다.

척 봐도 알 수 있었다. 저 드래곤은 정신이 나간 상태라고.

"드래곤이라 해 봐야 우리의 전력을 감당해 내지는 못한다! 프라우드대! 놈을 처치……!"

프라우드 왕자가 공격 명령을 내리려던 순간이었다.

무언가의 지령을 받은 것처럼 흔들리던 드래곤의 동공이 딱 멈춰 서더니 커다란 심호흡과 함께 포효했다.

쿠오오오오-!

그러자 드래곤의 주변에서 붉은색의 연기가 퍼져 나가기 시작했다. 그 붉은색의 연기로 인해 시야가 흐려졌다.

나는 서둘러 에리나의 손을 꽉 잡고 입과 코를 막았다.

연기는 무려 10분간 주변을 잠식했다.

모두가 어서 연기가 걷히길 기도했다. ……그러나 후에 벌어질 참상을 미리 알았다면 누구도 그렇게 생각하지 않았을 테다.

연기가 걷히고.

빛이 달라졌음을 감지한 나는 하늘 위를 올려다보았다.

"역시……!"

붉게 변한 하늘. 한탄의 숲에서 겪었던 그것이었다.

이미 이곳은 녀석에 의해 다른 세계로 변한 것 같았다.

'아니, 묘한 기운은 그때보다도 강해!'

그때 여기저기서 이상한 소리가 들리기 시작했다. 비명 같기도 하고, 포효 같기도 한 소리들.

적어도 사람이 낼 만한 소리는 아니었다.

그건 내 옆에서도 들렸다.

"에리나!?"

에리나 쪽에서 들린 괴성에 시선을 돌린 나는 움찔할 수밖에 없었다.

울퉁불퉁한 피부를 가진 끔찍한 괴물이 나를 보며 비명을 지르고 있던 것이다.

'젠장!'

나는 상황을 빠르게 받아들였다.

내가 그녀의 손을 놓진 않았으니 지금 손을 잡고 있는 이 괴물이 에리나라는 게 된다.

'환혹의 마법인가!'

심지어 최고 레벨의 환혹 마법이었다. 보이는 것을 일그러지게 하고, 말도 통하지 않게 해 버렸다. 심지어 그 수준의 환혹 마법을 넓은 범위로 사용했다.

'이 정도라니……!'

한탄의 숲에서 겪었던 일은 새 발의 피였던 것이다.

애초에 이상했다.

한탄의 숲의 몬스터 메파트라는 포스치네 팍스 후작이 길들였다고 들었다. 그 몬스터에 대해서 자세히 얘기하지는 않았지만 쉽게 제압할 수 있었다고 했기에 특수한 성질 외에는 별거 아니라고 생각했다.

그런데 그게 드래곤이었다니. 이는 팍스 후작이 처음부터 무언가를 노리고 정보를 통제했다는 뜻이다.

'지금은 그걸 신경 쓸 때가 아니지.'

당장은 이 상황을 헤쳐 나가야 했다.

6만의 사람들 모두가 혼란에 빠졌다.

그래도 썩어도 마법사들이라고, 이것이 환혹 마법에 의한 것이라는 걸 빠르게 캐치해 냈다.

"에리나! 나야! 나라고!"

나는 잡고 있던 손을 빼내려고 발버둥을 치는 에리나를 진정시키고 있었다.

난 강하게 손을 붙잡았다. 이 손을 놨다간 다시는 에리나를 만날 수 없을 것 같았기 때문이다.

"쳇!"

나는 억지로 그녀를 꽉 끌어안아 움직이지 못하게 했다. 이게 효과가 있었는지 발버둥 치던 에리나는 곧 잠잠해졌다.

"조금 진정됐어?"

말은 통하지 않지만 뜻은 전해졌는지 괴물 형태를 한 에리나는 고개를 끄덕인다.

말도 안 통하고 모습도 바뀌어 보이지만 움직임까지 속일 수는 없는 모양이었다.

나는 배낭에서 종이와 펜을 꺼냈다.

모두가 환혹 마법에 걸린 것 같아. 혹시나 해서 묻는 건데 에리나 맞지? 맞으면 풀 네임을 적어 줘.

에리나는 빠르게 고개를 끄덕이며 펜으로 에리나 에걸 살레온이라 적었다. 미들네임까지 쓴 걸 보면 확실했다.

일단 이런 방식으로 혼란을 극복할 수 있을 것 같았다. 이 소란이 진정되면 다 같이 그 드래곤을 처치하든가 해서 이곳을 빠져나가면 된다.

'결계를 파괴하는 방법으로는 안 되겠지.'

그때는 결계의 틈을 알고 있던 노마법사 폴라리안이 위치를 알려 줬기에 결계를 파괴하고 탈출하는 게 가능했지만 지금은 그 빈틈이 어디인지를 알 수 없었다.

'이럴 때일수록 지휘부가 힘을 내 줘야 하는데…….'

그러나 지휘부의 기량은 상대 쪽이 우위에 있던 모양이다.

"크어어어억!"

여기저기서 들려오는 전투 소리.

언데드 병사들이 공격해 오기 시작한 것이다. 언데드 병사들의 모습은 우리와 똑같은 괴물의 형상이었기에 전혀 구분이 가질 않았다.

이는 치명적이었다.

가뜩이나 지휘 체계가 망가지고, 같은 편들 사이에서 내분이 일어나고 있는 상황이었는데 적의 병력이 공격해 왔으니.

급기야 나와 에리나에게도 공격이 들어왔다.

"큭!"

나는 에리나를 끌어안으며 공격을 피했다. 반격을 하면 그냥 처치할 수 있었겠지만 같은 편일 가능성이 있기에 그럴 수 없었다.

'이미 이 전황은 돌이킬 수 없어!'

전쟁으로 치면 이건 패배한 전쟁이다. 여기서 더 싸우다간 전멸할 뿐.

그러니 내가 할 수 있는 최선을 선택하는 수밖에 없었다.

"꽉 잡아!"

나는 에리나를 데리고 이 장소를 빠져나가기로 했다.

드래곤이 벌인 기현상으로 인해 현장은 아비규환으로 변

했다.

　서로의 모습이 괴물로 보이고 말이 통하지 않는 이 상황에 언데드 병사들까지 공격해 들어오자 상황은 걷잡을 수 없게 됐다.

　훈련도도 문제가 됐다.

　이번에 모인 자들은 군인이 아니다. 이런 대규모 혼란에 대한 훈련을 전혀 받지 않았다.

　개인, 혹은 3~9인 정도로 팀을 짜 전투를 치러 본 게 대부분이었기에 이런 상황에서 결국엔 개인주의로 가게 됐다.

　이들이 각자도생을 결심하자 피해가 기하급수적으로 늘어났다. 접근하는 상대에 대해선 일단 적대적으로 대했기 때문이다.

　'이곳에 있다간 나까지 휘말리겠어!'

　나는 에리나를 데리고 최대한 멀리 피신했다.

　목적지는 후방에 있는 산지였다. 뒷동산 정도의 크기였지만 숨을 고르기에는 적당했다.

　"후우! 된통 당해 버렸네. 이런 비장의 수를 숨기고 있었다니."

　한탄의 숲 몬스터에 대한 기본적인 정보는 국가에서도 가지고 있었다.

　그러나 그게 드래곤인 것까지는 몰랐을 거다.

　그 드래곤이 갑자기 나타나 공간 자체를 자신의 영역으로 만들어 버리며 환혹 마법을 광역으로 걸어 버릴 줄은 더더욱 몰랐겠지.

'준비된 함정이었다는 거지.'

심지어 이런 타이밍을 노린 것 같았다. 왕국이 소집령을 내려 전력을 한곳에 집중한 이 상황을.

"일단은 안전하겠어."

주변에 위험이 없음을 확인한 나는 에리나를 살펴보았다.

마치 기름에 익사한 시체를 불에 지진 것 같은 끔찍한 몰골. 아마 에리나에게도 내가 그렇게 보이겠지.

"윽!"

그 얼굴을 어루만져 보자 소름 돋는 감촉이 느껴졌다. 눈앞의 상대가 에리나임을 알고 있었음에도 내가 혹시 속고 있는 게 아닐까 생각했을 정도로.

에리나는 불안한 듯 나를 바라보고만 있었다.

"잠깐 그대로 있어 줘."

나는 눈을 감은 채 에리나의 얼굴을 떠올렸다. 그렇게 3분 정도 암시를 걸듯 그녀의 얼굴을 머릿속에 각인한 뒤 눈을 감은 그대로 그녀의 얼굴을 만져 보았다.

그러자 이번엔 뽀얀 살결이 느껴졌다.

'역시 보이기만 그렇게 보일 뿐인 거야.'

그러나 끔찍한 몰골이 보이는 상황에서 만질 경우엔 환혹이 발동한다.

'이런 수준의 환혹 마법은 들어 본 적도 없는데.'

촉감마저 착각하게 만들다니.

그래도 글을 써서 소통하는 것은 막지 못했다.

나는 배낭에 챙겨 온 종이를 여러 번 쓰기 좋게 찢은 뒤 글씨를 최대한 작게 하여 소통했다.

－꽤 위험한 상황이야.

－도주하는 건 어때요?

－상대가 대비하고 있을 것 같아. 혹은 대비하지 않았다고 해도 이 붉은 결계로 인해 도주가 가능한지도 알 수 없고.

이번엔 지난번보다 몬스터의 힘이 더 강했다.

그때도 겨우 깨부쉈던 결계를 이번에도 부술 수 있다는 확신은 없다.

괜히 마나와 오러만 소모하는 결과가 될 수도 있다.

－에리나, 우리는 절대로 떨어져선 안 돼. 다만 언제 어떤 일이 벌어질지 모르니까. 서로에게 표식을 새겨 놔야 할 것 같아. 혹시나 떨어졌을 때 그걸 보고 찾을 수 있게끔.

에리나는 무겁게 고개를 끄덕이곤 배낭에서 물감 비스무리한 빨간색 액체를 꺼냈다. 거기에 펜촉을 담근 뒤 내 등에 무언가를 그리기 시작했다.

메시지를 적는 건가 했으나 그건 아니었다. 궁금해서 잠깐 옷을 벗어서 살펴보니 살레온 공작가의 문장이 그려져 있었다. 그 아래에 중앙 대륙의 문자로 서로의 무사를 기원하는 메시지가 적혀 있었다.

'나쁘지 않네.'

이거라면 누구도 따라 할 수 없는 표식이 된다.

나도 에리나의 등에 일라인 가문의 문장을 그려 두었다.

"됐다."

이걸로 서로를 잃어버렸을 때에 대한 최소한의 대비책이 마련됐다.

그리고 그즈음 나와 마찬가지로 도주한 사람들이 우리가 있는 뒷산으로 몰려오기 시작했다.

사람들의 도주는 가속화되고 있었다. 애초에 얼굴을 못 알아보는 상황이니 탈영을 해도 전혀 문제 될 게 없었으니까.

터벅! 어느새 괴물의 모습을 한 자가 우리 앞에 나타났다.

아군일 수도, 언데드 병사일 수도, 혹은 이 상황을 야기한 흑마법사 무리일 수도 있었다.

나는 미리 준비해 둔 종이를 그의 앞에 내밀었다.

―왕립 아카데미 하급생 웨이드라고 합니다. 아카데미 소속은 17반. 이곳 진영에선 조셉 보급대에 속해 있었습니다.

글을 읽은 남자는 고개를 끄덕였다. 본인도 종이를 꺼내 소속을 밝힌다.

　－왕립 아카데미 졸업생 아스터슨이다. 파리스대에 속해 있었다. 함께 행동해도 되겠나?
　－옷감을 찢어 왼쪽 팔꿈치에서 어깨까지 감으십시오. 보이는 특징이 되도록 이런 방식으로 감아야 합니다.

　나는 직접 시범을 보여 줬다. 남자는 고개를 끄덕이곤 배낭에서 천을 꺼내 똑같이 매었다.

　－이걸 표식으로 하겠습니다.
　－지휘가 능숙하군. 나는 연구실에서만 있던 몸이라서 말이야. 다른 상급자가 올 때까지 지휘를 맡겨도 될까?
　－알겠습니다.

　이후 또 하나의 괴물이 나타났다.
　이번에도 종이를 내밀었으나 전혀 반응하지 않고 공격해 들어왔다.
　"언데드 병사인가."
　만에 하나 아군을 오인한 거라 해도 어쩔 수 없다. 지금은 그런 위급 상황이니까.

콱! 나는 달려드는 상대의 머리를 창으로 꿰뚫어 절명시켰다.

'일단은 전력을 모아야겠어.'

올바른 형태는 지휘부가 정신을 차리고 상황을 수습해 주는 것이었지만 그런 희망적인 기대는 하지 않기로 했다.

속속 모이기 시작한 사람들.

그 숫자가 열을 넘자 머리를 맞대고 대책을 세울 수 있었다.

혼란을 막기 위해 필담은 나 혼자만 하기로 되어 있었기에, 나는 종이를 각출해 내 배낭에 집어넣었다.

그리고 이번에는 모두가 볼 수 있게끔 큼지막한 글씨로 전했다.

—누구 피아를 구별하는 방법을 알고 있는 사람 있습니까? 적만 구분할 수 있어도 충분합니다.

그러자 다들 고개를 두리번거렸다. 이윽고 한 사람이 손을 든다.

프라우드대에 소속돼 있던 구리엘이라는 남자였다. 나는 그를 불러 종이를 건네줬다.

–나는 감지 마법이 특기다. 본래라면 언데드 병사건 흑마법사건 구분할 수 있지만 지금은 이 망할 환혹 마법 때문인지 제대로 된 감지가 어렵다. 전부 다 다른 것처럼 느껴지거든.

선발대인 프라우스대에 소속되어 있었던 점으로 미루어 보건대 이 남자는 국가가 한탄의 숲 정벌에 대비해 준비해 둔 감지 전문가인 것 같았다.

–그래도 단서는 있다. 많은 언데드 병사들에게 대마법 보호막이 걸려 있어. 그건 지금이라도 감지할 수 있거든. 최소한 마법 방어를 받고 있는 언데드 병사들은 구분할 수 있을 거다.

그것만으로도 상황을 바꾸기에 충분했다.
나는 구리엘을 앞장 세워 언데드 병사들을 골라냈다.
구리엘은 자신의 마나를 나비의 형태로 바꿨다. 그리고 그 나비에 각각의 색깔을 부여했다.
검은 나비가 앉은 괴물은 언데드 병사.
하얀 나비가 앉은 괴물은 인간.
다만 이것만으로는 충분하지 않았다. 사람이 마법 방어를 쓰고 있을 수도 있는 거고, 마법 방어가 없는 언데드 병사도 있으니까.

무엇보다 인간인 적. 흑마법사들을 구별할 수가 없다.

그들이 신분을 속이고 우리 안에 침투해 버리면 서로 간의 신뢰가 깨지며 기껏 모은 이 세력도 붕괴될 테다. 그러니 그것만큼은 막아야 했다.

'내가 하는 수밖에 없는 건가.'

마나를 아끼고 싶어서 최대한 자제하고 있었지만 어쩔 수 없었다.

나는 합류하려는 자들에게 빛의 마법을 사용해 보기로 했다.

빛의 속성은 어둠과 상극인 탓에 부딪힐 경우 반발이 생긴다. 상대가 어둠 속성의 마력을 가지고 있다면 반응이 나타난다……라고 들었다.

'책에서 읽은 얕은 지식이 사실이길 바라는 수밖에.'

책에선 빛이 어둠을 정화했다. 어둠이 빛을 받자 녹아내리듯 사라졌다는 등. 동화적인 표현이 많이 나온다.

다시 말해 권선징악의 이야기를 위해 지어냈을 가능성이 있다는 거다.

실제로 전문 서적에는 그런 이야기가 전혀 없었다.

'밑져야 본전이지 뭐. 다른 방법이 있는 것도 아니니.'

나는 새로이 들어오려는 자들에게 매혹을 시전했다.

매혹은 마나 소모량이 크지 않기도 하고, 당하는 사람이 눈치채기도 어렵다.

게다가 지금은 매혹의 리스크도 없었다. 상황이 급박하기도 하고, 내 모습이 괴물처럼 보이는 덕에 매혹을 해도 상대에게 자그마한 안도감을 주는 데에 그쳤으니까.

"앗……?"

놀랍게도 반응이 있었다. 내 매혹을 거부하듯 상대에게서 검은 마력이 꿈틀거렸다.

이건 상대에게도 의외의 상황이었던 모양이다.

당황한 상대는 곧바로 마법을 시전해 나를 공격하려 했다.

그의 앞에 칠흑같이 검은 칼날이 십여 개가 생성되더니 나를 찌르려 했다.

물론 내 대응이 더 빨랐다.

나는 검을 뽑아 상대의 목을 노려 휘둘렀다.

그러나 스륵! 검이 목을 베기 전에 상대의 모습이 사라진다.

"쳇! 구원이동인가……."

상대는 숫자가 적고, 상황이 이렇게 될 것을 예측했던 만큼 구원이동을 사용하고 있었다.

반면 우리는 숫자가 너무 많아 구원이동의 혜택을 전부 볼 수가 없었다. 6만 명 전부에게 쓰기엔 구원이동 주문서의 물량도 없고, 무엇보다 너무나 비싸기 때문이다. 아마 일부 선발대 인원들만 사용하고 있었겠지. 그마저도 드래곤이 주변을 자신의 영역으로 만들었을 때 무효화됐을 거다.

"조심하십시오! 상대는 구원이동을 사용하고 있습니다! 그런 만큼 저돌적으로 공격해 들어올 겁니다!"

멀뚱멀뚱 나를 바라보고 있는 일행.

"아, 말로 하면 안 되지."

나는 부랴부랴 종이를 꺼냈다.

알스가 후방에서 전력을 모으고 있는 사이.

최전방에선 치열한 전투가 벌어지고 있었다.

드래곤이 낙하한 지점에서 가까운 지점이었다.

왕자 일행. 그리고 루크레치아를 비롯한 근위대는 드래곤을 목표로 전진하고 있었다.

그 드래곤만 처치하면 이 기현상이 없어질 거라 생각했기 때문이다.

지휘를 맡고 있던 프라우드 왕자는 알스가 했던 방법과 비슷한 방식으로 2천여 명의 부대를 조직했다.

이는 그가 가지고 있던 왕가의 휘장 덕분이었다. 사람들은 왕가의 깃발을 믿고 움직였다.

당연히 상대의 저항도 거셌다.

대부분의 언데드 병사들, 그리고 흑마법사들이 이 전투에 투입됐다.

이 전투에서 독보적인 활약을 펼치고 있던 것이 엘레나였다.

엘레나는 창을 휘두르며 종횡무진 적을 쓸어버리고 있었다.

그런 그녀의 표정은 경직돼 있었다.

'가능하면 일라인을 돕고 싶지만⋯⋯.'

지금 알스를 찾기란 사막에서 바늘을 찾는 수준으로 어려운 일이었다. 그렇기에 엘레나는 드래곤을 처치하는 방향으로 선회를 한 것이다.

일단 드래곤을 죽이면 환혹 마법이 풀릴 테니 알스를 찾기가 수월해지니까.

'그렇다고는 해도 이 묘한 기운……'

엘레나는 왠지 모를 친숙함을 느꼈다.

결계를 생성하고 그 내부에서 **특수한 권능**을 사용하는 이 방식. 그것이 엘프들의 섬과 비슷했기 때문이다.

'설마 우리 섬을 지켜 주던 것도 드래곤이었다는 건가……?'

엘레나는 입술을 가볍게 깨물어 잡념을 떨쳐 냈다. 지금은 그런 걸 생각할 때가 아니었으니까.

"하아앗!"

머리를 꿰뚫리며 우수수 쓰러지는 상대. 엘레나는 가장 선두에 있었던 만큼 피아를 식별할 필요조차 없었다.

그저 드래곤이 있는 방향으로 달려가며 방해하는 자들을 모조리 죽이면 그만이었다.

그러나 그때였다.

쐐애액! 급소를 노리고 날아든 투창. 엘레나는 그 범상치 않은 속도와 타이밍에 움찔하며 뒤로 물러났다.

그리고 그녀가 물러난 자리에 일리야가 나타나 바닥에 꽂힌 창을 주워 들었다.

일리야는 떫은 표정으로 말한다.

"거기까지. 그 이상 접근하면 죽이겠다."

물론 말은 통하지 않았다. 엘레나에겐 울퉁불퉁한 괴한이 괴성을 지르는 걸로 보였다.

이는 일리야도 비슷했지만 그나마 상황이 나았다. 일이 있기 전 구원이동과 함께 정신을 보호하는 마법을 받았기 때문이다.

이는 아티클의 인물들 모두에게 행해진 조치였다.

알스의 매혹이 아티클의 흑마법사들을 탐지한 것도 이 덕분이었다. 빛과 어둠 따위는 관계없이 단순히 정신계 보호 마법이 걸려 있었기 때문.

다만 이러한 조치도 큰 소용은 없었다. 폭주시킨 드래곤의 힘이 그들의 예상조차 뛰어넘었기 때문이다.

지금처럼 드래곤과 가까운 거리에선 일리야의 상황도 별반 다르진 않았다.

그렇다고 서로가 서로의 정체를 알아내지 못한다는 건 아니었다.

대결을 벌이며 합을 주고받은 둘은 순식간에 서로의 정체를 간파했다.

'이 창술…… 에오니아와 같은 유파인가!'

일리야는 역시 에오니아와 관련된 엘프들이 이 세계에 있는 거구나 하며 가볍게 넘겼다. 엘레나가 에오니아의 스승이라는 건 생각하지 못했다. 발키리의 무예가 1인 전승이라는 건 알고 있었지만 그 에오니아 본인에게 스승이 죽었다고 들었기 때문이다.

반면 엘레나는 일리야의 정체를 완벽하게 파악했다.

'이곳에서 일라인 외에 검과 창을 동시에 다루는 자라면 그 스승이라는 일리야 안페이밖에 없겠군. 왜 흑마법사들에게 협력하고 있는지는 모르겠지만…….'

엘레나는 호승심을 불태웠다. 어차피 상대는 구원이동을 사용했을 상황이니 봐줄 필요가 전혀 없었다.

게다가 어찌 됐든 드래곤을 처치하기 위해선 일리야를 뚫어 내야 한다.

'과연 당신이 나보다 강할지 두고 보겠습니다.'

알스가 말한 자신보다 강한 두 명의 가신.

엘레나는 씨익 웃고는 덤비라고 말하듯 창끝을 흔들었다.

높은 곳에서 상황을 지켜보고 있던 아티클의 수장 키에런은 식은땀을 흘리고 있었다.

'폭주시킨 메파트라의 힘이 이 정도였다니.'

경우에 따라 짜증 나는 착오일 수도, 기분 좋은 오산일 수도 있는 상황이었으나 적어도 키에런은 기분이 좋지 않았다.

'폭주한 탓인지 점점 제어를 벗어나고 있어.'

게다가 그들 또한 환혹 마법에 걸려 피아 구분이 어려웠다. 미리 걸어 놓은 정신 마법 방어 덕에 상대보단 혼란이 덜했지만 큰 차이는 없었다.

그저 드래곤과 거리가 있을 경우 효과가 감소하는 정도다.

그렇기에 거리가 떨어진 그들의 본진에선 의사소통이 가능했고, 외형 또한 비교적 정상적으로 보였다.

'상대의 저항이 생각보다 거세군…….'

스륵! 스륵! 계속해서 본진으로 복귀하는 아티클의 마법사들. 상대에게 당하기 직전에 구원이동이 발동한 것이다.

그중 몇 명이 키에런에게 보고를 한다.

보고를 들은 키에런은 눈살을 찌푸렸다.

"후방에서 전력을 모으고 있는 무리가 있다고?"

"예, 그 숫자가 점점 불어나고 있습니다. 게다가 우리를 구분하는 방법을 알게 된 것 같아 더욱 까다롭습니다."

"구분을 하다니? 어떻게!"

"놈은 제게 무언가의 정신 마법을 시도했습니다. 그게 미리 걸어 둔 정신계 방어에 저항이 되는지라……."

"쳇, 뒷걸음질 치다 쥐를 잡은 격인가."

키에런은 드래곤을 노리고 무작정 달려든 전방의 무리보다 후방에서 전력을 추스르고 있는 쪽이 더 위협적으로 느껴졌다.

　최전방의 무리는 맞받아쳐 짓누르면 그만이지만 후방의 세력이 전력을 키워 버티기에 들어가기라도 한다면 그들도 난감해진다. 상황을 파악한 외부에서 지원을 보낼 게 분명하기 때문이다.

　출입을 차단하는 드래곤의 결계가 아무리 견고하다 해도 상대는 국가다. 결국엔 파괴당할 수밖에 없다. 그러니 속전속결로 결판을 내야 했다.

　"어찌할까요. 정신계 보호 마법을 해제한 뒤 놈들의 내부에 침투하는 방법도 있습니다만."

　"그보다는 확실하게 싹을 자르는 게 나아. 하는 수 없지. 커스버트를 불러라."

　"……!"

　"그 외에 구원이동이 아직 발동하지 않은 인원들도 그쪽에 투입해라."

　"옛!"

　일사불란하게 조직되는 유격 부대.

　그렇게 아티클의 핵심 전력 중 하나인 커스버트가 흑마법사 무리를 이끌고 알스가 있는 곳으로 향하게 된다.

다음 권으로 이어집니다

망한 가문의 검술 천재가 되었다

소구장 퓨전 판타지 장편소설

**역사에서도 잊힌 비운의 검술 천재
최강의 꼰대력으로 무장한 채
후손의 몸으로 깨어나다!**

만년 2위 검사 루크 슈넬덴
세계를 위협하던 마룡을 물리치며
정점에 이른 순간

이대로 그냥 죽어 다오, 나를 위해서.

라이벌인 멀빈 코넬리오에게 목숨을 잃……
……은 줄 알았는데,
200년 후의 몰락한 슈넬덴가에서 눈뜨다!
가족이라고는 무기력한 가주, 망나니 1공자뿐
망해 버린 가문을 살리기 위해
까마득한 조상님이 팔을 걷었다!

**설풍 같은 검술, 그보다 매서운 독설로
슈넬덴가를 정점으로 이끌어라!**